# EVA REICHL

# *Drei Leichen zum Frühstück*

**TOD MIT AUSSICHT** Am Ufer des Traunsees wird ein Toter gefunden. Der Mörder hat ihm beide Beine abgeschnitten und eine Nachricht
für die Ermittler hinterlassen: »Lügen haben kurze Beine«. Ein ermordeter
Anwalt und Lokalpolitiker, dem Lügen vorgeworfen werden – Chefinspektorin Lotta Meinich und ihr Kollege Daniel Prischko vom LKA Linz wissen
nicht, wo sie mit ihren Ermittlungen ansetzen sollen. Bald entpuppt sich
ein vermeintlicher Unfall auf einer Baustelle in Urfahr ebenfalls als Mord,
da der Täter auch dort ein Sprichwort zurückgelassen hat. Als dann Lottas
Vater Gustav, ein Chefinspektor im Ruhestand, im OÖ. Tagblatt unter den
Todesanzeigen ein neues Sprichwort entdeckt, ist klar, dass der Täter ein
drittes Mal zuschlagen wird. Können Lotta und ihr Partner diesen Mord
verhindern? Doch nicht nur der Fall setzt Lotta unter Druck, auch dass ihr
Vater sich immer wieder in die Ermittlungen einmischt, kostet sie einige
Nerven. Würde er das nicht tun, hätte Lotta die Gefahr vielleicht erkannt.
So aber kommt der Mörder ihr und ihrem Vater viel zu nahe.

*Eva Reichl wurde in Oberösterreich geboren und lebt mit
ihrer Familie im unteren Mühlviertel. Schon früh entdeckte sie ihre Leidenschaft für kreative Ausdrucksformen und
hat vieles ausprobiert. Glas- und Materialkunst, Malen. Geblieben ist das Schreiben, da Worte kraftvoll sind und eigene
Welten erschaffen können. Mit ihren Krimis und Thrillern
verwandelt sie ihre Heimat Oberösterreich in einen Tatort
getreu dem Motto: Warum in die Ferne schweifen, wenn das
Böse liegt so nah?*

# EVA REICHL

# *Drei Leichen zum Frühstück*

## *Oberösterreich-Krimi*

GMEINER

Immer informiert

Spannung pur – mit unserem Newsletter informieren wir Sie
regelmäßig über Wissenswertes aus unserer Bücherwelt.

Gefällt mir!

Facebook: @Gmeiner.Verlag
Instagram: @gmeinerverlag

Besuchen Sie uns im Internet:
www.gmeiner-verlag.de

© 2025 – Gmeiner-Verlag GmbH
Im Ehnried 5, 88605 Meßkirch
Telefon 0 75 75 / 20 95 - 0
info@gmeiner-verlag.de
Alle Rechte vorbehalten
4. Auflage 2025

Satz: Mirjam Hecht
Umschlaggestaltung: U.O.R.G. Lutz Eberle, Stuttgart
unter Verwendung einer Illustration von: © Lutz Eberle
Druck: GGP Media GmbH, Pößneck
Printed in Germany
ISBN 978-3-8392-0775-8

*Schreiben ist Silber, Lesen ist Gold.*

# 1. KAPITEL

Lotta Meinich verbrachte gerne Zeit mit ihrem Vater, da diese Stunden ihr stressiges Leben als Chefinspektorin entschleunigten. Andererseits war es genau Gustav Meinichs Langsamkeit, die Lotta oftmals auf die Palme brachte, weil sie in den unpassendsten Momenten in Erscheinung trat.

Doch so ein Moment war dies gerade nicht.

»Was liest du da?«, fragte sie und biss von ihrer Brotscheibe mit selbst gemachter Bauernbutter ab. Bevor sie von Linz nach Steyregg gefahren war, hatte sie einen frisch gebackenen Laib Roggenkrustenbrot bei ihrem Lieblingsbäcker am Pfarrplatz geholt, ein Brot, das kein anderer so gut hinbekam wie die Naturbackstube: außen knusprig und innen zartweich. Lotta liebte den Geruch. Er erinnerte sie an ihre Kindheit, als ihre Großmutter selbst Brot gebacken hatte und Lotta es nicht hatte erwarten können, ein Stück davon zu kosten.

»Mhm«, brummte Gustav Meinich als Antwort, was so viel bedeutete, wie dass er mit dem Lesen des OÖ Tagblatts noch nicht fertig war und nicht gestört werden wollte.

»Wenn du mich zum Frühstücken einlädst, könnten wir doch zumindest miteinander reden«, probierte Lotta es erneut, mit ihrem Vater ein Gespräch anzufangen.

»Gleich«, ließ Gustav seine Tochter wissen.

Lotta schenkte sich Kaffee aus einer Glaskanne nach, die auf einem Korkuntersetzer auf dem Tisch stand. Ihr Vater war alt geworden, dachte sie, auf seinem Kopf befand sich kein einziges dunkles Haar mehr, und die weißen Haare schienen immer dünner zu werden. Falten zogen sich über seine Stirn, wenn er so wie jetzt in etwas vertieft war. Ebenso waren seine Lachfalten zu wahren Gräben in der Haut geworden. Die silberne Lesebrille saß mittig auf seiner Nase und verlieh ihm den Ausdruck eines Gelehrten. Zweifelsohne war Gustav Meinich ein intelligenter Mann, auch wenn seine Sturheit und seine Eigensinnigkeit seit seiner Pensionierung mit jedem Jahr ausgeprägter wurden.

»Das war kein Unfall«, sagte Gustav und legte die Zeitung auf den Tisch neben seinen Frühstücksteller, auf dem sich nur noch Brösel befanden.

»Was meinst du?«, hakte Lotta nach und strich ihre glatten, schulterlangen schwarzen Haare hinter das Ohr.

»Das mit dem Toten auf der Baustelle in Urfahr.« Gustav schaute seine Tochter über den Rand seiner Lesebrille an und nahm einen Schluck Kaffee.

»Das ist doch schon eine Woche her«, erinnerte sich Lotta. »Steht das erst heute in der Zeitung?«

Gustav zuckte mit den Schultern und schmierte sich ein frisches Butterbrot.

»Zeig her!« Lotta streckte den Arm nach dem OÖ Tagblatt aus.

»Ich bin noch nicht fertig«, brummte Gustav.

»Du kriegst es wieder.«

Gustav gab nach und reichte ihr die Zeitung.

»Die ist vom Montag, Papa. Heute ist Samstag. Wieso liest du das alte Ding? Die Nachrichten darin sind längst überholt.«

»Ich hab bisher keine Zeit gehabt«, erklärte Gustav. »Es ist so viel los gewesen …«

Lotta überlegte, ob es möglich war, dass sich ihr Vater

nicht mehr daran erinnerte, dass er das OÖ Tagblatt schon gelesen hatte. Ihr war aufgefallen, dass er langsam vergesslich wurde. Erst vor zwei Wochen hatte er sie an ihrem freien Tag zum Frühstücken eingeladen, war dann aber nicht zu Hause gewesen. Später hatte er behauptet, dass er sie angerufen habe, um ihr kurzfristig abzusagen, weil sein Freund Rudi Gablonser seine Hilfe gebraucht habe. Auf Lottas Handy waren jedoch keine entgangenen Anrufe verzeichnet gewesen.

»Ihr Pensionisten seid immer im Stress«, sagte sie und las den Bericht über den Unfall auf einer Großbaustelle in Urfahr, wo ein Wohngebäude mit 75 angeblich bezahlbaren Wohnungen errichtet wurde. »Das war ein Unfall, Papa, ein Kollege von mir hat sich das angeschaut. Wir haben auf der Dienststelle darüber geredet, der Baumeister ist vom fünften Stock in die Tiefe gestürzt und hat sich das Genick gebrochen. Er war sofort tot. Er hat noch den Plan in Händen gehalten, als Bauarbeiter ihn in der Früh gefunden haben, das steht sogar in der Zeitung.«

»Und das findest du nicht seltsam?«, fragte Gustav mit vollem Mund.

»Was?«, hakte Lotta nach.

»Dass er den Plan in Händen gehalten hat, obwohl er fünf Stockwerke hinabgefallen ist«, präzisierte Gustav.

»Mein Kollege hat mit den Arbeitern geredet, die haben gesagt, dass ihr Chef häufig spät am Abend oder sogar mitten in der Nacht aufgekreuzt ist, um den Baufortschritt zu überprüfen. Das ist nicht die einzige Baustelle gewesen, die er geleitet hat. Er war ein Workaholic …«

»Ein was?«, fragte Gustav.

»Ein Workaholic ist einer, der zu viel arbeitet«, erklärte Lotta ihm.

»Kann man das nicht auf Deutsch sagen?«, murrte der 74-Jährige. »Ihr jungen Leute müsst immer irgendwelche Begriffe verwenden, die unsereins nicht versteht und uns dann alt vorkommen lässt.«

»So soll das natürlich nicht sein, Papa, tut mir leid«, erwiderte Lotta rasch.

Gustav winkte ab. »Was war jetzt mit den Arbeitern?«

»Von denen war niemand überrascht, dass der Unfall passiert ist. Im Gegenteil! Die haben schon viel früher damit gerechnet, weil ihr Chef einfach zu viel gearbeitet hat. Wenn du übermüdet und nicht bei der Sache bist und einen falschen Schritt auf so einem Gerüst machst, dann geht es mit dir halt bergab.« Lotta machte mit der Hand eine Abwärtsbewegung Richtung Holzboden, der unter der Ecksitzgruppe mit einem grün und orange gemusterten Teppich bedeckt war. Der Teppich hatte schon dort gelegen, als Lotta als kleines Mädchen hier gespielt hatte. Sie glaubte, dass ihre Mutter ihn ausgesucht hatte.

»Habt ihr alle befragt?«, wollte Gustav wissen. »Alle, die dort arbeiten?«

»Natürlich! Und die Bewohner in den umliegenden Häusern auch. Niemand hat etwas mitgekriegt, und keinem ist etwas Ungewöhnliches aufgefallen. Wir schlampen nicht, das weißt du.«

»Was ich alles weiß, geht auf keine Kuhhaut. Und dass die Polizei nicht schlampt, kann ich leider nicht bestätigen.« Gustav seufzte.

»Was meinst du damit?«, fragte Lotta.

Ihr Vater schüttelte den Kopf. »Ach, das ist lange her. Alte Sachen soll man nicht aufwärmen.« Gustav Meinich hatte 40 Jahre im Polizeidienst gestanden und war nun seit über 14 Jahren im Ruhestand. In seiner aktiven Zeit hatte er einiges erlebt und über manches davon redete er nicht gerne. Die Polizeiarbeit hatte sich seither stark verändert. Technische Entwicklungen und das Internet hatten sowohl die Ausübung von Verbrechen als auch deren Bekämpfung revolutioniert.

»Da hast du recht«, pflichtete Lotta ihrem Vater bei.

»Aber das mit dem Baumeister in Urfahr ist noch nicht lange her«, stellte Gustav fest und tunkte die Kruste seines Brotes in den Kaffee, was Lotta mit Schaudern registrierte.

»Trotzdem war es ein Unfall.« Sie reichte ihrem Vater die Zeitung zurück und entdeckte in seinem Häferl mehrere Brösel, die an der Oberfläche schwammen.

»Wer von den Kollegen hat den Fall denn bearbeitet?«, wollte Gustav erfahren.

»Der Michael Gsteinhauer«, gab Lotta preis, obwohl sie lieber über etwas anderes reden wollte als über die Arbeit.

»Den kenne ich nicht.«

»Der ist auf die Dienststelle gekommen, da warst du schon in Pension.«

»Und wie ist er so, dieser Steinhauer?«

»Gsteinhauer, Papa. Der Steinhauer ist der österreichische Schauspieler und Kabarettist.«

»Dann halt Gsteinhauer«, wiederholte Gustav den Namen schmatzend. In seinem Kaffeehäferl verschwand ein vollgesogener Brösel von der Oberfläche und sank geräuschlos in die Tiefe, wo er sich mit den anderen bereits ertränkten zu einem Brotbrei vermengen würde.

Lotta erinnerte sich daran, dass ihre Oma die gleiche Prozedur mit sämtlichen trockenen Lebensmitteln vollzogen hatte. Altes Brot, Zwieback, Biskotten, ja sogar Soletti waren in Kaffee, Milch oder Kakao getunkt und anschließend in jemandes Mund geschoben worden. Als Lotta noch klein gewesen war, war sie oftmals dieser Jemand gewesen. Später hatte sie sich zum Unverständnis ihrer Großmutter dagegen gewehrt. Wie es ausschaute, war ihr Vater nun im gleichen Alter wie Lottas Oma damals. Und irgendwann würde sie selbst in diesem Alter sein und …

»Ich hab dich etwas gefragt«, schreckte Gustav seine Tochter aus ihren Gedanken hoch.

»Ja? Was denn?« Lotta hatte nichts mitbekommen.

»Wie der Gsteinhauer so ist, will ich wissen«, wiederholte Gustav seine Frage.

»Eh okay. Der Gsteinhauer hat sich das gründlich angeschaut. Nicht überall, wo einer stirbt, steckt gleich ein Verbrechen dahinter.« Dass ihr Vater das geschmackige Krustenbrot in einen Brei verwandelte, hielt sie jedoch schon für eines. Das behielt sie aber für sich. Sie hegte den Verdacht, dass sich ihr Vater langweilte, auch wenn er mit dem Zeitungslesen angeblich nicht hinterherkam – warum auch immer. Jedenfalls deutete der Umstand, dass er anfing, hinter allem ein Verbrechen zu vermuten, darauf hin, dass ihm die Arbeit selbst nach so vielen Jahren im Ruhestand noch fehlte. Erst neulich hatte er behauptet, dass seiner Nachbarin etwas zugestoßen sei, da er vor Tagen einen verdächtigen Wagen vor ihrem Haus beobachtet und sie seither nicht mehr gesehen habe. Ihre Leiche liege bestimmt im Schlafzimmer und verrotte, ohne dass es jemandem auffiele. Gustav hätte sogar den Notruf gewählt, wenn Lotta nicht hinübergegangen wäre und Sturm geläutet hätte. Niemand hatte ihr die Tür geöffnet. Daraufhin hatte sich Lotta von Gustavs Hysterie anstecken und von den Kollegen der Dienststelle die Handynummer der Frau in Erfahrung bringen lassen. Als Lotta sie angerufen hatte, hatte sie ihr erzählt, dass sie bei ihrer

Tochter sei und ihr mit den drei Kindern helfe, die allesamt krank seien.

»Ich spür das im Urin, dass da einer nachgeholfen hat«, sagte Gustav und versenkte die nächste Brotkruste im Kaffee.

»Papa, nicht schon wieder … Können wir jetzt bitte in Ruhe weiterfrühstücken und uns über andere Dinge unterhalten als über einen Mord, der keiner ist? Zum Beispiel darüber, was du so machst, sodass du keine Zeit zum Zeitunglesen hast.«

»Du erzählst mir aber, wenn du etwas von diesem Gsteinhauer erfährst«, verlangte Gustav.

»Klar, das mache ich«, antwortete Lotta wohl wissend, dass das nicht passieren würde. Der Fall war wahrscheinlich längst abgeschlossen.

Gustav nickte. Damit schien er zufrieden zu sein.

»Da wäre noch etwas«, sagte er dann jedoch.

Lotta stöhnte auf und hoffte, dass ihr Vater es nicht mitbekommen hatte. Sie wollte nicht genervt wirken, auch wenn sie seine Hartnäckigkeit oftmals als anstrengend empfand. Doch jedes Mal überkam sie danach ein schlechtes Gewissen, und sie nahm sich vor, mehr Geduld aufzubringen und für ihn da zu sein, wie einst er für sie da gewesen war. »Ja, was denn?«

»Ich glaub, du warst schon lange nicht mehr am Grab von der Mama. Sie täte sich freuen, wenn du sie wieder einmal besuchst.«

Der frühe Tod ihrer Mutter war ein wunder Punkt in Lottas Leben. Sie war acht Jahre alt gewesen, als Theresa Meinich auf dem Heimweg von der Arbeit bei einem Autounfall ums Leben gekommen war. Lotta erinnerte sich noch gut an den Moment, als ihr Vater sie mit verweinten Augen von der Großmutter abgeholt und ihr mitgeteilt hatte, dass ihre Mutter nun ein Engel sei und auf sie aufpassen würde. Nächtelang hatte Lotta in den Himmel gestarrt und gehofft, ihre Mutter würde ihr ein Zeichen schicken. Sie hatte gebetet und gefleht, alles möge nur ein Albtraum sein. Sie hatte ihre Mutter beschimpft und sich sogar einzureden versucht, dass sie sie hassen würde, weil sie Lotta auf der Erde zurückgelassen hatte. Weil sie sie nicht mitgenommen hatte. Jede Nacht war es Lotta vorgekommen, dass Sterne vom Firmament verschwanden und der Nachthimmel immer finsterer wurde. Manchmal dachte sie das selbst heute noch.

»Du hast recht, Papa. Ich fahr nachher zu ihr und zünde eine Kerze an.«

Gustav lächelte.

Lottas Handy gab einen Signalton von sich. Dann noch einen. Zwei Nachrichten. Vielleicht etwas Dringendes? Sie zog das Smartphone aus der Tasche und wischte darauf herum.

»Ich dachte, du hast heute frei?«, sagte Gustav, ohne aufzublicken.

»Hab ich auch«, erwiderte Lotta auf das Display konzentriert.

»Schaut aber nicht so aus.«

»Du kennst das ja, das war zu deiner Zeit nicht anders.«

»Zu meiner Zeit war vieles anders.«

»Ich weiß, früher war alles besser. Das hast du schon tausendmal gesagt.« Lotta verdrehte die Augen.

»Weil es stimmt. Damals hat es in Österreich kaum einen Mord gegeben. Das haben wir bloß aus dem Fernsehen gekannt, aus den Filmen und aus Amerika. Weil die da drüben ganz deppert nach Waffen sind. Und wenn Depperte Waffen haben, dann weiß man eh, was dabei rauskommt. Brauchst dich ja nur auf der Welt umzuschauen. Überall finden Kriege statt und die Menschen schlagen sich die Schädel ein!«

Lotta steckte ihr Handy in die Tasche und stand auf. »Ich muss los«, sagte sie und drückte ihrem Vater einen Kuss auf die Wange.

»Was ist denn passiert?«

»Es gibt einen Toten.«

»Ist er ermordet worden?«

»Das weiß ich nicht, dafür ist es zu früh.« Lotta schlüpfte in ihre Lederjacke. Trotz des beginnenden Frühlings war es morgens noch ziemlich kühl. Mehr als zehn Grad zeigte das Thermometer nicht an. Tagsüber war es in den letzten Tagen schon angenehm warm geworden, sodass mancherorts die Frühlingsblüher wie Tulpen und Narzissen aus der Erde drängten. Aber wer sich dazu verleiten ließ, dünnere Kleidung anzuziehen, lief Gefahr, vom Märzenkäubl erwischt zu werden, wie der Volksmund eine drohende Verkühlung bezeichnete.

»Ruf mich an, wenn du mich brauchst«, sagte Gustav. Seine Augen glänzten, was Lotta schon lange nicht mehr bei ihrem Vater gesehen hatte. Hatte sie doch recht, dem alten Mann war langweilig.

»Das mache ich«, sagte sie und lächelte ihn an, obwohl sie wusste, dass diese Situation nicht eintreten würde. Schließlich war ihr Vater aus dem aktiven Dienst beim Landeskriminalamt längst ausgeschieden und sie war nun die Chefinspektorin.

»Ich hab mein Handy immer dabei«, rief Gustav ihr nach.

»Pfiat dich, Papa!« Lotta winkte ihrem Vater zum Abschied zu.

# 2. KAPITEL

Lotta Meinich folgte den Angaben des Navigationsgerätes in ihrem zivilen VW Passat nach Gmunden. Dort lotste sie die Frauenstimme von der Nordspitze am Ostufer des Traunsees über die Traunsteinstraße zu einem von Einsatzfahrzeugen überfüllten Parkplatz mit dem passenden Namen »Unterm Stein«. Erst kürzlich hatte der ORF eine Sendung über diese Gegend ausgestrahlt, fiel Lotta ein, während sie aus dem Seitenfenster zum Traunstein sah, der als höchster Berg der Region bis auf 1.691 Meter Seehöhe hinaufragte. Der Wächter des Salzkammergutes wurde er genannt, hatte sie sich von dem Beitrag gemerkt, doch offenbar hatte dieser Wächter seine Aufgabe nicht erfüllt, denn am Fuße des Berges gab es eine Leiche. Lotta war schon mehrmals am Traunsee gewesen, meist zum Baden. Dann lag sie in der Sonne, las ein gutes Buch und sprang zwischendurch ins glasklare Wasser. Da der Traunsee zu den fünf kältesten Seen in Österreich zählte, versprach er in den heißen Sommermonaten eine willkommene Abkühlung.

Lotta stellte ihren Dienstwagen hinter den ihres Kollegen Daniel Prischko. Er hatte nicht auf sie gewartet, sondern war schon zum Fundort der Leiche aufgebrochen. Ein Uniformierter, der darauf achtete, dass keine neugierigen Schaulustigen das rot-weiße Absperrband zu dem vom Südende des Parkplatzes abgehenden Weg übertraten, wies Lotta die Richtung.

»Da lang, Frau Chefinspektorin«, sagte er und deutete zwischen Häuser und Hecken hindurch.

»Danke.« Lotta folgte dem Pfad hinab zum Seeufer. Ein schmaler Schotterstreifen führte von Bucht zu Bucht. Zwischen aus dem Ufer ragenden Baumstämmen und angeschwemmtem Holz kletterte die Chefinspektorin den Schotterstreifen in ihren wanderuntauglichen Schuhen mehr entlang, als dass sie ging. Nur weil sie die Kollegen ein gutes Stück weiter vorne schon sehen konnte, zweifelte sie nicht daran, dass sie auf dem richtigen Weg war. Endlich erreichte sie den Kiesstrand.

»Grias euch!«, rief sie in die Runde aus Polizisten und Kollegen von der Tatortsicherung und nahm sich aus den am Seeufer bereitgestellten Schachteln Handschuhe und Überzüge für die Schuhe heraus. Sie streifte beides über und trat näher an das Opfer heran, das von der Hüfte abwärts im Schotter zu stecken schien. Es war ein Mann, Lotta schätzte ihn auf Mitte 50. Er trug ein weißes Hemd, eine hellblaue Krawatte und ein dunkelblaues Sakko. Sein Körper war zur Seeseite gewandt, als starrte er aufs offene Wasser hinaus. Die Augen drückten Qualen aus und der Mund war geöffnet, als brüllte der Mann vor Schmerzen. Dass er nicht erst nach seinem Tod hierhergebracht worden war, schloss Lotta aus dem vielen Blut, das rund um das Opfer die Kiesel rotbraun gefärbt hatte. Der Menge nach zu urteilen, mussten es mehrere Liter sein, die der Mann verloren hatte. Die sanfte Brise trug den metallischen Geruch hinaus aufs Wasser, worüber Lotta nicht gerade unglücklich war. Das Wenige, das von der Hose zu sehen war, war blutdurchtränkt, und auf dem weißen Hemd befanden sich unzählige Spritzer. Die Leiche lockte erste Insekten an.

»Ich hoffe, du hast nicht gefrühstückt.« Mit diesen Worten empfing Daniel Prischko seine Vorgesetzte. Die Sonnenbrille hatte er in seine dunkelbraunen Haare geschoben.

»Geht schon«, winkte Lotta ab. Dass die männlichen Kollegen seit ihrer Ernennung zur leitenden Chefinspektorin gerne sähen, wie sie angesichts eines derart grauenvollen Anblicks grün im Gesicht wurde, wusste sie. Aber diesen Gefallen tat sie ihnen nicht.

»Und? Wie war es bei deinem Vater?«, fragte Prischko. Er trug wie Lotta Jeans und Lederjacke.

»Wie immer«, erwiderte Lotta wortkarg. Sie wollte ihrem Kollegen nicht mitteilen, dass sie froh gewesen war, zu einem Einsatz fahren zu können, statt bei ihrem Vater zu bleiben, der in alten Zeitungen alte Geschichten las und hinter allem ein Verbrechen witterte. Mit ihrem schlechten Gewissen deswegen musste sie allein klarkommen.

»Das hier ist jedenfalls nicht wie immer«, lenkte Prischko das Gespräch auf den Toten. »Sieh mal da rüber!« Der Gruppeninspektor deutete den Schotterstreifen am Seeufer entlang. Vor einem in das Gewässer ragenden Strauch, der gerade erste Blätter austrieb, knieten Tatortsicherer auf dem Boden. Die Gerichtsmedizinerin telefonierte ein wenig abseitsstehend und verdeckte mit ihrem knielangen beigen Frühlingsmantel, der sich bei jedem Windstoß wie ein Segel aufblähte, die Sicht auf das, was für die Kollegen von der Tatortgruppe offensichtlich von Interesse war.

»Haben wir noch ein Opfer?« fragte Lotta.

»Schau selber. Sonst würde ich ja wie bei einem guten Witz die Pointe verraten.«

Lotta ging die gut 20 Meter weiter. Auf halber Strecke kam sie an einer Stelle vorbei, wo noch mehr Blut in den Boden gesickert war. Die Kieselsteine waren unregelmäßig rotbraun gefärbt. Zweifelsohne war das Blut auch in den See gelangt, das erkannte sie an den Spuren an dessen Ufer.

Hatte der Mörder sein Opfer hier getötet?

Wie hatte er den Mann umgebracht, dass der Tote so viel Blut verloren hatte?

Überrascht blieb Lotta stehen. Im Sediment des Seeufers steckten zwei Beine, mit den Füßen nach oben. An den Füßen befanden sich braune Lederschuhe.

»Sind das seine?«, fragte die Chefinspektorin die Männer, die gerade rund um die Gliedmaßen Spuren sicherten, und deutete hinüber auf den Torso.

»Das werden die Laborergebnisse zeigen«, erwiderte einer.

»Wir gehen aber davon aus«, sagte ein anderer.

Lotta nickte. Klar, für Fakten war es zu früh, das wusste sie. Dennoch war es naheliegend, dass hier ein Mensch einen anderen auseinandergeschnitten und die Körperhälften mit den blutigen Enden voran in den Boden gesteckt hatte.

Was für ein krankes Hirn machte so etwas?

»Krass, nicht?«, fragte Prischko, als Lotta mit der Begutachtung fertig war.

»Jedenfalls außergewöhnlich«, fand sie.

Die Gerichtsmedizinerin beendete ihr Telefonat. »Tut mir leid«, stieß sie in Richtung der Kriminalbeamten aus und strich sich ein paar blonde Strähnen, die sich aus dem Zopfgummi gelöst hatten, aus ihrem Gesicht. Im Gegensatz zu Lotta, die am liebsten Jeans und weite Pullis oder Shirts trug, war sie stets modisch gekleidet. Heute in einem pinken Hosenanzug und weißen Sneakers, die jedoch wegen des Gangs am Seeufer entlang nicht mehr ganz so strahlend sauber waren. »Nele ist krank, und Paul ist völlig überfordert, zumal Sophie quietschvergnügt durch die Wohnung springt und ausgerechnet den Blumenstock vom Tisch gestoßen hat, den ich von meiner Schwiegermutter zum Geburtstag geschenkt bekommen habe. Dabei sind die Blätter geknickt, die Blüten abgebrochen und der Topf ist zerbrochen. Das wird wieder ein Theater geben!« Ilsa Vorkramer stieß theatralisch die Luft aus.

»Wegen Sophie?«, hakte Lotta nach. »Das hat sie doch sicher nicht absichtlich gemacht.«

»Nein, wegen meiner Schwiegermutter! Sie hat den hässlichsten Blumenstock, den sie finden konnte, für mich ausgesucht, darauf wette ich. Mit so einem grässlichen braunen Übertopf. Sicher behauptet sie jetzt, dass ich ihn extra so hingestellt habe, dass er beim Spielen zu Bruch geht.«

»Ihr versteht euch nicht besonders«, schloss Lotta aus dem Gehörten.

»Das ist noch untertrieben«, erwiderte Ilsa. »Aber das ist mir mittlerweile wurscht. Schlimm ist nur, dass Nele krank ist und Paul so seine Nöte hat, die Sophie zu bändigen. Die Kleine hat Hummeln im Hintern. Es ist eh nur eine Frage der Zeit, bis auch sie Fieber kriegt. Und dann wahrscheinlich als Nächstes der Paul.« Ilsa Vorkramer lächelte gequält. Dass sie trotz des anspruchsvollen Jobs als Gerichtsmedizinerin, die für sämtliche forensischen Fälle in Oberösterreich und Salzburg zuständig war, noch zwei Kinder großzog, auch wenn ihr Ehemann Paul den Löwenanteil davon übernahm, bewunderte Lotta.

»Was kannst du uns denn schon sagen?«, fragte sie.

»Nicht viel«, gab Ilsa Vorkramer unerwartet zu. Normalerweise war sie darauf erpicht, mit ihrem Wissen und ihrer Schnelligkeit zu glänzen. Das war auch so eine Frauensache: Immer mussten 120 Prozent abgeliefert werden, während sich viele männlichen Kollegen mit weitaus weniger zufriedengaben, diese Erfahrung hatte Lotta schon mehrmals gemacht. »Außer dass es das Werk eines Geisteskranken ist«, fügte die Gerichtsmedizinerin mit einem Seufzen hinzu, weil erneut ihr Handy läutete.

Lotta zog überrascht die Augenbrauen hoch.

»Das war unprofessionell, ich weiß. Aber schaut euch die Sauerei an.« Ilsa drückte den Anruf weg und deutete den schmalen Schotterstreifen entlang.

»Die Inszenierung des Opfers ist schon bizarr«, pflichtete Prischko ihr bei. »Es sieht wie ein Wurm aus, der in der Erde steckt und von dem nur der Anfang und das Ende rausragen.«

»Oder wie eine Schlange«, sagte Ilsa.

»Glaubt ihr, der Täter wollte so etwas darstellen?« Lotta bezweifelte das, wenngleich es dem Mörder sicher um mehr als bloß den Tod des Opfers gegangen war. Möglicherweise verbarg sich in der Zurschaustellung der Leiche eine Botschaft, die sie noch nicht begriffen hatte.

»Der Körper ist verdreht. Das Gesicht und die Zehen weisen in Richtung See, und wenn die Darstellung andeuteten soll, dass der Körper unter der Erde weitergeht, was bei der Distanz zwischen Oberkörper und Beine natürlich völliger Quatsch ist, dann müsste der ja auch zum See gewandt sein, was unlogisch ist. Passender wäre es, wenn der Kopf zum Ufer hin ausgerichtet wäre und die Füße in die entgegengesetzte Richtung zeigten. Also wenn es eine Darstellung eines Wurmes oder einer Schlange sein soll, dann ist sie meines Erachtens anatomisch nicht korrekt«, tat Ilsa ihre Meinung kund.

»Künstlerische Freiheit, wenn man so will«, warf Prischko ein.

»Das ist natürlich möglich«, gab die Gerichtsmedizinerin zu.

»Wissen wir, wer der Tote ist?«, fragte Lotta.

»Er hatte keinen Ausweis bei sich. Ich mach mal ein Foto von ihm und checke die Vermisstenanzeigen.« Prischko ging den schmalen Schotterstreifen zurück zum Oberkörper des Toten und fotografierte ihn mit dem Smartphone. Das waren Fotos, die niemand auf seinem Handy haben wollte, nicht einmal Kriminalbeamte.

»Wurde er hier umgebracht?«, fragte Lotta und blieb an der Stelle mit dem meisten Blut auf den Kieselsteinen stehen. Sie scannte das kahle Gebüsch mit den Augen, ob sie etwas entdeckte, mit dem die Leiche in der Mitte durchtrennt worden sein könnte, sah aber nichts. Dann wandte sie sich um in Richtung See und ließ ihren Blick über das anfangs seichte Wasser gleiten. Auch dort war nichts zu erkennen, was einer Säge oder Ähnlichem glich. Nur Sediment und Steine.

»Das viele Blut spricht jedenfalls dafür. Wenn die Aorta durchtrennt und die Blutung nicht gestoppt wird, tritt in wenigen Minuten der Exitus ein.« Ilsa stellte sich neben Lotta.

»Was glaubst du, was für ein Werkzeug der Täter benutzt hat?«, fragte die Chefinspektorin.

»Sobald wir die Leichenteile aus dem Sediment geholt haben, untersuche ich die Wundränder. Dann kann ich dir mehr sagen. Eins vorweg: Mit einem Küchenmesser ist das nicht zu schaffen, immerhin befinden sich in dieser Region starke Knochen.« Die Gerichtsmedizinerin deutete kreisförmig auf die Oberschenkel und das Becken. »Eine Säge wird er wohl schon benutzt haben.«

»Die hat er zum Tatort mitnehmen müssen …«, überlegte Lotta laut.

»Klar! Hier gibt es nichts, was dafür geeignet wäre«, pflichtete Ilsa ihr bei.

»Demnach war es ein geplanter Mord und keine Tat im Affekt«, schloss Lotta.

Ilsa nickte. »Davon gehe ich aus.«

»Er hat ihn auch irgendwie hierherschaffen müssen.« Lotta sah in beide Richtungen des Seeufers, wo es unmöglich war, mit einem Wagen herzufahren. Blieb nur der See. Oder war das Opfer gar selbst zu seiner Hinrichtung gekommen? War es arglos in einen Hinterhalt geraten?

»Das rauszufinden fällt dann wohl in dein Aufgabengebiet.« Die Gerichtsmedizinerin schenkte ihr ein Lächeln, das allerdings verschwand, als ihr Handy erneut läutete.

»Wann ist er denn gestorben?«, fragte Lotta rasch, bevor die Gerichtsmedizinerin abermals telefonieren würde. Wie es schien, brauchte ihr Mann mit den Kindern wirklich dringend Hilfe.

»Irgendwann heute Nacht. Mehr weiß ich noch nicht …« Ilsa Vorkramer wandte sich entschuldigend ab und drückte das Handy an ihr Ohr. »Was ist denn jetzt schon wieder? … Nein, das darf sie natürlich nicht … Ich hab noch … Nein, jetzt …«

Lotta sah auf den Traunsee hinaus, der dunkel zurückstarrte. Sie wusste, dass er mit seinen 191 Metern der tiefste See Österreichs war und alles für immer verschlang, wenn niemand danach suchte. Schon mehrere Menschen hatten ein nasses Grab in ihm gefunden. Die meisten Toten waren Unfallopfer gewesen, aber auch das Opfer eines aufsehenerregenden Mordfalls war in diesem See beseitigt worden. Lotta erinnerte sich, dass im Jahr 2016 ein Mann aus Hessen seine Frau getötet, zerstückelt und die Leichenteile in mehreren Koffern verpackt im Traunsee versenkt hatte. Anschließend hatte er sich selbst ertränkt. Die Tat hatte wochenlang für Schlagzeilen gesorgt, und Lotta war sogar nach Darmstadt gefahren, um sich mit den hiesigen Kollegen abzustimmen.

Doch der Fall damals war mit jenem heute nicht vergleichbar. Der Täter aus Deutschland hatte seine Frau und sich selbst in den Tiefen des Sees verschwinden lassen wollen. Der jetzige Mörder hatte sein Opfer hingegen inszeniert. Er wollte, dass der Mann gesehen wurde. Dass sein Tod wahrgenommen wurde. Dass sie alle verstanden, warum er hatte sterben müssen.

Doch Lotta verstand nicht. Noch nicht.

»Taucher sollen den Traunsee nach einer Säge absuchen«, sagte sie zu Prischko, als er zurückkam. »Vielleicht hat der Täter sie ins Wasser geworfen. Ich würde das so machen. Wenn er eine Motorsäge verwendet hat, kriegt er das Blut niemals mehr ab, das setzt sich in sämtlichen Ritzen fest und wird im Labor entdeckt, das weiß mittlerweile jeder. Ich bin mir sicher, dass er sich ihr entledigt hat.«

»Ich gebe es gleich weiter«, nahm der Gruppeninspektor die Anweisung entgegen.

»Hast du wegen der Identität des Toten etwas rausgefunden?«, fragte Lotta.

»Noch nicht. Die Kollegen geben Bescheid, sobald sie die Vermisstenanzeigen überprüft haben. Es kann natürlich sein, dass der Mann bislang gar nicht als vermisst gemeldet wurde, weil er zum Beispiel alleine lebt und niemand seine Abgängigkeit bemerkt hat.«

Lotta nickte. Dass das Ableben von Menschen unentdeckt blieb, war keine Seltenheit. Oftmals dauerte es Tage, bis jemandem auffiel, dass die Person in der Nebenwohnung tot war. Meist deuteten überfüllte Briefkästen oder ein sich ausbreitender Verwesungsgeruch darauf hin.

Das wäre auch bei ihr selbst der Fall, dachte Lotta. Seit sie geschieden war, hatte sie nur noch ihren Vater, und gelegentlich sahen sie einander mehrere Tage nicht. Gut, sie telefonierten häufig, aber manchmal ging sie nicht ran, weil er sie zu den unmöglichsten Zeiten anrief. Hin und wieder meldete sie sich erst am nächsten Tag bei ihm, und wenn es ihr zeitlich gar nicht in den Kram passte, wartete sie, bis er sie wieder kontaktierte …

»Ich frag mich, wie der Täter sein Opfer hergebracht hat. Der Zugang zum Seeufer ist an dieser Stelle ja nicht besonders komfortabel. Und dass der Tote freiwillig hergelaufen ist, mit Anzug und Krawatte und in diesen Schuhen, kann ich mir eigentlich nicht vorstellen«, unterbrach Prischko Lottas Gedanken mit einer Überlegung, die sie selbst schon angestellt hatte. Den schmalen Kiesstreifen zum Ufer nahmen höchstens Wanderer. Das am Seeufer wachsende Gestrüpp hing teilweise über den Weg, wodurch es noch schwieriger wurde, ihn zu begehen.

»Vielleicht hat er ihn mit einer Waffe bedroht. Mit einer Pistole im Rücken gehst du die Strecke, auch in solchen Schuhen. Es gibt noch eine Straße weiter oben, die für den allgemeinen Verkehr allerdings gesperrt ist«, teilte die Chefinspektorin dem Kollegen mit.

»Schon, aber die mündet viel weiter vorne in den Miesweg. Da müsste der Täter mit seinem Opfer von der anderen Seite hergewandert sein, und die Strecke von dort hierher ist nicht viel besser als der Weg, den wir genommen haben«, erwiderte Prischko.

»Du kennst dich in der Gegend aus?« Lotta war neugierig.

»Als die Kinder noch klein waren, waren wir viel wandern«, erklärte der Gruppeninspektor. »Unter anderem am Traunsee.«

Lotta wusste, dass Prischko bis heute unter seiner Scheidung litt. Vor allem, wenn er an die Zeit erinnert wurde, als er, seine Ex-Frau und seine beiden Töchter noch eine richtige Familie gewesen waren. Er gab nach wie vor seiner Ex-Frau die Schuld am Scheitern ihrer Ehe und damit am Zerbrechen seiner heilen Welt und behauptete, dass er es nicht habe kommen sehen. Dass sie nie mit ihm darüber gesprochen habe, bevor sie die Scheidung eingereicht hatte. Lotta vermutete jedoch eher, dass Prischko nicht richtig zugehört hatte oder nicht hatte zuhören wollen, wie das oftmals bei Ehepaaren der Fall war, die sich auseinanderlebten.

»Der Täter könnte ein Boot genommen haben. Wenn das Opfer bewusstlos gewesen ist, was ich aufgrund seines grausamen Tods hoffe, dann wäre ein Boot die einfachste Möglichkeit gewesen, hierher ans Ufer zu gelangen«, überlegte Lotta laut.

»Wir können unmöglich alle Boote am Traunsee auf Spuren untersuchen. Dafür bräuchten wir eine ganze Armee an Tatortsicherern, die wir nicht haben«, wandte Prischko ein.

»Es gibt noch eine Variante, wie das Opfer hergekommen sein könnte«, sagte Lotta.

»Der Täter hat es unter einem Vorwand hergelockt«, sprach Prischko diese Möglichkeit auch schon aus.

»Der Mann trägt einen Anzug und Lederschuhe. Wandern war der gewiss nicht. Also ist er kein Zufallsopfer.«

»Es muss jedenfalls einen schwerwiegenden Grund gegeben haben, warum er in diesem Aufzug den Weg auf sich genommen hat. Ein Freundschaftstreffen war das gewiss nicht.«

»Vielleicht steht sein Auto vorne auf dem Parkplatz«, fiel Lotta ein. »Überprüf das bitte!«

»Soviel ich weiß, darf man dort nur drei Stunden parken. Wenn ein Wagen schon länger da steht, haben wir einen Anhaltspunkt.« Prischko drückte das Handy an sein Ohr und gab den uniformierten Kollegen den Auftrag, sämtliche Autos auf dem Parkplatz »Unterm Stein« zu kontrollieren.

»Wer hat ihn eigentlich gefunden?«, fragte Lotta, als Prischko das Telefonat beendet hatte.

»Ein Ehepaar, das den Miesweg entlangwandern wollte. Die beiden werden von der Rettung vorne auf dem Parkplatz versorgt, die haben einen Schock. Kein Wunder, bei dem Anblick. Da willst du ein paar schöne Stunden verbringen und etwas für deine Fitness tun und stolperst nicht buchstäblich, sondern tatsächlich über eine Leiche. Noch dazu über eine so übel zugerichtete.«

»Dann schlage ich vor, wir gehen zurück und …«

»Kommt ihr mal?«, wurde Lotta von einem Tatortsicherer unterbrochen. Er stand neben dem im Seeufer steckenden Oberkörper und hielt etwas in der Hand.

Lotta und Prischko traten näher.

»Was ist das?«, fragte die Chefinspektorin.

»Das hatte der Tote in der Brusttasche seines Hemds.« Der Tatortsicherer streckte den Kriminalbeamten einen gefalteten Zettel entgegen.

Lotta nahm ihn mit ihren behandschuhten Händen und faltete ihn auseinander. Auf dem weißen A4-Papier waren vier Worte aufgedruckt in einer Schrift, die aussah, als wäre der Text per Hand geschrieben worden.

»Und? Was steht drauf?«, fragte Prischko neugierig.

»Lügen haben kurze Beine«, las Lotta vor.

»Wow!« Prischko war sichtlich beeindruckt. »Das passt zu der Leiche«, stieß er aus und schaute auf das Opfer neben ihnen, als müsste er sich vergewissern, dass dieses tatsächlich keine unteren Extremitäten mehr hatte. »Wir haben es also mit einem Täter zu tun, der gerne mit Lebensweisheiten um sich schmeißt.«

»Ich wüsste nicht, was das für eine Lebensweisheit sein soll«, warf Lotta ein und deutete auf die Leiche. Danach reichte sie den Zettel dem Tatortsicherer zurück, der ihn in einen Asservatenbeutel steckte.

»Das Opfer hat es mit der Wahrheit nicht so ernst genommen, wenn man dem Täter Glauben schenken darf. Denn wenn doch, hätte er ihm nicht dieses Sprichwort in die Brusttasche gesteckt, damit wir es finden. Es ist eine Botschaft an uns«, schlussfolgerte Prischko.

»Und wieso bringt er den Mann ausgerechnet an diesem Ort um?«, fragte Lotta.

»Weil er hier ungestört seine kranke Vision in die Tat umsetzen konnte«, mutmaßte der Gruppeninspektor. »Am Seeufer bist du weitab vom Schuss, da stört dich niemand. Wenn das Opfer geschrien hat, dann hat es niemand gehört. Der Traunsee hat seine Schreie verschluckt und ist wahrscheinlich der einzige Zeuge dieser schrecklichen Tat.«

»Der Traunsee ist der einzige Zeuge«, wiederholte Lotta. »Das könnte ein Buchtitel sein.«

Prischko lächelte. »Ich gebe mir Mühe ...«

Sein Handy läutete. »Die Kollegen von der Dienststelle«, murmelte er und nahm das Gespräch entgegen.

Während der Gruppeninspektor telefonierte, überlegte

Lotta, ob es eine Verbindung zwischen dem Opfer und diesem Ort geben könnte. Sie glaubte nicht, dass die Stelle vom Täter zufällig ausgewählt worden war, dafür erschien sie ihr zu speziell. Sie sah nach oben, wo die Gesteinsmassen des Traunsteins hoch über ihnen aufragten. Sofort fühlte sie sich winzig und unbedeutend. Berge hatten diese Wirkung auf sie. Ihre millionenalte Beständigkeit und ihre überragende Dimension regten Lotta an, über so manches in ihrem Leben nachzudenken und zu hinterfragen, ob sie alles richtig machte.

»Wir wissen, wer das Opfer ist«, unterbrach Prischko erneut ihre Gedanken.

Sie wandte sich ihm zu. »Ja?«

»Vincent Molov«, las Prischko von seinem Display ab. Offenbar hatten ihm die Kollegen von der Dienststelle die relevanten Daten über das Opfer aufs Handy geschickt. »Er war Rechtsanwalt in Kirchdorf an der Krems und dort im Stadtgemeinderat tätig. 53 Jahre alt, verheiratet, eine erwachsene Tochter.« Prischko steckte das Smartphone wieder ein.

»Ein Rechtsanwalt und Politiker, der von seinem Mörder bezichtigt wird, gelogen zu haben«, fasste Lotta zusammen. »Da weiß man ja gar nicht, wo man anfangen soll. Beide Berufsgruppen würden im Augenblick keinen Beliebtheitswettbewerb gewinnen, und das meine ich nicht als Lebensweisheit.«

Prischko lachte.

Nun klingelte Lottas Handy. Auf dem Display stand »Papa«. Sie seufzte innerlich.

»Willst du nicht rangehen?«, fragte der Kollege.

Lotta hatte tatsächlich in Erwägung gezogen, es nicht zu tun, änderte aber ihre Meinung. »Ja, Papa?«

»Wisst ihr schon, wer der Tote ist?«, drang Gustavs aufgeregte Stimme an ihr Ohr.

Die Chefinspektorin wandte sich ab und ging ein paar Schritte am Seeufer entlang. Es mussten ja nicht gleich alle mitkriegen, dass sie mit ihrem Vater redete. Es reichte schon, dass Prischko davon wusste. »Ja, aber ich kann dir …«

»Geht es um den vermeintlichen Baustellenunfall in Urfahr? Bist du dort und schaust dir alles an? Ein bisschen spät, aber immerhin …«

Lotta hörte den Tadel in den Worten ihres Vaters und ärgerte sich über ihn. Noch immer mischte er sich in die Polizeiarbeit ein, obwohl diese ihn längst nichts mehr anging. »Nein, es geht nicht um den Baustellenunfall, aber ich …«

»Ein neuer Mord also?«, schlussfolgerte Gustav.

»Tut mir leid, ich muss jetzt …«

»Komm heute zum Abendessen, dann kannst du mir alles in Ruhe erzählen. Es gibt Schnitzel mit Bratkartoffeln, das magst du doch so gerne«, lockte der alte Mann seine Tochter.

»Heute ist Samstag, Papa. Schnitzel kochst du sonst nur sonntags«, wunderte die sich.

»Dann ist heute eben Sonntag«, erwiderte Gustav Meinich. »Man muss flexibel sein, Kind. Auch in der Ermittlungsarbeit! Also, kommst du?«

Lotta verdrehte die Augen. »Ja, mach ich.«

»Gut! 18 Uhr. Und sei pünktlich!«

Die Verbindung wurde unterbrochen.

Lotta starrte auf das Display. Sie hasste es, wenn ihr Vater einfach auflegte, ohne sich zu verabschieden. Außerdem hatte er es schon wieder geschafft: Er hatte sie dazu gebracht, etwas zu tun, was sie nicht wollte. Mit dem Schnitzel an einem Samstag hatte er ihr einen Köder hingeworfen und sie hatte zugeschnappt. Aber das war das letzte Mal, nahm sie sich vor. Das allerletzte Mal!

# 3. KAPITEL

Lotta Meinich fuhr mit ihrem Dienstwagen nach Kirchdorf zu der Adresse des Toten, auf ihrem Beifahrersitz saß Daniel Prischko. Sie mussten die nunmehrige Witwe über das Ableben ihres Ehemannes informieren. Das war eine Aufgabe, die niemand gerne übernahm, auch Lotta nicht. Als Chefinspektorin gehörte es jedoch dazu.

Der VW Passat hielt vor einem schmucken Stadthaus in der Kirchdorfer Innenstadt. Dem Gebäude war anzusehen, dass es den Besitzern nicht an Geld mangelte. Die Rahmen um die Fenster des zweistöckigen Hauses hatten Handwerker stuckartig herausgearbeitet, die Fassade wirkte dadurch dreidimensional. Ein Portal mit einer Doppeltür und einer großzügigen Überdachung aus Glas und Nirosta hieß die Besucher willkommen. In ein Schild aus poliertem Metall gleich neben der Tür war in großen Buchstaben »Dr. Vincent Molov, Rechtsanwalt« eingraviert.

»Wie es ausschaut, war das nicht nur seine Wohnadresse, sondern er hat hier auch gearbeitet«, schlussfolgerte Lotta und drückte auf die Klingel.

»Das bietet sich ja auch an«, erwiderte ihr Kollege. »Das Gebäude ist nicht gerade klein und hat eine gute Lage.«

»Ich würde das nicht wollen, Arbeit und Privates so eng beieinander. Das wäre, als würden wir über der Dienststelle wohnen«, meinte Lotta.

»Dann müsste ich nicht ständig im Stau stehen. Die Linzer Zufahrtsstraßen sind zu den Stoßzeiten ständig verstopft.« Prischko sah es offenbar pragmatisch.

»Dafür müsstest du bei jeder Kleinigkeit ins Büro kommen, weil alle wissen, dass du in zwei Minuten zur Stelle bist«, zeigte Lotta einen nicht von der Hand zu weisenden Nachteil auf. »Du wärst quasi immer im Dienst.«

»Wie man halt damit umgeht.« Prischko drückte noch einmal auf die Klingel. »Ich schalte mein Handy aus und kriege gar nicht mit, was sich ein Stockwerk unter mir abspielt.«

»Wer's glaubt«, ätzte Lotta, die den Kollegen mittlerweile gut kannte, immerhin arbeiteten sie schon seit Jahren zusammen. Prischko war ehrgeizig und hätte selbst gerne den Rang eines Chefinspektors. Er machte keinen Hehl daraus, dass er aus seiner Sicht noch nicht am Ende der Karriereleiter angekommen war.

»Keiner da«, stellte er fest.

Lotta blickte in beide Richtungen die Straße entlang. Die Geschäfte reihten sich wie Perlen auf einer Schnur zu einer Kette aneinander und wurden stark frequentiert. Menschen mit guter Laune und Einkaufssackerln flanierten durch die Innenstadt und stärkten sich in den zwischen den Geschäften liegenden Gaststätten und Cafés. »Schön ist es hier. Nicht so laut und hektisch wie in Linz«, fand sie.

»Angeblich ist Kirchdorf flächenmäßig die kleinste Bezirkshauptstadt Österreichs«, erwiderte Prischko, und Lotta wunderte sich, weshalb er so etwas wusste. Doch bevor sie ihn danach fragen konnte und der Gruppeninspektor auch schon zum Wagen zurückging, weckten zwei Damen, die eingehakt die Straße entlangkamen, Lottas Aufmerksamkeit. Umgekehrt schien es ebenso zu sein.

Prischko öffnete die Beifahrertür. »Auf was wartest du? Es ist keiner da. Ich schlage vor, wir ...«

»Da, schau mal!« Lotta deutete mit dem Kinn in Richtung der Frauen: eine stark geschminkte Blondine mit an den Knien aufgerissener Jeans sowie grauem Poncho mit Fellrändchen und eine etwa gleichaltrige Frau, die gänzlich in Schwarz gekleidet war.

Der Gruppeninspektor warf die Autotür wieder zu.

»Wollen Sie zu mir?«, fragte die Mittfünfzigerin mit dem Überwurf. Sie und ihre Begleiterin hatten die Kriminalbeamten mittlerweile erreicht.

»Wir wollen zu Frau Molov«, erwiderte Lotta.

»Edith Molov, das bin ich«, bestätigte ihr Gegenüber.

»Chefinspektorin Lotta Meinich, das ist Gruppeninspektor Daniel Prischko. Wir müssen mit Ihnen reden, Frau Molov. Es geht um Ihren Mann.«

»Haben Sie ihn gefunden?«, fragte die Angesprochene alarmiert.

»Wir würden das gerne drinnen besprechen«, wich Lotta einer Antwort aus. Es konnte ja sein, dass die Ehefrau bei der Nachricht vom Tod ihres Mannes zusammenbrach, das musste nicht auf offener Straße geschehen.

»Dürfen wir Ihre Ausweise sehen?«, fragte die Begleiterin. »Heutzutage laufen so viele Betrüger herum, die sich als Polizisten ausgeben, und Sie tragen nicht einmal eine Uniform.« Die Schwarzgekleidete deutete an den Kriminalbeamten hinunter.

»Natürlich.« Lotta zog ihren Ausweis aus der Tasche und hielt ihn ihrem Gegenüber hin, Prischko tat es ihr gleich.

»Keine Ahnung, ob die echt sind.« Die Frau war sich nach wie vor unsicher.

»Wir sind wirklich von der Polizei, genauer gesagt, vom Landeskriminalamt Oberösterreich. Und wir wissen, wo Ihr Mann ist, Frau Molov. Sie haben ihn vor zwei Stunden als vermisst gemeldet. Reicht Ihnen das, damit Sie uns glauben, dass wir echte Polizisten sind?«

Der Gesichtsausdruck der Frau veränderte sich. »Ja, ich glaube Ihnen. Nur jemand von der Polizei kann wissen, dass ich Vincent als vermisst gemeldet habe. Nicht einmal meiner Tochter hab ich es gesagt, sie soll sich keine unnötigen Sorgen machen. Aber Emma weiß Bescheid, sie ist meine beste Freundin.« Die Anwaltsgattin schaute ihre Begleiterin besorgt an, die genauso beunruhigt nickte. Das Auftauchen der Kriminalbeamten bereitete den Frauen offenkundig Angst. »Kommen Sie!« Edith Molov hatte es plötzlich eilig, wandte sich der Eingangstür zu und sperrte sie auf. Im Vorraum gab sie den Code für die Alarmanlage ein und führte die Inspektoren in ein modernes Esszimmer mit schwerem Holztisch und schwarzen Lederstühlen. »Also, was ist passiert?«, fragte sie, ohne den Ermittlern einen Platz anzubieten.

»Es tut uns leid, Ihnen das mitteilen zu müssen … Ihr Mann ist tot«, sprach Lotta die schreckliche Wahrheit aus.

Edith Molov schlug die Hand vor den Mund.

Ihre Begleiterin trat zu ihr und drückte sie an sich.

»Nein!«, stieß die Witwe aus und wand sich in den Armen ihrer Freundin wie ein waidwundes Tier. Sie weinte, schluchzte, wimmerte und ließ sich von der Schwarzgekleideten zu einem Stuhl führen.

»Ich ruf das Kriseninterventionsteam an.« Lotta wählte die eingespeicherte Nummer und schilderte die Situation.

»Wie ist er denn …? Hatte er … einen Autounfall?«, fragte Edith Molov nach einer Weile leise. Offenbar hatte sie den ersten Schock überwunden.

Die Frau in Schwarz griff nach ihrer Handtasche, die sie auf einem Lederstuhl abgestellt hatte, zog eine Packung Taschentücher heraus und reichte eines davon ihrer Freundin. Wie in Trance griff diese danach.

»Nein …« Lotta schüttelte den Kopf und überlegte, ob die Frau schon so weit war, die ganze Wahrheit auszuhalten. Sie hoffte, dass sie nicht nachhaken und jemand vom Kriseninterventionsteam das Gespräch bald übernehmen würde. Andererseits hatte die Witwe natürlich ein Recht darauf, alles zu erfahren.

»Wie dann?« Edith Molovs Stimme war mehr ein Hauchen. Ihre Schminke war verschmiert, und Tränen traten ihr unaufhörlich aus den Augen. Vermischt mit dem Kajal und der Wimperntusche hinterließen sie auf den Wangen unansehnliche dunkle Spuren.

»Er wurde ermordet«, sagte Lotta. Aus Erfahrung wusste sie, dass Betroffene ohnehin nicht lockerließen, bis sie sämtliche Informationen kannten.

Der Witwe verschlug es die Sprache.

»Ermordet?«, wiederholte ihre Freundin ungläubig. »Und haben Sie den Täter erwischt?«

»Wir stehen noch am Anfang unserer Ermittlungen. Die Tat wurde irgendwann letzte Nacht begangen«, antwortete die Chefinspektorin.

»Ich hab gewusst, dass dieser Tag einmal kommen wird«, flüsterte Edith Molov, sodass Lotta sie kaum verstand. Plötzlich wirkte sie so ruhig, als ergäbe für sie alles einen Sinn. Tränen flossen keine mehr, und ihre Hände lagen offen in ihrem Schoß. Das Taschentuch war zu Boden gefallen.

»Warum?«, fragte Lotta sanft. »Warum haben Sie das gewusst?«

Die Witwe wandte den Blick in Richtung der Chefinspektorin, aber es hatte den Anschein, als schaute sie durch sie hindurch.

»Weil der Vincent Rechtsanwalt gewesen ist und sich nicht immer Freunde gemacht hat. Er hat gemeint, dass jeder ein Recht auf einen Anwalt hat, also hat er nicht nur die Unschuldigen vertreten, sondern auch diejenigen, die gegen das Gesetz verstoßen haben. Und da rede ich nicht von Steuerhinterziehern oder Verkehrssündern, sondern von wirklichen Verbrechern. Vergewaltiger! Mörder! Und als Draufgabe ist er auch noch politisch tätig gewesen. Im Stadtrat ist er gesessen und hat sich vieles anhören müssen. Von den Leuten ... Wie korrupt die Politiker doch sind und dass sie eh nur auf die eigenen Vorteile bedacht sind und sich bereichern. Beschimpft haben sie ihn, sodass er überlegt hat, mit der ganzen Scheiße aufzuhören. Heutzutage sind ja gleich alle so extrem ... Niemand redet mehr mit dem anderen. Manche werden gleich handgreiflich, wenn ihnen etwas nicht passt. Und die völlig Depperten randalieren und glauben, mit Gewalt etwas verändern zu können. Die Zeiten sind nicht die besten, wenn man sich politisch engagieren will und in der Öffentlichkeit steht – das hat er immer gesagt, der Vincent.« Die Witwe nickte, als pflichtete sie ihrem verstorbenen Mann selbst jetzt nach seinem Tod noch bei. »Gewiss hat ihn einer von denen umgebracht!«

»Haben Sie einen Namen für uns?«, fragte Prischko.

Die Frau schüttelte den Kopf. »Nein, der Vincent hat mit mir selten über seine Arbeit geredet. Er wollte die Dämonen aus seiner Welt nicht zu uns nach Hause holen, hat er gemeint. Nur hin und wieder, wenn es richtig schlimm gewesen ist, ist ihm was rausgerutscht, das hat er meist sofort bereut. Dann hat er gesagt, dass ich das schnell vergessen muss, weil ich mich nicht mit solchen Dingen beschäftigen soll. Er wollte das alles von mir fernhalten ...« Die Frau schluchzte und wischte mit dem Handrücken über ihre Nase. »Ich glaube, dass er mich immer noch geliebt hat ...« Heulend brach sie ab. Ihre Freundin reichte ihr ein frisches Taschentuch. Die Witwe zerknüllte es und behielt es in der Hand, als hielte sie sich daran fest.

»Hat Ihr Mann von zu Hause aus gearbeitet?«, fragte Lotta.

Edith Molov brauchte einen Moment, um zu antworten. »Oben hat er ein Büro, seine Kanzlei ist aber in der Straße Am Anger.«

»Dürfen wir uns in seinem Arbeitszimmer mal umsehen?«

Die Frau nickte. »Die Stiege rauf, dritte Tür links.«

Lotta gab Prischko ein Zeichen, dass er das übernehmen solle. Der Gruppeninspektor verließ den Raum.

»Magst du einen Schluck Wasser?«, fragte die Freundin die Witwe.

»Ja, bitte«, antwortete Edith Molov und wischte mit dem Taschentuch ihr Gesicht trocken.

»Wollen Sie auch etwas trinken?«, wandte sich die Schwarzgekleidete an die Chefinspektorin.

»Nein, danke«, lehnte Lotta ab. »Machen Sie sich wegen uns keine Umstände. Ihr Name ist Emma, richtig?«

»Emma Stanko«, stellte sich die Angesprochene vor und ging in die durch einen zwei Meter breiten Durchgang abgetrennte Küche.

Lotta folgte ihr und fragte mit gedämpfter Stimme: »Wie war denn die Ehe der Molovs so?«

»Eh gut«, erwiderte Emma Stanko, die nicht nur gänzlich schwarz gekleidet war, sondern deren Fingernägel auch in derselben Farbe lackiert waren. Lotta bemerkte es, als die Frau mehrere Gläser aus dem Küchenkasten holte und begann, sie mit Leitungswasser zu füllen.

»Was heißt das genau?«, hakte sie nach.

»Na ja, die beiden waren halt schon ewig miteinander verheiratet, da lodert das Feuer nicht mehr so heiß, wenn Sie wissen, was ich meine.«

Natürlich wusste Lotta, was die Frau andeutete. Immerhin war sie selbst geschieden. Ihre Ehe hatte nicht gehalten, weil ihr Ex-Mann Kinder haben wollte und Lotta nicht. Zumindest war sie zu jener Zeit nicht bereit dafür gewesen und hatte lieber Karriere machen wollen. Arthur hingegen hatte sich gewünscht, dass sie Kinder bekam und zu Hause blieb, während er arbeiten ging. Er war wie der Tote vom Traunsee Rechtsanwalt und hatte damals behauptet, dass es in seinem Beruf und in unserer scheingleichberechtigten Gesellschaft nicht möglich sei, sich als Mann für Kindererziehung eine Auszeit zu nehmen. Darüber hatten sie oft gestritten. Bis es eines Tages zu keiner Versöhnung mehr gekommen war. Arthur hatte ihr beim Abendessen die Scheidungspapiere über den Tisch hinweg zugeschoben, ohne ein Wort zu sagen, und sie hatte sie genauso wortlos unterschrieben.

Damit hatte ihr Ex-Mann nicht gerechnet.

Es hätte eine Drohung sein sollen, um deutlich zu machen, wie ernst ihm der Wunsch nach einer Familie war. Er hatte gehofft, dass Lotta dadurch klein beigeben und ihre Aufstiegsambitionen im Polizeidienst aufgeben oder zumindest verschieben würde. Doch sie hatte kurz vor einer Beförderung gestanden und sich mit ihrer Unterschrift auf den Scheidungspapieren für eine Karriere bei der Polizei entschieden. An dem Abend hatte sie ihm davon erzählen wollen. Doch er war ihr zuvorgekommen und hatte damit ihre Entscheidung besiegelt. Hätte er das gewusst, hätte er ihr die Papiere niemals vorgelegt, das hatte er Lotta später einmal anvertraut. Wahrscheinlich wären sie dann heute noch verheiratet und hätten sich wie viele Paare auseinandergelebt. Vielleicht aber auch nicht.

»Ich denke, dass der Vincent die Edith geliebt hat, halt auf seine Weise«, redete Emma weiter. »Vor Gericht war er sehr wortgewandt, aber wenn es um Liebesbekundungen für seine Ehefrau gegangen ist, na ja, dann ist ihm nicht immer das Richtige eingefallen. Er war einer vom alten Schlag, wie man so schön sagt.«

»Hat er Edith betrogen?«

»Davon weiß ich nichts. Und Edith sicher auch nicht. Das hätte sie mir erzählt.« Emma Stanko trug die gefüllten Gläser zum Tisch und reichte eines ihrer Freundin.

Mit zitternden Händen nahm Edith Molov einen Schluck Wasser.

An der Tür läutete es.

»Ich mach auf«, bot Lotta an, damit Emma bei Edith bleiben und ein Auge auf sie haben konnte.

Zwei Frauen vom Kriseninterventionsteam standen vor der Tür. Endlich! Lotta erzählte ihnen, was passiert war. Sofort kümmerten sie sich um die Witwe.

Prischko kam die Treppe vom Obergeschoss herunter und traf im Flur auf seine Vorgesetzte, die gerade beobachtete, wie Edith Molov von den Mitarbeiterinnen des

Kriseninterventionsteams ins Wohnzimmer geführt und ihr dort der Blutdruck gemessen wurde.

»Und?«, fragte Lotta den Gruppeninspektor.

»Nichts Auffälliges. Molov hat, wie es ausschaut, keine Anwaltssachen zu Hause, sondern nur normalen Bürokram. Rechnungen, Fachzeitschriften, Einladungen zu politischen Veranstaltungen und dergleichen.«

Lotta atmete tief ein und aus. »Das wäre auch zu schön gewesen.«

»Was hast du erwartet?«

Die Chefinspektorin zuckte mit den Schultern. »Keine Ahnung. Irgendetwas halt, das auf einen Verdächtigen hinweist.«

»Ich schau mal im Keller nach, ob es eine Werkstätte und eine Säge gibt«, sagte Prischko.

»Oder ob eine Säge fehlt – wenn man das überhaupt erkennen kann. Ich warte hier so lange auf dich.« Lotta wollte die Szene im Wohnzimmer weiter beobachten, um die Witwe besser einschätzen zu können. Traute sie ihr eine derart brutale Tat zu? War es möglich, dass sie ihnen etwas vorspielte? Ihr Entsetzen und der Schock wirkten echt. Außerdem deutete die Tötungsmethode eher auf einen männlichen Täter hin. Frauen begingen ihre Taten meist im Stillen, ohne viel Aufsehen zu erregen. Selten kam es zu derartigen Gewaltexzessen.

»Im Keller ist keine Werkstatt, auch nicht in der Garage«, tat Prischko kund, als er zurück war. »Außer einem Hammer und einem Schraubenzieher hab ich nichts gefunden. Der Molov hatte wahrscheinlich zwei linke Hände oder keine Zeit und hat alles, was am Haus so angefallen ist, von Handwerkern erledigen lassen.«

»Dann schauen wir uns mal in der Kanzlei um, ob wir

dort etwas finden.« Lotta ging ins Wohnzimmer und fragte die Witwe, die mittlerweile auf der Couch lag, ob sie das denn dürften.

Die Frau stimmte zu.

»Frau Molov, heute ist Samstag, da wird keiner von den Mitarbeitern im Büro sein. Haben Sie einen Schlüssel für die Kanzlei?«, fragte die Chefinspektorin.

»Nein, den hat der Vincent immer bei sich gehabt«, antwortete die Angesprochene. »Aber seine Sekretärin, die Frau Voits, kann Sie reinlassen.«

»Danke.« Die Kriminalbeamten verabschiedeten sich und verließen das Haus.

»Haben wir bei dem Toten einen Schlüssel gefunden? Oder mehrere? Er muss ja auch einen für das Wohnhaus gehabt haben«, fragte Lotta draußen auf der Straße und atmete tief die frische Luft ein. Sie war froh, dass dieser Teil der Ermittlungen hinter ihnen lag. Der Umgang mit den Hinterbliebenen erforderte Taktgefühl sowie kriminalistischen Spürsinn gleichermaßen und kostete sie immense Kraft.

»Nicht dass ich wüsste«, antwortete Prischko.

»Was ist mit seinem Wagen?«

»Ich frag mal bei den Kollegen nach.« Der Gruppeninspektor telefonierte kurz. »Ja, der Wagen von Vincent Molov steht auf dem Parkplatz ›Unterm Stein‹. Schlüssel haben die Kollegen darin nicht gefunden, auch kein Handy und ebenso keine Geldtasche. Vielleicht hat der Täter die Sachen mitgenommen.«

»Wir stellen zur Sicherheit hier und vor der Kanzlei von Molov einen Polizeibeamten ab. Die Schlösser müssen ausgetauscht werden, ansonsten hat der Täter jederzeit Zutritt, wenn er tatsächlich im Besitz der Schlüssel ist, was wahrscheinlich ist. Und solange wir nicht wissen, warum Molov sterben musste, gehen wir davon aus, dass seine Frau gefährdet ist.«

»Ich veranlasse das.« Prischko drückte abermals das Handy an sein Ohr.

Lottas Smartphone piepste. Eine Nachricht von ihrem Vater war eingegangen. »Vergiss nicht, heute um 18 Uhr Abendessen!«

Ach, Papa, seufzte Lotta innerlich. Ihr Blick fiel auf die Uhr auf ihrem Display: 17:22. Mist! Sie würde es nicht mehr rechtzeitig schaffen. Von Kirchdorf nach Steyregg brauchte sie gut eine Stunde. Sie war so mit den Ermittlungen beschäftigt gewesen, dass sie nicht auf die Zeit geachtet hatte.

»Ich muss los!« Lotta sprang in ihren Dienstwagen. »Wir sind hier eh erst mal fertig.«

»Wohin?«, fragte Prischko überrumpelt durch die offene Fahrertür.

»Zu meinem Vater. Er hat mich zum Abendessen eingeladen und ich bin schon viel zu spät dran ...«

»Hey! Und was ist mit mir? Mein Auto steht beim Traunsee. Ich bin ja mit dir hergefahren.«

»Lass dich von den Kollegen abholen, okay?«, bat Lotta den Gruppeninspektor.

»Echt jetzt?« Prischko schien darüber alles andere als erfreut zu sein.

»Oder komm mit und wir holen dein Auto später.«

»Was gibt es denn zum Abendessen?«

»Schnitzel mit Bratkartoffeln.«

»Das lass ich mir nicht entgehen.« Prischko umrundete den Wagen und setzte sich auf den Beifahrersitz.

Lotta gab Gas.

# 4. KAPITEL

»Dein Vater hat wirklich nichts dagegen, dass ich mitkomme?«, fragte Prischko zum wiederholten Male, als sie eine Viertelstunde zu spät die Ortstafel von Steyregg passierten.

»Wie ich ihn kenne, hat er ohnehin mehr Schnitzel gebraten, als wir beide essen können«, tat Lotta die Sorgen ihres Kollegen als unbegründet ab.

»Vielleicht will er mit dir alleine sein, du weißt schon, so ein Vater-Tochter-Ding.«

»Das glaube ich nicht. Er will jedes Detail unseres neuen Falls erfahren, er kann es einfach nicht lassen.« Lotta parkte den Wagen seitlich an der Straße vor dem Haus in Steyregg, da der Škoda ihres Vaters wie üblich in der Einfahrt und nicht in der Garage abgestellt war und somit die einzige Parkmöglichkeit auf dem Grundstück blockierte. Gustav Meinich nutzte die Garage als Geräteschuppen für den Rasenmäher und die Schiebetruhe. Auch den Papiermüll sowie leere Glasflaschen lagerte er dort.

»Das kann ich verstehen«, erwiderte Prischko.

»Ja, ich auch. Aber es nervt trotzdem ein bisschen«, gab Lotta zu und blieb noch einen Moment im Auto sitzen, auch wenn sie bereits zu spät dran waren. »Er wird langsam alt, Daniel, und das bereitet mir Sorgen.«

»Wir werden alle älter«, gab der Kollege eine allgemeine Weisheit wieder, die niemandem half.

»Wie alt sind eigentlich deine Eltern?«, fragte Lotta.

»Meine Mutter ist 78 und mein Vater ein Jahr älter.«

»Und wie geht es ihnen? Gesundheitlich, meine ich.«

»Eh gut, die beiden sind noch ziemlich rüstig und bewerkstelligen ihren Alltag fast alleine.«

»Fast?«

»Sie fahren nicht mehr mit dem Auto, da hat die Vernunft gesiegt. Was sie nicht zu Fuß erledigen können, übernimmt meine Schwester. Sie wohnt in der Nähe und kümmert sich um diese Sachen.«

»Und du? Warum machst du das nicht?«

Prischko schaute seine Chefin an. »Meine Eltern wohnen in St. Pölten. Das wäre ein bisschen weit von hier, um sie zum Arzt oder zum Einkaufen zu bringen.«

Lotta schwieg. Sie war das einzige Kind ihres Vaters, demnach würde es eines Tages an ihr liegen, ihn zum Arzt zu fahren und seine Einkäufe zu erledigen, wenn er es allein nicht mehr schaffte. Doch darüber wollte sie erst nachdenken, wenn es so weit war. »Komm!«, sagte sie und stieg aus. Obwohl sie einen Schlüssel vom Haus ihres Vaters hatte wie auch er einen von ihrer Wohnung, läutete sie. Der Schlüssel hing ohnehin bei ihr daheim an einem Haken im Flur. Solange ihr Vater alles allein erledigen konnte, wollte sie ihn nicht benutzen. Nur für Notfälle, hatten sie vereinbart, als sie die Schlüssel vor Jahren getauscht hatten.

»Da bist du ja endlich«, begrüßte Gustav Meinich seine Tochter. »Oh, und du hast jemanden mitgebracht.« Erfreut schüttelte er Prischko die Hand.

»Papa, das ist Daniel. Daniel, das ist Gustav Meinich, mein Vater«, stellte Lotta die beiden einander vor und ging ins Haus, das vom Duft des im Schweineschmalz gebratenen panierten Fleisches erfüllt war. Nach dem Tod von

Lottas Mutter hatte Gustav Meinich kochen gelernt, um seiner damals achtjährigen Tochter etwas Normalität zu bieten – wenn das als alleinerziehender Chefinspektor der Mordgruppe überhaupt möglich war. Lotta behauptete nämlich, dass ihr gar nichts anderes übrig geblieben sei, als zur Polizei zu gehen, da der Beruf ihres Vaters alles andere in den Hintergrund gedrängt habe. Während ihre Freundinnen mit Puppen gespielt hatten, war sie mit ihrer selbst gebastelten Seifenkiste durch die Siedlung gedonnert und hatte fiktive Räuber gejagt. Sie hatte sich kein anderes Leben als das einer Polizistin vorstellen können.

»Daniel?«, rief Gustav ihr hinterher. »Wie Daniel Prischko? Dein Partner bei der Polizei?«

»Genau«, bestätigte Prischko lächelnd.

Gustav ließ Prischkos Hand los, gleichzeitig verschwand die Freude aus seinem Gesicht. »Na dann … Freut mich, Sie kennenzulernen«, sagte er, doch seine Mimik strafte seine Worte Lügen. »Lotta bringt nie jemanden nach Hause, wissen Sie, und ich dachte, als ich Sie gesehen hab, dass sie endlich … Na ja«, winkte er ab und schloss hinter seinem Gast die Tür. »Aber von Ihnen hat sie schon jede Menge erzählt.«

»Hoffentlich nur Gutes«, erwiderte Prischko, was nach diesem Wortwechsel unweigerlich folgen musste und üblicherweise eine höfliche Reaktion des Gegenübers verlangte.

Doch Gustav wandte sich ab, sagte: »Die Schuhe können Sie anlassen« und schlurfte in braunen Pantoffeln vor seinem Gast in die Küche mit der Eckbank und dem Tisch aus Eiche rustikal, wo die Schnitzel in der Mitte des Tisches in einem Topf auf einem Holzuntersetzer warm gehalten wurden.

Lotta legte ein drittes Gedeck auf und ignorierte Prischkos fragenden Blick nach Aufklärung, was sie ihrem Vater über ihn erzählt habe.

»Meine Tochter ist schon so lange alleine, da hab ich gedacht, dass sie endlich einen Freund mit nach Hause bringt«, sagte Gustav, als wäre Lotta 18 Jahre alt. Ob das eine Erklärung für seine verhaltene Reaktion sein sollte, blieb unklar.

»Ah geh, Papa, das interessiert doch den Daniel nicht«, versuchte Lotta, ein Gespräch über ihren Beziehungsstatus im Keim zu ersticken, und deutete ihrem Kollegen, er möge auf der Holzbank Platz nehmen.

»Doch, doch, das interessiert den Daniel sehr wohl«, sagte der Angesprochene grinsend und setzte sich.

»Seit acht Jahren ist sie geschieden«, redete Gustav Meinich weiter und stellte eine Schüssel mit Bratkartoffeln auf den Tisch. »Und noch immer hat sie keinen neuen Mann an ihrer Seite.«

»Ich brauch keinen Mann.« Lotta hob den Deckel vom Topf mit den knusprigen Schnitzeln und rammte die Gabel in das oberste mit derartiger Wucht hinein, dass Prischko die Augenbrauen hochzog.

»Jeder Mensch braucht einen anderen an seiner Seite«, entgegnete Gustav entschieden und setzte sich.

»Du bist nach Mama auch alleine geblieben«, rechtfertigte Lotta ihr Singledasein, was ihr sofort leidtat.

»Weil ich deine Mutter geliebt hab und mich nicht hab scheiden lassen«, sagte Gustav mürrisch.

Das Gespräch drohte zu kippen.

»Das weiß ich doch.« Lotta schaute ihren Vater an, der ihren Blick aber nicht erwiderte.

»Und ich weiß, dass es nicht gut ist, wenn man alleine

ist und dann irgendwann seinen Kindern auf den Wecker geht.« Gustav starrte auf seinen leeren Teller.

Lotta ergriff über den Tisch hinweg seine Hand. »Das tust du doch gar nicht, Papa.«

Gustav sagte nichts.

»Der Tote von heute war übrigens Anwalt«, wechselte Prischko das Thema, worüber Lotta eigentlich hätte erfreut sein müssen. Aber sie wollte mit ihrem Vater nicht über den Mordfall reden, schon gar nicht in Anwesenheit des Kollegen. »Er wurde am Ufer vom Traunsee gefunden.«

»Am Traunsee?«, echote Gustav und sah auf.

»Ja, der Mörder hat ihm die Beine abgeschnitten«, verriet der Gruppeninspektor auch noch dieses Detail und holte damit seinen Gastgeber aus dessen trüber Stimmung. »Sie waren ja mal ein Chefinspektor, sind quasi einer von uns. Ihnen können wir das erzählen, ohne befürchten zu müssen, dass es am nächsten Tag in der Zeitung steht.« Prischko lachte.

»Klar könnt ihr das!« Gustav suchte für seinen Gast das größte Schnitzel im Topf heraus, spießte es auf und legte es ihm auf den Teller. »Kartoffeln?« Jetzt hielt er Prischko die Schüssel mit den golden gebratenen Erdäpfeln hin.

Lotta war fassungslos, wie leicht ihr Vater zu ködern war.

Aber was hatte sie erwartet?

Sie erzählte ihm selten Details von den Fällen, die sie gerade bearbeitete. Und dass Prischko eine derartige Plaudertasche war, überraschte sie. Essen gegen Informationen – dieser Tauschhandel wurde gerade vor ihren Augen erfolgreich abgewickelt.

»Gerne!« Der Gruppeninspektor schaufelte sich reichlich von den dargebotenen Knollen auf seinen Teller.

»Erzählen Sie mir mehr von dem Mord«, verlangte Gustav und nahm sich selbst Fleisch und Beilage.

»Papa, das ist keine so gute …«

»Was soll denn schon sein?«, unterbrach Prischko seine Vorgesetzte. »Dein Vater ist doch auch Polizist.«

Die Verwendung der Gegenwartsform ließ Gustav erstrahlen und Lotta verstummen. Widerwillig gab sie Prischko mit einer Grimasse ihren Segen.

Der Gruppeninspektor berichtete daraufhin ausführlich vom Fund der Leiche und deren ungewöhnlicher Inszenierung sowie der Notiz, die in ihrer Brusttasche gesteckt hatte.

»Der Ursprung des Sprichworts ›Lügen haben kurze Beine‹ liegt im 17. Jahrhundert, wusstet ihr das?«, fragte Gustav und schmatzte, da ihm trotz Prischkos Schilderungen offenbar der Appetit nicht vergangen war.

»Nein«, gab Lotta zu. »Aber wieso weißt du das?«

Gustav zuckte mit den Schultern. »Keine Ahnung. So etwas weiß man halt.«

»Also ich hab davon keinerlei Ahnung«, gab Prischko zu.

»Weil ihr jungen Leute nichts mehr lernt und alles im Internet nachschlagen könnt. Aber meine Generation«, Gustav deutete auf sich, »hat noch auswendig lernen müssen. Und zwar alles!«

»Dass Auswendiglernen nichts bringt, ist längst bekannt«, warf Lotta ein. »Die Lernmethoden müssen sich endlich der Realität anpassen. Heutzutage ist es wichtig, dass man weiß, wo man nachschlagen kann.«

»Das bringt nichts?« Gustav lachte. »Deshalb hab ich offenbar als Einziger hier am Tisch Kenntnis darüber, dass das Sprichwort ›Lügen haben kurze Beine‹ erstmals im

17. Jahrhundert erwähnt worden ist. Wenn auch in einer etwas anderen Form, als es uns heute bekannt ist, weil die Leute damals ja anders geredet haben. Es bedeutet in etwa, dass jemand, der lügt, nicht weit kommt, weil die Wahrheit doch ans Tageslicht gelangt. Und wenn jemand nicht schnell genug eine bestimmte Distanz bewältigen kann, hatte er in der damaligen Vorstellung eben kurze Beine.«

»Hast du eine Idee, was das für unseren Fall bedeuten könnte?«, fragte Lotta. Sie war mit dem Essen fertig und legte Messer und Gabel auf den Teller.

»Euer Toter hat gelogen, ob als Anwalt oder Politiker müsst ihr herausfinden.« Gustav war sich in dieser Sache offenbar sicher.

»Genau das wollte ich auch sagen«, pflichtete Prischko ihm mit vollem Mund bei.

Gustav strahlte ob der unerwarteten Zustimmung. »Ich schlage vor, wir fahren morgen früh in seine Kanzlei und gehen die letzten Fälle durch, die er bearbeitet hat.«

»Wir?«, wiederholte Lotta.

Das Strahlen verschwand aus dem Gesicht ihres Vaters. »Ihr, wollte ich sagen. Ihr solltet das tun. Ich spiele ohnehin morgen mit dem Rudi Karten.«

Lotta tat ihr Vater leid, aber es musste ihm doch klar sein, dass sie ihn nicht in ihre Ermittlungen einbeziehen konnte.

»Wer ist der Rudi?«, fragte Prischko.

Als Gustav Meinich nicht antwortete, erklärte Lotta: »Papas Freund aus Zeiten des aktiven Dienstes. Er war wie Papa bei der Polizei.«

Prischko nickte. »Alle Menschen lügen«, sagte er dann und rettete ihr damit erneut den Arsch, da Gustav Meinich wieder von seinem Teller hochblickte und ihn interessiert anschaute. »Aber nicht hinter jeder Lüge steckt gleich eine böse Absicht. Wenn ich jemandem ein Kompliment mache zu einer Frisur, die demjenigen nicht steht, ist das zwar gelogen, aber trotzdem meines Erachtens nicht ver-werflich.«

»Da hast du recht«, stimmte Lotta ihm zu. Gleichzeitig strich sie ihre glatten schwarzen Haare hinter das Ohr und überlegte, ob das eine Anspielung auf ihre Frisur gewesen sein könnte. Sie war ewig nicht mehr beim Friseur gewe-sen und könnte einen neuen Schnitt durchaus vertragen. Sie entschied sich, nicht darauf einzugehen, sondern statt-dessen eine weitere Möglichkeit aufzuzeigen, warum Men-schen die Unwahrheit sagten. »Lügen kann noch viel mehr sein als bloß eine Ausflucht. Wenn jemand zum Beispiel homosexuell ist und dies verleugnet, weil er sonst – wie in manchen Ländern üblich – verurteilt und eingesperrt wird, dient seine Lüge dem eigenen Schutz.«

»Wir sind hier aber nicht in Russland oder in einem anderen undemokratischen Land. Bei uns darf man sein, wie man will, ohne dass man deswegen verurteilt wird«, meinte Gustav.

»Vor dem Gesetz ja, für die Bevölkerung gilt das aller-dings nicht gleichermaßen«, wusste Prischko aus so man-chen Polizeieinsätzen.

»Ich hab mal gelesen, dass jeder Mensch mindestens vier Mal pro Tag lügt, meist aus Angst, Höflichkeit oder Egois-mus«, erzählte Lotta von einem Artikel in einer Fachzeit-schrift, an den sie sich erinnerte.

»Es wundert mich, dass das nicht häufiger passiert«, meinte Gustav. »Anwälte und Politiker kommen mit die-sen vier Mal aber sicher nicht aus.«

Prischko steckte den letzten Bissen Bratkartoffel in den Mund. Als er hinuntergeschluckt hatte, sagte er: »Es war ausgezeichnet, Herr Meinich, wirklich köstlich. Danke für die Einladung!«

»Die Sie nur meiner Tochter zu verdanken haben«, sagte Gustav und erntete dafür überraschte Blicke.

»Papa!«, mahnte Lotta ihren Vater zu mehr Höflichkeit.

»Was? Ich wollte nicht lügen, nachdem wir gerade darüber geredet haben«, erklärte der Angesprochene.

Prischko nahm es offenbar gelassen. »Ich schätze Ihre Offenheit, Herr Meinich. Ehrlich!«

»Dann ist es ja gut.« Gustav begann, das Geschirr abzuräumen. »Ihr könnt mir nämlich ruhig helfen.«

Lotta und Prischko sahen einander an.

»Dein Vater nimmt kein Blatt vor den Mund«, sagte der Gruppeninspektor, hob seinen Teller an und stand damit vom Tisch auf.

»Nein, das tut er nicht. Diplomatie ist für ihn ein Fremdwort.« Lotta folgte ihm und räumte ihr Geschirr in die Spülmaschine.

»Habt ihr etwas gesagt?«, fragte Gustav inmitten des Geschirrklapperns.

»Nein, Papa«, erwiderte Lotta.

*

Als Lotta und Prischko von Steyregg aufbrachen, war es schon halb zehn vorbei. Der Besuch bei Lottas Vater war wider Erwarten recht unterhaltsam gewesen, wozu Daniel Prischko einen erheblichen Beitrag geleistet hatte. Wäre Lotta mit ihrem Vater allein gewesen, wäre der Abend sicher anders verlaufen. Anstrengender. Vielleicht hätten sie sich sogar gestritten. Wegen des aktuellen Mordfalls und wegen anderer Dinge. Lotta liebte ihren Vater, aber manchmal war er eine richtige Nervensäge.

»Soll ich dich nach Hause bringen?«, fragte die Chefinspektorin, auch wenn sie keine Lust verspürte, zu so später Stunde noch nach Wels und dann dieselbe Strecke zurück nach Linz in ihre Wohnung zu fahren. Prischkos Wagen heute noch vom Traunsee abzuholen, kam für sie nicht infrage, immerhin standen ihnen aufgrund des Mordfalls lange Tage bevor. Da war es nicht verkehrt, rechtzeitig ins Bett zu kommen. »Du kannst auch auf meinem Sofa schlafen«, fügte sie deshalb an, während sie auf der Steyregger Brücke über die Donau nach Linz unterwegs waren.

Prischko gähnte. »Gerne.«

»Was? Dass ich dich nach Wels fahre oder das Sofa?«, hakte Lotta nach.

»Das Sofa, wenn das für dich in Ordnung ist.«

»Sonst hätte ich es dir nicht angeboten.«

»Dein Vater ist übrigens nett.«

»Ich weiß, ich mag ihn auch.« Lotta lächelte.

»Ihr steht euch nahe, das merkt man.« Prischko schaute seitlich aus dem Fenster. »Ich hab zu meinen Eltern kein so gutes Verhältnis.«

Lotta sah zu ihrem Kollegen hinüber, der seinen Blick auf das Gelände der Voestalpine richtete, wo die Schlacke der Stahlproduktion zum Abkühlen ins Freie gebracht worden war und das Firmament in den schönsten Rot- bis Gelbtönen erstrahlen ließ. Ein Spektakel, das sich in regelmäßigen Abständen wiederholte und bei klarem Himmel besonders weit zu sehen war.

»Mein Vater hat mich quasi allein großgezogen. Natürlich hat ihm meine Oma geholfen, aber den Löwenanteil hat er bewerkstelligt. Das schweißt zusammen«, erklärte Lotta.

»Oder es trennt einen für immer«, sagte Prischko.

»Was meinst du damit?« Lotta nahm die dritte Ausfahrt im Chemie-Kreisverkehr und fuhr in Richtung Linzer Innenstadt.

»Nicht alle Eltern sind gut zu ihren Kindern.«

Das wusste Lotta als Kriminalbeamtin natürlich. Den schlimmsten Fall, den sie im Laufe ihrer Dienstzeit hatte bearbeiten müssen, war jener gewesen, wo Eltern ihre Tochter über Jahre hinweg in einen Käfig gesperrt und fremden Männern zum Sex angeboten hatten. Dieser Fall hatte Lotta jahrelang beschäftigt, und selbst heute dachte sie manchmal mit Unglauben daran zurück, wozu Eltern fähig waren.

»Wie waren deine?«, hakte sie nach.

Prischko schwieg einen Moment. »Meine Mutter war ganz okay.«

Lotta wollte nicht weiter in ihn dringen. Wenn der Kollege das Bedürfnis verspürte, darüber zu reden, konnte er das jederzeit tun, das wusste er.

Die Chefinspektorin fuhr in die Tiefgarage ihres Wohnhauses in der Lederergasse. Der Lift brachte sie in den dritten Stock, und sie sperrte die Tür zu ihrer Wohnung auf. »Magst du etwas trinken?«, fragte sie, hängte ihre Lederjacke im Flur an die Garderobenleiste, schlüpfte aus den Sneakers und führte ihren Gast in das Wohnzimmer.

»Gerne.« Daniel Prischko sah sich um. »Schön hast du es hier.«

»Danke.« Lotta war nach der Scheidung in diese Dreizimmerwohnung gezogen, mehr Platz brauchte sie nicht. Die Möbel waren ein Mix aus Alt und Neu und strahlten durch das dunkle Holz eine urige Gemütlichkeit aus.

In der Essküche ließ sie Wasser in ein Glas laufen, kehrte damit zurück und reichte es dem Kollegen.

Der Gruppeninspektor schaute das Getränk überrascht an, wahrscheinlich hatte er mit etwas anderem gerechnet. Wein oder Bier oder gar mit Stärkerem. Doch Lotta war müde.

»Oder magst du lieber Saft?«, fragte sie, als sie seinen Blick bemerkte.

»Nein, passt schon.« Prischko hielt das Glas in der Hand, ohne zu trinken.

»Ich hol dir Bettzeug, dann kannst du es dir auf dem Sofa gemütlich machen.« Lotta empfand es nun doch seltsam, einen Mann in ihrer Wohnung zu haben, auch wenn es sich dabei um ihren Kollegen handelte. Einen Kollegen, den sie gut kannte und mit dem sie eng zusammenarbeitete.

Sie hörte jetzt schon das Getratsche auf der Dienststelle.

# 5. KAPITEL

Der Geruch von frisch aufgebrühtem Kaffee und gebratenem Speck zog sich durch die Wohnung. Wahrscheinlich hatte Lotta das Klimpern von Geschirr geweckt. Müde warf sie sich ihren flauschigen gelben Morgenmantel über, da sie nur in Unterwäsche schlief, und öffnete die Schlafzimmertür.

»Guten Morgen!« Mit einer Pfanne in der Hand empfing Prischko sie in der Essküche.

Erstaunt schaute Lotta auf den für zwei gedeckten Tisch und murmelte: »Guten Morgen.«

»Du magst doch Eier mit Speck, oder?« Prischko schaufelte von beidem reichlich auf zwei Teller. Ganz klar hatte er die Herrschaft in ihrer Küche übernommen.

»Ich glaub schon.« Lotta war sich nicht sicher, was sie von alledem halten sollte. Vom kalorienreichen Frühstück und davon, dass sie dieses mit ihrem Kollegen gemeinsam einnehmen sollte.

»Du weißt nicht, ob du Eier und Speck magst?« Prischko sah Lotta amüsiert an.

»Ich trinke in der Früh lediglich Kaffee.«

»Du sollst morgens wie ein Kaiser essen, mittags wie ein König und abends wie ein Bettler – das hat schon meine Oma gesagt«, teilte Prischko ihr mit.

»Na, wenn das deine Oma gesagt hat.« Lotta setzte sich auf einen Stuhl und ließ die Betriebsamkeit ihres Kollegen über sich ergehen. Umgehend standen ein Kaffeehäferl und ein übervoller Teller vor ihr, begleitete von viel zu vielen Wörtern.

Lotta mochte es, wenn in der Früh Stille herrschte. Und zwar absolute Stille. Es reichte ihr völlig, wenn später auf der Dienststelle verschiedene Stimmen mit unterschiedlichen Anliegen wie Starkregen auf sie einprasselten.

»Gebäck gibt es leider keines, da heute Sonntag ist, aber ich denke, wir kriegen das auch so hinunter«, unterbrach Prischko gut gelaunt die von Lotta herbeigesehnte und lediglich wenige Sekunden andauernde Ruhe, setzte sich ihr gegenüber und begann, den Essensberg in sich hineinzustopfen, als hätte er über Wochen gehungert.

Lotta beobachtete ihn dabei, das Häferl in der Hand.

»Was?« Prischko war aufgefallen, dass sie ihn musterte.

Sie nahm einen Schluck Kaffee. »Du hast doch gestern Abend zwei riesige Schnitzel mit Bratkartoffeln verschlungen. Wie kannst du jetzt schon wieder so einen Hunger haben?«

»Essen geht immer«, sagte Prischko schmatzend.

»Ich bin überrascht, dass du so schlank bist.«

»Das macht das harte Polizeitraining.«

Lotta schmunzelte. Sie wusste, dass sich manche Kollegen bei diesem angeblich so harten Polizeitraining kaum vom Fleck rührten und lediglich die Gesichtsmuskeln bewegten, weil sie den neuesten Klatsch und Tratsch ergiebig durchkauten. Offenbar nahm ihr Kollege das Training wirklich ernst. »Ich geh unter die Dusche«, sagte sie und stand vom Tisch auf.

»Was ist mit deinen Eiern?«, rief Prischko ihr hinterher.

»Die kannst du haben. Und ich hab noch irgendwo eine frische Zahnbürste, die leg ich dir im Bad aufs Waschbecken.«

»Danke!«

Lotta genoss in der Dusche das über ihren Körper her-
abfließende Wasser, das ihr die Ruhe in ihren Kopf zurück-
brachte, die sie morgens brauchte.

*

Die Kriminalbeamten fuhren in die Kanzlei von Vincent
Molov nach Kirchdorf an der Krems. Molovs Sekretärin sperrte ihnen die von einem Polizisten bewachte Tür
auf, da die Schlüssel des Rechtsanwalts noch immer nicht
gefunden worden waren. Die Räumlichkeiten in der Straße
Am Anger waren modern und nüchtern eingerichtet. Keine
Dekoration stand herum, kein Bild hing an den Wänden,
sie waren nackt und weiß. Nur ein geschmiedeter Schirm-
ständer und zwei schwarze Plastikstühle befanden sich in
dem mit grauem Teppich ausgelegten Warteraum. Sogar
die Fenster waren vorhanglos. Nichts behinderte den Blick
hinaus in eine Welt, die viel bunter war als die Kanzlei.

»Schlimm, was passiert ist«, schluchzte Sabina Voits.
»Wer macht denn so etwas Grausliches? Wenn ich mir
vorstelle, wie …« Die Sekretärin brach ab und sah die Inspektoren entsetzt an.

»Wir finden heraus, wer Ihrem Chef das angetan hat«,
erwiderte Lotta. »Können wir uns irgendwo hinsetzen?«
Sie hatte Angst, die Frau könnte bei der Befragung ohn-
mächtig werden, da sie jetzt schon ganz blass im Gesicht
war. Wahrscheinlich vom vielen Weinen um ihren Arbeit-
geber, der es offensichtlich wert war, dass man um ihn
trauerte.

»Ja natürlich. Im Büro von Dr. Molov ist ein Besprechungstisch. Wollen Sie einen Kaffee oder etwas anderes?«

»Kaffee wäre toll«, sagte Prischko ohne Rücksicht auf den mitgenommenen Zustand der Sekretärin.

Typisch Mann, dachte Lotta. Oder typisch Frau, da Frauen sogar dann noch dazu neigten, ihre Pflichten zu erfüllen, wenn sie schon am Boden lagen, so wie Sabina Voits, die zweifelsohne selbst jemanden gebrauchen könnte, der ihr eine Tasse Kaffee servierte.

»Für mich nichts, danke«, lehnte Lotta ab.

Sabina Voits führte die Kriminalbeamten in Molovs Büro. Außer einem Foto von seiner Frau und seiner Tochter auf dem Schreibtisch bestach auch dieser Raum durch die Abwesenheit von jeglichem Dekorativem. Lotta überlegte, was für ein Mensch Molov gewesen war, dass er eine derart sterile Arbeitsumgebung bevorzugt hatte.

»Hatte Ihr Chef Feinde?«, fragte sie die Sekretärin, als diese mit Prischkos Kaffee in blütenweißem Porzellan und einem Glas Wasser für Lotta zurückkam und beides auf den Tisch stellte.

»Feinde? Ich weiß nicht …« Sabina Voits zuckte mit den Schultern und setzte sich. »Kann man diejenigen, deren Prozesse er nicht gewonnen hat, als Feinde bezeichnen?«

»Hat er denn viele Gerichtsverhandlungen verloren?«, bohrte Prischko nach und griff nach seinem Kaffee, während Lotta die Unterlagen auf dem Schreibtisch des Anwalts durchzuschauen begann. Fallakten. Briefe. Rechnungen.

»Eigentlich nicht«, meinte die Sekretärin.

»Hatte er einen Partner? Oder hat er die Kanzlei alleine geführt?«

»Dr. Molov war alleine, bis auf mich natürlich. Ich mache seine Termine, schreibe die Honorarnoten und erledige alles, was sonst noch so anfällt. Er hat zwar immer wieder überlegt, die Kanzlei zu erweitern, aber er hat auch gesagt, dass er sich dann abstimmen müsste, was er nicht wollte. So war er unabhängig, und das hat er lieber gemocht. Ich denke, er war zufrieden, wie es gelaufen ist.«

»Und seine Frau? War die auch zufrieden?«, wechselte Prischko das Thema.

Lotta sah von den Unterlagen auf und die Sekretärin an. Sie wollte mitbekommen, wie sie auf diese Frage reagierte. Denn oft waren es nicht die Worte der Befragten, die mehr verrieten, sondern deren Körpersprache.

»Dr. Molov hat nicht viel über sein Privatleben geredet, aber ich denke schon, dass er und seine Frau eine gute Ehe geführt haben. Zumindest hab ich nichts mitgekriegt, das anderes vermuten ließe.«

»Keine Affäre?«, bohrte Prischko nach.

»Ich … Nein, ich glaube nicht … Ich … weiß es nicht«, stotterte die Sekretärin.

»Ich meinte nicht, dass er mit Ihnen eine Affäre gehabt hat, sondern mit einer seiner Klientinnen zum Beispiel. Oder mit den Frauen seiner Klienten«, blieb der Gruppeninspektor an der Sache dran.

»Schon klar, aber auch da weiß ich nichts«, erwiderte Sabina Voits.

»Wie war denn das Verhältnis zwischen Ihnen und Ihrem Chef?«, fragte Lotta.

»Gut«, kam es ohne Zögern zurück.

»Fallen Ihnen Menschen ein, die kein so gutes Verhältnis wie Sie zu Dr. Molov hatten? Deren Fälle zu den erfolglosen gehören?«

»Schuhmann, Präuer, Steinwinckler, Offenschauer … um nur ein paar zu nennen. Ich kann Ihnen die Akten raussuchen, wenn Sie wollen«, bot Sabina Voits an.

»Danke, das wäre toll!« Lotta blätterte in einer Prozessakte mit dem Titel »Kloßständer«, in der es offenbar um Ruhestörung ging.

»Welche Termine hatte Dr. Molov vorgestern?«, übernahm wieder Prischko die Befragung.

»Da muss ich nachschauen.« Sabina Voits stand auf, verließ das Büro ihres Chefs und kam mit einem Tablet zurück. Nachdem sie ein paarmal auf das Display getippt hatte, las sie vor: »Am Vormittag war er in Linz bei Gericht in Sachen Johann Kloßständer. Die Nachbarn haben ihn wegen Ruhestörung angezeigt. Herr Kloßständer hat auf seinem Grundstück eine Party gefeiert, was den Anrainern zu laut gewesen ist. Die Klage wurde abgewiesen …«

Lotta klappte die Akte zu.

»… Um 14 Uhr war Dr. Molov hier in der Kanzlei und hat sich auf den Prozess von Herrn Schmackerl vorbereitet. Ihm wird schwere Körperverletzung zur Last gelegt. Dieser Fall ist so gut wie aussichtslos, weil es mehrere Zeugen gibt, die Schmackerl belasten. Dr. Molov ist in diesem Fall als Pflichtverteidiger bestellt worden und ihm war klar, dass er den Fall verlieren wird …« Die Frau schniefte, fing sich jedoch gleich wieder, um mit ihrem Auftrag weiterzumachen. »Um 18 Uhr gibt es einen Eintrag mit A. S., diesen Termin hat er selber gemacht, das war nicht ich. Und um 20 Uhr war er im Fitnessstudio. Das war's!« Die Frau legte das Tablet auf den Tisch.

»A. S. – was könnte das bedeuten?«, fragte Lotta.

Die Frau zuckte mit den Schultern. »Keine Ahnung.«

»Vielleicht die Abkürzung eines Namens?«

»Möglich. Ich weiß es nicht.«

»Stand das schon mal in seinem Kalender?«

Die Sekretärin nahm das elektronische Gerät erneut in die Hand und gab etwas in ein Suchfeld ein. »Nein«, sagte sie, als das Ergebnis vorlag.

»Was wissen Sie über die Tätigkeit Ihres Chefs in der Stadtpolitik?«, fragte die Chefinspektorin.

»Nicht viel. Er war im Stadtrat und hatte hin und wieder Termine wahrzunehmen, mehr ist mir darüber nicht bekannt.«

»Sind Sie denn nicht von hier?«, fragte Prischko.

»Doch, aber Dr. Molov hat nie etwas erzählt, und ich habe nicht nachgefragt.« Die anfängliche Trauer um ihren Chef schien sich verflüchtigt zu haben. Sabina Voits wirkte plötzlich reserviert.

»Gehörten Sie beide politisch unterschiedlichen Lagern an?«, wollte Prischko deshalb wissen.

»Das kann man so sagen. Er war äußerst konservativ, und ich bin sehr offen, um es mal so zu formulieren.«

»Was meinen Sie damit?«, hakte Lotta nach.

»Das, was ich gesagt habe.«

»Geht es ein bisschen genauer?«

Sabina Voits atmete tief durch. »Er hatte etwas gegen Schwule und Lesben. Er hat die LGTBQ+-Bewegung ins Lächerliche gezogen und behauptet, dass das nicht normal sei und verboten gehöre, solche Dinge …«

»Das hat sicher für Spannungen zwischen Ihnen beiden gesorgt …«

»Nicht, wenn man nicht darüber redet.«

»Deshalb war seine politische Tätigkeit kein Thema, hab ich recht?«

Die Sekretärin nickte.

»Mich wundert, dass Sie trotzdem für ihn gearbeitet haben.«

»Meine Einstellung zu diesen Themen stand ja nicht in meinem Bewerbungsschreiben sowie seine Einstellung nicht aus der Jobausschreibung ersichtlich war«, gab Sabina Voits zurück.

»Aber Sie sind geblieben, nachdem Sie es herausgefunden hatten«, brachte Lotta es auf den Punkt.

»Die Bezahlung war in Ordnung«, erklärte die Sekretärin.

»Sind Sie lesbisch … oder etwas von den anderen Buchstaben?«, fragte Prischko.

»Nein. Und da Sie offenbar nicht wissen, wofür die Buchstaben stehen, helfe ich Ihnen gerne weiter. Mit dieser englischen Abkürzung werden lesbische, schwule, bisexuelle, transgender und queere Menschen vereint genannt. Wieso ist es von Interesse, ob ich dazuzähle?«

»War Dr. Molov homosexuell?«

»Was?« Sabina Voits schien die Frage zu belustigen. »Ich hab Ihnen doch gerade gesagt, dass er …«

»Manche Menschen verstecken ihre Neigungen hinter einer Fassade, Frau Voits. Damit die Neigungen nicht entdeckt werden, weil sie von der Gesellschaft oder dem näheren Umfeld nicht akzeptiert werden«, erklärte Lotta.

Die Sekretärin schwieg einen Augenblick. »So hab ich das noch gar nicht betrachtet.«

»Der Täter bezichtigt Ihren Chef der Lüge. Können Sie sich vorstellen, warum er das tut?«

Die Frau schüttelte den Kopf. »Ich bin seit sechs Jahren bei Dr. Molov und kenne ihn als korrekten Menschen. Ich weiß nicht, was der Verrückte, der ihn auf so grausame Weise zerstückelt hat, ausdrücken will, wenn er ihm eine Lüge unterstellt. Glauben Sie wirklich, dass er homosexuell gewesen ist, der Täter das herausgefunden hat und ihn dann deshalb …?«

Lotta überlegte. »Gab es denn Anzeichen in diese Richtung?«

»Nicht die geringsten.« Die Sekretärin schien sich da ganz sicher zu sein.

»Die Lüge muss in den Augen des Täters derart schwer wiegen, dass er es als gerechtfertigt ansieht, Molov deswegen zu ermorden«, fasste Prischko zusammen. »Ich glaube nicht, dass es ausreichen würde, wenn er schwul gewesen wäre.«

»Menschen töten aus viel geringeren Motiven«, warf die Chefinspektorin ein.

»Vielleicht ist der Täter wegen Molov unschuldig im Gefängnis gelandet«, zeigte Prischko eine weitere Möglichkeit für ein Motiv auf.

Lotta schaute Sabina Voits an. »Ist Ihnen ein derartiger Fall bekannt?«

Die Frau verneinte.

»Das hätte er bestimmt nicht an die große Glocke gehängt«, war Prischko überzeugt. »Nicht alle können mit Fehlern, die sie gemacht haben, umgehen.«

»Nicht jeder Anwalt sieht es als Fehler an, wenn ein Unschuldiger hinter Gitter wandert und dafür sein Klient auf freiem Fuß bleibt. Schließlich wird er von diesem genau dafür bezahlt«, argumentierte Lotta.

»Da hast du allerdings recht«, pflichtete Prischko ihr bei.

»Gut, wir besorgen uns einen Gerichtsbeschluss und nehmen alle Akten mit«, entschied die Chefinspektorin.

»Alle?«, echote Sabina Voits. »Wir haben auch noch ein Archiv im Keller.«

Lotta seufzte. »Es wird uns nichts anderes übrig bleiben, als sämtliche Fälle durchzugehen, um herauszufinden, wer Ihren Chef dermaßen gehasst hat, dass er ihn ermordet hat. Unsere Kollegen werden die Unterlagen aufs Landeskriminalamt nach Linz schaffen. Außer wir finden im Stadtamt Molovs Mörder.«

»Dort sitzen viele Verbrecher«, stieß die Sekretärin verächtlich aus. »Lauter Politiker!«

»Und warum sind das Verbrecher?«

»Schauen Sie kein Fernsehen?«

»Doch, aber …«

»Dann wissen Sie eh, was los ist. Die einen schachern sich die gut dotierten Posten gegenseitig zu, die anderen kaufen billige Grundstücke und lassen sie anschließend in Baugrund umwidmen, und ein paar von denen sitzen im Stadtrat oder im Nationalrat und treffen Entscheidungen, die die Reichen und Mächtigen von ihnen verlangen. Gut möglich, dass einer von denen Dr. Molov umgebracht hat!«

»Das werden der Gruppeninspektor und ich herausfinden«, sagte Lotta. Sie kannte die zunehmende Skepsis gegenüber Politikern in dem Land und wollte darüber jetzt nicht diskutieren. Das hatte sich bei der letzten Wahl eh bereits niedergeschlagen. »Wo waren Sie vorgestern Abend und in der Nacht?«

»Ich? Bin ich etwa verdächtig?« Ungläubig schaute die Sekretärin die Chefinspektorin an.

»Das sind Routinefragen, die wir jedem stellen müssen«, erklärte Lotta.

»Ich war zu Hause, wie fast immer.«

»Kann das jemand bezeugen?«

»Ja, mein Mann und meine beiden Kinder.«

»Danke für den Kaffee und das Wasser, Frau Voits!«

*

Chefinspektorin Lotta Meinich und Gruppeninspektor Daniel Prischko hatten sich mit dem Bürgermeister im Rathaus verabredet, nachdem dieser ihnen am Telefon mitgeteilt hatte, dass er sogar sonntags im Dienst der Öffentlichkeit stehe, weil er sonst mit seiner Arbeit nicht hinterherkomme. Der Bürgermeister, ein durchtrainierter Mittfünfziger mit schütterem Haar, erhob sich von seinem Chefsessel, als Lotta und Prischko sein Büro betraten, und kam um den schweren Schreibtisch herum.

»Josef Karlstifter«, stellte er sich vor und reichte den Kriminalbeamten die Hand. Anschließend deutete er auf zwei Stühle vor seinem Schreibtisch, auf denen Lotta und Prischko Platz nahmen. Er selbst setzte sich wieder in den ledernen Chefsessel. »Wie kann ich der Polizei behilflich sein?«

»Wir sind wegen Dr. Vincent Molov da«, erklärte Lotta ihr Erscheinen.

»Schrecklich, was passiert ist.« Der Bürgermeister schüttelte bedauernd den Kopf. »Er wird uns allen sehr fehlen …«

»Allen?«, hakte Prischko ein.

»Nun ja … davon gehe ich aus«, erwiderte Karlstifter und räusperte sich. »Wissen Sie schon, wer es getan hat?«

»Noch nicht, wir haben ja gerade erst mit den Ermittlungen begonnen«, sagte Prischko.

»Herr Karlstifter, fällt Ihnen jemand ein, der Molov das angetan haben könnte?«, fragte Lotta.

Der Bürgermeister setzte sich aufrecht hin und holte tief Luft.

»Keine politische Rede bitte und auch keine Lobeshymne auf den Toten. Das heben Sie sich für sein Begräbnis auf«, warf Prischko ein, noch bevor Karlstifter ein einziges Wort hatte sagen können.

Der Mann lockerte seine Krawatte. »Nun ja, Molov hatte nicht nur Freunde. Dass er in manchen Angelegenheiten eine sehr weit rechts liegende Position eingenommen hat, hat nicht jedem gefallen.«

»Sie meinen, dass er unter anderem gegen Schwule und Lesben Stimmung gemacht hat?«, präzisierte Lotta.

Der Mann zögerte. »Das auch ...«

»Was noch?«

»Er wollte das alte Familienbild wieder stärken. Ihm war wichtig, dass jeder seinen Platz in der Gesellschaft hat und diesen auch kennt. Die Frauen sollten zu Hause bei den Kindern sein, deshalb waren ihm unsere Ausbaupläne für Kinderbetreuungsplätze ein Dorn im Auge. Außerdem wollte er, dass wir in Kirchdorf keine Zuwanderer mehr aufnehmen und diejenigen, die schon bei uns sind, in ihre Herkunftsländer abschieben, egal, ob sie als Flüchtlinge anerkannt sind oder nicht.«

»Hat es deswegen Streit gegeben?«, fragte Lotta.

»Natürlich! Und zwar andauernd. Molov war wie ein Stachel in unser aller Fleisch«, spie der Bürgermeister verächtlich aus.

»Soll heißen?«

»Dass jetzt vieles einfacher wird.« Josef Karlstifter verzog keine Miene.

»Haben Sie ihn umgebracht?«, schoss es aus Prischko heraus.

»Nein! Aber ich weine ihm auch keine Träne nach.« Der Bürgermeister lockerte seine Krawatte noch weiter. »Molov war Anwalt und hat uns immer wieder gedroht, unsere Projekte zu stoppen und gerichtlich gegen uns vorzugehen, wenn wir etwas beschließen, das nicht in seinem Sinne gewesen ist. Und glauben Sie mir, es war vieles nicht in seinem Sinne. Er wollte alles blockieren, wenn er nicht kriegt, was er will. Und so einer schimpft sich Rechtsanwalt! Diese Rechtsverdreher sind doch alle gleich, ohne Rückgrat! Die vertreten Menschen, die ein Verbrechen begangen haben, und freuen sich, wenn sie sie vor Gericht freibekommen, obwohl sie ganz genau wissen, dass sie schuldig sind. Und wir wundern uns, warum so viele Verbrecher frei herumlaufen. Das geht doch nicht!«, echauffierte sich der Mann.

»Komisch, das Gleiche haben wir heute schon über Politiker gehört, nur in anderen Worten«, bemerkte Prischko.

»Wir Politiker können uns so etwas doch gar nicht erlauben. Wir stehen ja in der Öffentlichkeit. Die Medien fallen schon über uns her, wenn wir nur mal schief schauen.« Das Gesicht des Mannes war vor Ärger gerötet.

»Hat Ihnen Molov rechtliche Schwierigkeiten bereitet?«, fragte die Chefinspektorin.

»Die Arbeit in der Zeit, als er als Stadtrat tätig war, war äußerst mühsam, für uns alle. Aber verklagt hat er uns dann doch nie, wenn Sie das meinen«, erzählte der Bürgermeister wieder ein wenig ruhiger.

»So viel dazu, dass er Ihnen allen fehlen wird«, stellte Prischko schmunzelnd fest. Es war klar zu erkennen, dass er keine Sympathien für sein Gegenüber hegte.

Dem Bürgermeister schien es ähnlich zu ergehen. Mit finsterem Blick sah er den Ermittler an, zog es aber vor, nichts zu erwidern.

»Wer außer Ihnen ist noch froh, dass Molov tot ist?«, fragte Prischko provokant.

»Ich bin nicht froh, dass er tot ist«, rückte Karlstifter diese Aussage gerade. »Aber ich bin froh, dass er unsere Arbeit nicht länger behindert.«

»Schon gut. Und wer außer Ihnen ist das noch?«, formulierte der Gruppeninspektor seine Frage neu.

»Gewiss alle im Stadtrat«, glaubte der Bürgermeister.

»Wie viele sind das?«, hakte Lotta nach.

»An die 25 Stadt- und Gemeinderäte.«

»Keine Frauen?« Die Chefinspektorin war überrascht.

»Äh ... doch, natürlich ...«

»Aber die sind mitgemeint«, sagte Lotta süffisant.

»Äh ...«

»Wir sind hier ja nicht in Niederösterreich, wo Diskriminierung durch die Landesregierung per Erlass verordnet wurde. Oder fällt Ihnen ein Zacken aus der Krone, wenn Sie die Frauen, die hart für Kirchdorf arbeiten, auch erwähnen?«, formulierte Lotta es spitz.

»Nein, selbstverständlich nicht. Also, wir sind an die 25 Stadt- und Gemeinderäte und Stadt- und Gemeinderätinnen«, korrigierte sich Karlstifter und betonte das »-innen« ganz besonders.

Na, geht doch, dachte Lotta, sagte aber: »Wir brauchen die Namen.«

»Sie bekommen von mir eine Liste.«

»Ist eine oder einer von denen besonders froh, dass es von nun an keinen Ärger mehr mit Molov geben wird?« Auch Prischko hielt jetzt das Gendern ein.

Der Bürgermeister zuckte mit den Schultern. »Mit dem Sumauer Peter hatte er neulich nach der Gemeinderatssitzung einen Streit, das hab ich mitgekriegt.«

»Um was ging es?«, fragte die Chefinspektorin.

»Das weiß ich nicht. Die beiden sind vor dem Rathaus gestanden und haben sich angebrüllt, ich hab ihre aufgeregten Stimmen bis herauf gehört. Als ich aus dem Fenster geschaut habe, sind sie gegangen.«

Lotta gab Prischko zu verstehen, sich den Namen zu notieren. »Wann war das genau?«

»Vor zwei, drei Wochen.«

»Wo finden wir diesen Sumauer Peter?«

»Um diese Uhrzeit sicher auf seinem Bauernhof, der liegt ein wenig außerhalb von Kirchdorf.«

»Sonst noch jemand?«

»Der Molov war ein streitbarer Mensch, der ist wahrscheinlich bei vielen angeeckt, nicht nur bei uns im Stadt- und Gemeinderat.«

Lotta schob dem Bürgermeister ihre Visitenkarte über den Tisch zu. »Wenn Ihnen noch etwas einfällt, das hilfreich für die Aufklärung des Falls sein könnte, rufen Sie mich bitte an.«

Josef Karlstifter nickte. »Mach ich. Auf Wiedersehen!«

»Und die Liste mit den Namen?«, erinnerte Lotta ihn.

»Ah ja.« Der Mann wandte sich seinem Computer zu und machte ein paar Klicks mit der Maus. »So, das haben wir gleich …«

»Und vergessen Sie die Frauen nicht«, unterbrach Lotta ihn.

»Ja natürlich! Vor allem die Frauen!«, fauchte er. Der neuerliche Hinweis auf seine Vorliebe für die maskuline Wortwahl verärgerte Karlstifter sichtlich. Am Tisch nebenan fing dessen ungeachtet der Drucker zu surren an.

»Herr Karlstifter, wo waren Sie vorgestern Abend und die ganze Nacht?«, fragte die Chefinspektorin abschließend nach dem Alibi des Bürgermeisters.

»Sie denken doch nicht etwa, dass ich etwas mit der Sache zu tun habe?«, fuhr der sie an.

»Beantworten Sie einfach die Frage«, verlangte Lotta.

»Zu Hause bei meiner Frau«, sagte Karlstifter mit schmalen Lippen, holte ein Blatt Papier aus dem Drucker und hielt es der Chefinspektorin hin.

Lotta griff danach und verabschiedete sich mit einem Lächeln. »Auf Wiedersehen!«

»Ja, auf Wiedersehen«, kam es weniger freundlich zurück.

Die Kriminalbeamten verließen das Rathaus und gingen zu Lottas Dienstwagen. Die Chefinspektorin sperrte den VW Passat mit der Fernbedienung auf. Im Wageninneren schaute sie auf die Uhr: »17:37« leuchtete ihr vom Armaturenbrett entgegen. Die Zeit war regelrecht verflogen, kein Wunder, dass ihr Magen knurrte.

»Was hältst du von dem?«, fragte sie ihren Kollegen, der neben ihr auf dem Beifahrersitz Platz genommen hatte.

»Das ist ein typischer Politiker, er hat zwar viel geredet, aber nicht viel gesagt. Seine Aussage war nicht besonders hilfreich. Zuerst trauern alle um den toten Stadtrat und dann sind sie plötzlich froh, dass er sie nicht mehr terrorisiert, wenn ich das richtig verstanden habe. Von einem Extrem ins andere«, tat Prischko seine Meinung kund.

»Der Bürgermeister hat sich schwergetan, die Frauen in der Stadtpolitik zu erwähnen. Er wäre beinahe an seinen Worten erstickt, als ich ihn dazu aufgefordert habe. Vielleicht hat er etwas gegen die Gleichbehandlung aller. Was, wenn er dahintergekommen ist, dass Molov homosexuell gewesen ist und ihn das so aufgeregt hat, dass er ihn ermordet hat? Weil er sich von ihm betrogen gefühlt hat. Weil Molov ja so vehement dagegen aufgetreten ist, wie Sabina Voits behauptet«, spekulierte Lotta ein wenig herum.

»Du meinst, es war tatsächlich alles nur Fassade?« Prischko schien über Lottas Worte nachzudenken.

»Möglich. Schau dir doch nur mal so manche Politiker an. Wenn die es bis ganz nach oben geschafft haben, ist der Idealismus, etwas zur Verbesserung des Landes beizutragen, bei vielen weg, und jeder achtet nur noch auf sich selber und seine Klientel. Ein großes Schauspiel ist das, mehr nicht.«

»Das ist kein Schauspiel, sondern ein Kasperltheater. Oder wo sonst gibt es einen Untersuchungsausschuss gegen eine Person, der von derselben Person geleitet wird, gegen die ermittelt wird? Das gibt es nur bei uns in Österreich!« Prischko stieß frustriert die Luft aus.

»Deshalb müssen wir alles in Betracht ziehen, auch das scheinbar Unmögliche. Wir knöpfen uns diesen Sumauer Peter, mit dem Molov angeblich eine Auseinandersetzung gehabt hat, aber trotzdem vor. Vielleicht ist der Streit ja später eskaliert«, meinte Lotta.

»Heute noch?«, fragte der Gruppeninspektor.

»Morgen. Jetzt holen wir dein Auto vom Traunsee.« Lotta startete den Motor und fuhr los.

»Ich finde es lustig, dass Molovs Sekretärin, diese Sabina Voits, Politiker als korrupt und was weiß ich noch alles hingestellt hat und dass der Bürgermeister genau das Gleiche mit den Anwälten gemacht hat.« Prischko grinste.

»Zwei Berufsgruppen, die sich offenbar nicht besonders mögen, und in Molov waren diese Berufsgruppen in einer Person vereint. Ob das etwas zu bedeuten hat?«

Der Gruppeninspektor zuckte mit den Schultern. »Gute Frage.«

Lotta lenkte den Dienstwagen aus der Stadt hinaus zum Traunsee und entschied sich anstatt für den Weg über die A1, der zwar länger, dafür aber schneller war, für jenen über die Scharnsteiner Straße.

Als die Kriminalbeamten am Traunsee auf dem Parkplatz »Unterm Fels« ankamen, waren sie überrascht, einen Streifenwagen dort parken zu sehen.

»Ist schon wieder etwas passiert? Die Tatortgruppe müsste doch längst fertig sein«, überlegte Lotta laut.

»Ich frag mal nach.« Prischko stieg aus. Die Chefinspektorin stellte den Motor ab und folgte ihm.

»Wieso seid ihr noch da?«, wollte der Gruppeninspektor von den zwei Uniformierten wissen, die den Weg zum Traunseeufer, der mit polizeilichem Flatterband abgesperrt war, bewachten.

»Wir sind *wieder* da«, erklärte der Größere von den beiden sichtlich genervt.

»Ja, weil zwei so Deppen Tatort-Seeing betrieben haben und sich einer von denen dabei verletzt hat, der musste sogar ins Spital gebracht werden«, ergänzte der andere nicht minder verärgert. »Deshalb hat der Chef gesagt, dass wir hier niemanden mehr durchlassen dürfen, weil das Absperrband offenbar nicht für alle gilt, da manche glauben, es ignorieren zu können.«

»Und wie lange wollt ihr das machen?«

»Bis der Tatort freigegeben wird, hat der Chef gesagt.«

»Dann hoffen wir für euch, dass das schnell passiert«, erwiderte Lotta, um ihr Mitgefühl gegenüber den Kollegen auszudrücken. Mit einem Handzeichen verabschiedete sie sich von ihnen, und zu Prischko sagte sie: »Wir sehen uns morgen auf der Dienststelle. Pfiat dich!«

# 6. KAPITEL

Auf der A1 Richtung Linz drehte Lotta die Musik im Wagen laut auf, um den Kopf freizukriegen. Gute alte Rockmusik half ihr immer, die Dämonen, die ihre Arbeit oftmals heraufbeschwor, zu vertreiben. Ihre Gedanken sortierten sich beim Hören ihrer Lieblingssongs und die Schwere, die der Fund eines Toten auslöste, verpuffte. Je länger sie unterwegs war, umso besser fühlte sie sich, und als Bon Jovis »Livin' on a Prayer« aus den Lautsprechern dröhnte, sang sie lauthals mit. Lotta fühlte sich in diesem Augenblick wie 20. Zu diesem Lied hatte sie ausgelassen getanzt und dabei ihrem Ex-Mann den Kopf verdreht, wie er ihr einmal verraten hatte. Noch heute liebte sie diesen Song, auch wenn sie längst geschieden waren. »Whoa oh, livin' on a prayer«, brüllte sie aus Leibeskräften, bis die Freisprecheinrichtung die Lautstärke automatisch herunterregelte und den Eingang eines Telefonats meldete.

»Papa«, stand auf dem Display.

Kurz überlegte Lotta, ob sie das Gespräch ablehnen und das Lied zu Ende hören sollte. Sie könnte ihren Vater danach zurückrufen, entschied sich jedoch dagegen, wenn auch ein wenig enttäuscht, weil der Euphorie-Trip nun ein Ende fand.

»Hallo, Papa, was gibt's?«

»Kannst du mich vom Krankenhaus abholen?«, fragte Gustav.

»Was? Wieso bist du im Krankenhaus? Was ist passiert?«

Sofort flutete die Sorge Lottas Herz, dass ihr Vater einen Herzanfall erlitten haben könnte oder sonst etwas Schlimmes passiert war und sie nicht da gewesen war, um ihm beizustehen.

»Ach, halb so wild. Ich bin bloß hingefallen. Aber der Rudi, das Weichei, hat sofort die Rettung gerufen, als er das Blut gesehen hat. Er hatte wohl Angst, dass er mich zurück zum Auto tragen muss.« Gustav hustete in die Leitung.

Lotta fiel ein, dass ihr Vater gestern beim Abendessen verkündet hatte, dass er und sein alter Freund heute Karten spielen wollten. Keine Ahnung, warum sie ihre Meinung geändert hatten und mit dem Auto unterwegs gewesen waren. Wohin überhaupt? Und was hatten sie gemacht? Einerseits fand Lotta es gut, wenn sich ihr Vater körperlich betätigte, andererseits sah man jetzt, was dabei rauskam. »Hast du dir etwas gebrochen?«, fragte sie und stieg ein wenig mehr aufs Gaspedal, um schneller in Linz zu sein und ihren Vater abzuholen.

»Ah wo!«, tat dieser den Vorfall ab. »Nur ein paar Abschürfungen und blaue Flecken.«

»Wo ist der Rudi?«

»Der treibt sich irgendwo mit Johann Strauss herum, aber er weigert sich, mich nach Hause zu fahren.«

Lotta verdrehte die Augen. Wer nannte seinen Hund Johann Strauss? Darüber hatten sie schon mehrmals mit dem Freund ihres Vaters debattiert, der den Namen durchaus passend für den Labradorrüden fand. »In welchem Krankenhaus bist du?«

»In Gmunden.«

»Wo?«

»Im Salzkammergut Klinikum Gmunden«, präzisierte Gustav.

»Wieso? Ich dachte …« Lotta überlegte. »Wo seid ihr denn gewesen?«

»In Gmunden.«

Lotta dämmerte, was hier ablief. »Papa, du und der Rudi, ihr seid doch nicht etwa …?«

»Ich muss auflegen, eine Krankenschwester ist ins Zimmer gekommen.«

Die Leitung war unterbrochen.

Lotta fluchte nun genauso laut, wie sie zuvor »Livin' on a prayer« gebrüllt hatte, und verließ bei der nächsten Abfahrt die Autobahn. Wenig später fuhr sie wieder auf die A1 und brauste in die Richtung, aus der sie zuvor gekommen war.

Was hatten sich die beiden alten Männer nur dabei gedacht? Und natürlich Johann Strauss, der aber nichts dafürkonnte, sondern den beiden Ex-Polizisten treu und ergeben hinterherlief.

Bestimmt hatten sie sich gegenseitig angestachelt, den Tatort anzuschauen, ganz wie in alten Zeiten. Dass das ihrem Vater Freude bereitete, wusste Lotta, sie fände es jedoch besser, wenn er den Ruhestand abseits von Verbrechen genießen würde. Während manche Menschen es nicht erwarten konnten, in Pension zu gehen, hatte ihr Vater sich vor diesem Tag gefürchtet. Hatte ihn nicht gefeiert, sondern den Wein, den man ihm zum Abschied überreicht hatte, aus Frust alleine zu Hause getrunken. Die Erinnerung daran stimmte Lotta ihm gegenüber ein wenig milder. Und als sie vor dem Salzkammergut Klinikum stand, war der Groll gänzlich verschwunden.

Vor dem Eingang traf sie Rudi und Johann Strauss. Rudi rauchte eine Zigarette, während der Labrador neben seinen Füßen saß und das Geschehen vor dem Krankenhaus beobachtete.

»Bevor du etwas sagst: Es war die Idee deines Vaters«, verteidigte sich der Ex-Polizist, kaum dass Lotta ihn erreicht hatte. Sie sahen einander nur selten, meist, wenn Rudi Gustav besuchte, die beiden Karten spielten und sie zufällig bei ihrem Vater zu Hause auftauchte. Der Labrador lag dann in Sichtweite faul in der Sonne oder nahe am Tisch, falls die Männer etwas aßen und hin und wieder ein paar Happen zu Boden fallen ließen.

Johann Strauss richtete sich auf und umrundete schwanzwedelnd die Chefinspektorin. Er war zu gut erzogen, um an ihr hochzuspringen. »Hallo, Strauss«, begrüßte Lotta den Labrador und streichelte ihn am Kopf. Dann wandte sie sich dem Freund ihres Vaters zu. »Grüß dich, Rudi!«

»Mehr sagst du nicht?«, fragte dieser überrascht und nahm einen Zug von der Zigarette.

»Doch: Du solltest mit dem Rauchen aufhören. In deinem Alter müsstest du schon gescheiter sein und wissen, dass das gesundheitsschädlich ist. – Ach, was sage ich denn?« Lotta griff sich an die Stirn. »Du warst ja mit meinem Vater heute am Tatort, von wegen im Alter wird man gescheiter.«

»Das hab ich wohl verdient«, erwiderte Rudi und drückte die Zigarette aus.

»Wie geht es Papa?«, fragte Lotta.

»Ganz gut. Er will nach Hause, die Ärzte wollen ihn aber dabehalten. Zur Sicherheit, haben sie gesagt. Ich hab mich geweigert, ihn mitzunehmen, deshalb hat er dich angerufen, dieser sture Bock!«

»Auf welchem Zimmer liegt er?«

Der Freund ihres Vaters nannte Lotta die Abteilung, das Stockwerk und die Nummer.

»Das wird ein Nachspiel haben, Rudi«, sagte Lotta und

betrat das Salzkammergut Klinikum. Sie folgte den Weg-
weisern und klopfte kurz darauf an die Tür eines Kran-
kenzimmers. Ohne eine Antwort abzuwarten, trat sie ein.
»Papa, was machst du denn für Sachen?«

»Gut, dass du endlich da bist.« Gustav Meinich lag in
dem Krankenhausbett und stöhnte. Er hatte die Augen
geschlossen und wirkte alt und zerbrechlich. Die Decke
war bis zum Bauch heruntergeschoben, sodass Lotta sehen
konnte, dass er einen Krankenhauskittel trug. Neben dem
Bett stand ein Rollator.

Lotta zog sich einen Stuhl heran und setzte sich. »Erzähl,
was ist passiert?«

Gustav schlug die Augen auf und die Decke zur Seite.
»Zuerst fahren wir nach Hause …«

»Nein, Papa. Ich will jetzt erfahren, was du und der
Rudi heute gemacht habt, sodass du in diesem Bett gelandet bist«, verlangte Lotta und setzte sich so vor das Bett-
gestell, dass ihr Vater nicht aufstehen konnte.

Gustav Meinich seufzte und ließ sich in den Polster
zurückfallen. »Der Rudi und ich sind wandern gewesen
und …«

»Wo seid ihr wandern gewesen?«, unterbrach Lotta
ihren Vater.

»Wird das ein Verhör?«, konterte der alte Mann.

»Wenn du es so haben willst.« Lotta verschränkte die
Arme. Wenn ihr Vater durch sein Verhalten den bösen Cop
verlangte, sollte er ihn bekommen. Darin war sie geübt.

Wieder seufzte Gustav theatralisch. »Wir waren beim
Traunsee. Ist dir jetzt leichter?«

»Demnach bist du einer der beiden *Deppen*, die dort Tatort-Seeing betrieben haben, und der andere ist der Rudi«,
sagte Lotta.

»So redest du nicht mit mir, ich bin immerhin dein Vater!«, begehrte Gustav auf.

»Das sind nicht meine Worte, Papa, sondern die der Kollegen, die durch eure Aktion dazu verdonnert wurden, aufzupassen, dass keiner mehr unbefugt die Absperrung übertritt«, erklärte Lotta.

»Das heißt ja …«, Gustav schaute seine Tochter erschrocken an, »… dass bald alle auf der Dienststelle wissen, dass wir das gewesen sind, der Rudi und ich!«

»Es wird sich nicht vermeiden lassen, dass sich das herumspricht, das ist doch klar. Was habt ihr euch denn dabei gedacht?«

Darauf gab Gustav keine Antwort.

»Was habt ihr dort überhaupt gemacht?«, setzte Lotta die väterliche Befragung fort.

»Na, was wohl? Wir haben uns den Tatort angeschaut, was sonst?«

»Wieso?«

»Weil du mir nie etwas erzählst«, warf Gustav seiner Tochter vor.

»Wie bitte? Bin jetzt etwa ich schuld, dass …?«

»Genau! Du bist schuld, dass das passiert ist«, nutzte Gustav die Gelegenheit, den Spieß umzudrehen, sich auf diese Weise zu verteidigen und seiner Tochter auch noch ein schlechtes Gewissen einzureden.

Lotta verschlug es für einen Augenblick die Sprache. Ihr Vater brachte es sogar in dieser Situation zustande, dass sie sauer auf ihn wurde, obwohl er verletzt vor ihr in einem Krankenhausbett lag. Es war nicht zu fassen!

»Wenn du mir mehr erzählen würdest, müssten der Rudi und ich nicht auf eigene Faust ermitteln«, legte Gustav nach.

Lotta glaubte, sich verhört zu haben. Die Situation war derart absurd, dass sie anfing zu lachen.

»Was?« Ihr Vater war über Lottas Reaktion sichtlich erstaunt.

Lotta schüttelte den Kopf und grinste. »Ich hab dich auch lieb, Papa. Und ja, du und der Rudi, ihr habt Scheiße gebaut. Aber jetzt erzähl mir bitte, was ihr gemacht habt, dass du in diesem Bett gelandet bist.«

»Ja … nun … Wir sind am Traunseeufer entlang bis zu der Stelle, von der dein Kollege, dieser Primo …«

»Prischko«, korrigierte Lotta.

»Na, dann halt Prischko, von der er erzählt hat. War ja nicht so schwer zu finden, nachdem wir wussten, wonach wir Ausschau halten mussten. Natürlich war die Leiche schon weg, die habt ihr ja in die Gerichtsmedizin geschafft. Liegt der Obduktionsbericht bereits vor?«

»Papa, erzähl weiter!«

»Wir haben gewartet, bis niemand mehr von den Kollegen da gewesen ist …«

»Und das Absperrband?«, hakte Lotta nach.

»Welches Absperrband?« Gustav stellte sich dumm.

Lotta unterdrückte ein Augenrollen. »Schon gut, was habt ihr dort gemacht?«, verlangte sie zu erfahren. Dass ihr Vater vorgab, manches nicht zu sehen, zu verstehen oder zu hören, hatte sie schon mehrmals erlebt. Sie konnte es nicht beweisen, aber sie glaubte, dass er ihr nur etwas vorspielte und sein Alter vorschob, wenn es ihm in den Kram passte. So wie gerade eben.

»Wir haben uns umgesehen, und als wir wieder zurückgehen wollten, bin ich über so einen blöden Stein gestolpert und hab mir das Knie aufgeschlagen. Mehr war da nicht, ehrlich!« Gustav Meinich schaute unschuldig drein.

»Und dann hat der Rudi die Rettung gerufen?«

»Genau. Die haben gleich so ein Tamtam gemacht und mich hergebracht. Aber mir geht es gut. Ich hab was gegen die Schmerzen gekriegt, das ist eine Bombe! Da wirst du ganz leicht und nix tut dir mehr weh, auch nicht die Bandscheiben oder der kleine Finger, den hat es nämlich ebenso erwischt.« Gustav hob die Hand, um die ein Verband gewickelt war.

»Und den Kopf!«, drang es von der Tür her zu ihnen.

Lotta drehte sich um. Eine Krankenschwester war unbemerkt eingetreten, desinfizierte sich die Hände und rieb sie aneinander.

Gustavs Gesichtsausdruck veränderte sich. »So, wir gehen.« Er richtete sich auf und wollte aus dem Bett steigen.

»Sie gehen nirgendwohin, und schon gar nicht ohne Rollator. Ich hab Ihnen doch gesagt, dass der von nun an Ihr treuer Gefährte sein wird, zumindest solange Sie bei uns im Krankenhaus sind. Nicht dass Sie mir noch mal hinfallen«, sagte die Krankenschwester, eilte mit großen Schritten herbei und drückte Gustav zurück ins Bett. »Sie bleiben schön hier.« Mit flinken Händen richtete sie die Decke und zog sie Gustav bis zum Kinn.

»Lotta Meinich, ich bin seine Tochter«, stellte sich Lotta vor. »Können Sie mir etwas über den Gesundheitszustand meines Vaters sagen?«

»Das hab ich doch schon gemacht! Glaubst du mir etwa nicht?« Offenbar versuchte Gustav, einen Informationsaustausch zwischen den Frauen zu verhindern.

Die Krankenschwester warf einen Blick auf den wie in einen Kokon eingehüllten Patienten. »Ich vermute mal, dass er Ihnen nur einen Teil der Wahrheit gesagt hat, was?«

Gustav sog hörbar die Luft ein und verzog das Gesicht, als hätte er Schmerzen. Was jedoch nicht sein konnte, da er nach eigenen Angaben ja mit einem bombigen Schmerzmittel vollgepumpt war.

»Ihr Vater ist gestürzt und hat sich dabei das Knie aufgeschlagen sowie eine leichte Gehirnerschütterung zugezogen. Nichts Schlimmes, aber wir behalten ihn über Nacht bei uns, um sicher zu sein.«

Lotta warf ihrem Vater einen ähnlichen Blick zu, wie es zuvor die Krankenschwester getan hatte.

Gustav starrte an die Decke des Raumes.

»Dachte ich mir's doch«, deutete die Krankenschwester sein Schweigen richtig. »Sie bleiben heute Nacht hier, Herr Meinich! Wenn Sie zu fliehen versuchen, kette ich Sie ans Bett.« Aufmunternd zwinkerte sie ihm zu.

»Meine Tochter ist Chefinspektorin«, versuchte Gustav es auf anderem Weg. »Die holt mich aus meiner Geiselhaft schon heraus.«

Die Frau lachte lauthals auf. »Ich liebe den Humor Ihres Vaters«, sagte sie zu Lotta, die sich nicht sicher war, ob dieser tatsächlich einen Scherz gemacht hatte. Viel eher glaubte sie, dass er wirklich hoffte, dass sie genau das machen würde: ihn aus den Fängen der resoluten Krankenschwester zu befreien.

»Ich schwöre Ihnen, meine Tochter ist im Einsatz und nimmt mich gleich mit«, rief Gustav da auch schon.

»Nur über meine Leiche«, sagte die Frau und wandte sich ab. »Ich lass Sie jetzt wieder alleine, damit Sie noch ein wenig plaudern können, aber in einer halben Stunde ist Schluss. Dann beginnt die Nachtruhe.« Hinter der Frau fiel die Tür ins Schloss.

Für einen Moment herrschte Schweigen.

»Du willst mich doch nicht etwa hierlassen?«, fragte Gustav seine Tochter und zog die Bettdecke ein wenig nach unten.

»Eine Nacht im Krankenhaus bringt dich nicht um, Papa«, antwortete Lotta versöhnlich.

»Da wär ich mir nicht so sicher. Du hast die Krankenschwester doch eben selber erlebt, sie ist sehr … sehr …« Der ehemalige Chefinspektor suchte nach dem richtigen Wort.

»Um dich besorgt«, beendete Lotta für ihn den Satz.

»Na, wer's glaubt!« Gustav verschränkte die Arme vor der Brust. »Die will, dass ich einen Rollator nehme!«

»Damit du nicht wieder hinfällst.«

»Pah! So weit kommt's noch.«

»Haben du und der Rudi etwas am Traunseeufer entdeckt?«, wechselte Lotta das Thema, damit sich ihr Vater ein wenig beruhigte.

»Da war nix außer dem vielen Blut. Alles andere hattet ihr ja schon weggebracht«, erwiderte Gustav.

»Da hast du recht.« Lotta schaute ihren Vater an. Ein wenig tat er ihr ja leid, wie er so im Bett lag mit einer Gehirnerschütterung, dem verletzten Knie und der einbandagierten Hand. Hoffentlich war ihm das eine Lehre und er unterließ in Zukunft solche Ausflüge, zu denen er körperlich nicht mehr in der Lage war. »Ich lass dich jetzt schlafen, Papa. Und morgen komme ich und hole dich ab, wenn sie dich gehen lassen.«

»Die entlassen mich morgen ganz sicher«, meinte Gustav.

»Klar!« Lotta beugte sich nach vorne und gab ihrem Vater einen Kuss auf die Wange. »Ich hab dich lieb! Und stell keinen Blödsinn an, ja?«

»Was soll ich hier denn schon machen?«, regte sich Gustav wieder auf.

»Dich erholen.« Lotta schob den Stuhl zurück an den Tisch.

»Ist der Rudi noch da?«, fragte Gustav.

»Den hab ich heimgeschickt, als ich gekommen bin«, schwindelte Lotta, aber das würde sie nun nachholen. Nicht dass Rudi sich doch noch von ihrem Vater dazu überreden ließ, ihn nach Hause zu bringen. Ihr Vater konnte sehr überzeugend sein, das wusste sie. Bei der Tür winkte sie ihm zu. »Pfiat dich! Bis morgen!«

»Ja, bis morgen«, brummte Gustav.

# 7. KAPITEL

Wieder fuhr Lotta auf der A1 Richtung Linz, doch dieses Mal blieb die Musik aus. Zu viele Themen beschäftigten sie, die sie erst einmal richtig einordnen musste. Ihr Vater hatte ihr einen Schrecken eingejagt, Gott sei Dank hatte er sich bei dem Sturz keine ernsthafteren Verletzungen zugezogen. Auch wenn Lotta den Gedanken, dass ihr Vater älter wurde und damit das Risiko einer Erkrankung stieg, immer wieder zur Seite schob, wartete dieser hinterhältig darauf, bei jeder Kleinigkeit blitzartig hervorzuschnellen und ihr Angst einzujagen.

Dann war da noch der neue Fall, der ihr ebenfalls Kopfzerbrechen bereitete. Der Täter hatte die Leiche übel zugerichtet, und Lotta hoffte, dass das Opfer zu diesem Zeitpunkt nicht mehr am Leben gewesen war. Das viele Blut am Tatort sprach allerdings dagegen. Doch erst der Obduktionsbericht würde Gewissheit bringen.

Lotta überlegte, dass ihr Ex-Mann wie das Opfer Anwalt war und Anwälte gut vernetzt waren. Man kannte einander, traf sich regelmäßig bei sogenannten Anwaltstagen. Vielleicht hatte Arthur nützliche Informationen über Molov. Einen Versuch war es jedenfalls wert, wenngleich sie seine Nummer nur ungern wählte. Ganz reibungslos war ihre Scheidung nämlich nicht verlaufen. Das war auch etwas, das sie gerne beiseiteschob. Aber sie war professionell und würde das schon hinkriegen.

»Lotta! Das ist ja schön, dass du dich wieder einmal

meldest«, drang kurz darauf die samtweiche Stimme ihres Ex-Mannes aus den Lautsprechern.

»Griaß dich, Arthur! Hast du einen Moment Zeit?«

»Für dich immer, das weißt du.«

Lotta verkniff sich einen Kommentar über die übertriebene Freundlichkeit ihres Ex. Schließlich war er es gewesen, der die Scheidung in die Wege geleitet hatte, um sie unter Druck zu setzen, ihren Lebensplan nach seinen Vorstellungen anzupassen. Umgehend kam sie zur Sache. »Kennst du einen Dr. Vincent Molov aus Kirchdorf? Er ist wie du Rechtsanwalt.«

»Natürlich kenne ich ihn. Warum fragst du? Brauchst du etwa einen Anwalt?«

»Nein …«

»Schade, ich hätte dir sonst vorgeschlagen, dass du mich nehmen sollst. Du hättest auch günstige Konditionen bekommen.«

Lotta konnte hören, dass ihr Ex-Mann am anderen Ende der Leitung lächelte. »Dafür ist es zu spät, Arthur. Du hattest deine Chance und hast sie nicht genutzt«, erwiderte sie ruppig.

»Autsch! Wirst du mir das ewig nachtragen?«

»Dass du dich von mir hast scheiden lassen, weil ich noch nicht für Kinder bereit gewesen bin? Ja, das werde ich!«, schleuderte Lotta ihm an den Kopf, obwohl sie nicht mit ihm streiten wollte. Diese Zeiten waren längst vorbei – oder sollten es sein. Außerdem hatte sie ihn angerufen und nicht umgekehrt. Deshalb sagte sie in die einsetzende Stille, dass es ihr leidtue.

»Weißt du, dass du nach der Scheidung meinen Namen abgelegt hast, hat mich echt getroffen«, gab Arthur zu. »Das hättest du nicht machen müssen.«

»Wollen wir wirklich jetzt darüber reden?« Lotta konnte es nicht glauben und hätte das Gespräch am liebsten beendet. Es war ein Fehler gewesen, Arthur anzurufen.

»Nein, du hast recht. Lassen wir die Vergangenheit ruhen.«

Lotta schwieg. Sie brauchte einen Moment, um sich zu beruhigen.

»Was kann ich für dich tun?«, fragte Arthur, als hätte es den kurzen Schlagabtausch nicht gegeben. Als Anwalt war er es gewohnt, seine Emotionen im Griff zu haben. Das hatte Lotta stets an ihm bewundert und tat es noch. Manchmal regte es sie aber auch auf.

»Dieser Dr. Molov, was weißt du über ihn?«, fragte sie wieder auf den Fall konzentriert. Um Informationen zu erhalten, war sie bereit, ihre persönliche Befindlichkeit hintanzustellen.

»Willst du mir nicht sagen, was er getan hat, bevor ich aus dem Nähkästchen plaudere?«

Typisch Anwalt, dachte Lotta. Aber dass dies kein normales Gespräch werden würde, hätte ihr eigentlich schon vorher klar sein müssen. »Was er getan hat, versuchen wir herauszufinden. Er wurde nämlich auf grausige Weise ermordet.«

Stille.

»Arthur? Bist du noch dran?«

»Ja … also …«

Lotta hörte, wie ihr Ex-Mann tief Luft holte. Sie ließ ihm Zeit, seine Gedanken zu sortieren.

»Vincent Molov war einerseits unauffällig, andererseits wurde ihm nachgesagt, dass er durchaus streitbar sein konnte. Ich kannte ihn nicht besonders gut und hatte nur einmal mit ihm beruflich zu tun, das ist allerdings Jahre her …«

»In welcher Angelegenheit war das?«, fragte die Chefinspektorin.

»In einem Streitfall wegen einer Erbschaft. Die Mutter hat den Großteil ihres Grundbesitzes sowie das Haus einer Tochter vermacht und die anderen Kinder haben nach dem Ableben nur einen Anteil vom Bargeld bekommen. Allerdings waren sie schon früher mit großzügigen Geld- und Grundstückszuwendungen bedacht worden, das hat ihnen aber nicht gereicht, da die Grundstückspreise in den Jahren vor dem Tod der Mutter enorm gestiegen sind. Eine Verzichtserklärung hatte keines der beiden anderen Kinder unterschrieben«, erzählte der Anwalt.

»Erinnerst du dich noch an deren Namen?«

»Großbrünner«, sagte Arthur, ohne lange überlegen zu müssen. »Ich weiß das deshalb noch so genau, da sich der Fall über mehrere Jahre hingezogen hat, weil immer einer in Berufung gegangen ist.«

»Wie viele Erbberechtigte gab es denn?«

»Insgesamt waren es drei Kinder. Eins davon war die Haupterbin, die im Haus gelebt und die Mutter zuletzt versorgt hat. Die beiden anderen waren die Kläger.«

»Was war Molovs Rolle in dieser Sache?«

»Er war der Rechtsanwalt der klagenden Parteien.«

»Hat er den Prozess gewonnen?«

Arthur lachte leise. »Nein! Wie du dir sicher vorstellen kannst, hab ich die Beklagte vertreten und Molov den Arsch aufgerissen. In den Unterlagen der Mutter haben sich Kontoauszüge von vor über 30 Jahren befunden, aus denen ersichtlich war, dass die Eltern – damals hat der Vater noch gelebt – den Kindern mehrere hunderttausend Schilling überwiesen haben, quasi als Aussteuer. Das alles aufzuheben hat sich in diesem Fall wirklich gelohnt, und Recht ist Recht geblieben. Dafür mussten wir aber eine Menge Papier durchsehen.«

»Können die beiden Kinder, die Molov vertreten hat, so einen Hass auf ihn entwickelt haben, dass sie ihn jetzt umgebracht haben?«

»Das kann ich dir nicht sagen, Lotta. Ich weiß nicht, was außerhalb des Gerichtssaals passiert ist.«

»Klar. Ich glaube auch nicht, dass ausgerechnet der Fall, den ihr beide vor Gericht verhandelt habt, den Mörder von heute hervorgebracht hat. Das wäre schon ein großer Zufall.«

»Das finde ich auch«, pflichtete Arthur ihr bei. »Unmöglich ist es natürlich trotzdem nicht.«

»Wir müssen alle Fälle von Molov durchgehen …«

»Da habt ihr ja jede Menge vor. Ich glaube mich zu erinnern, dass er ein äußerst fleißiger Anwalt gewesen ist.«

»Weißt du, welche sexuelle Orientierung er hatte?«, fragte Lotta.

»Also homosexuell war er gewiss nicht.« Arthur schien sich ganz sicher zu sein. »Ich hab mal gehört, dass er entschieden gegen die LGBTQ+-Community aufgetreten ist und sich sogar geweigert hat, jemanden aus der Szene vor Gericht zu vertreten.«

»Echt? Erinnerst du dich an den Namen?«

Arthur überlegte. »Leider nicht. Aber ich kann ihn für dich in Erfahrung bringen.«

»Das wäre toll!« Lotta glaubte, vielleicht eine Spur gefunden zu haben, und nahm sich vor, später im Internet nach einem derartigen Vorfall zu suchen.

»Hast du schon zu Abend gegessen?«, fragte ihr Ex in ihre Gedanken hinein.

»Nein, dazu hatte ich noch keine Gelegenheit«, erwiderte Lotta.

»Wir könnten gemeinsam irgendwo …«

»Arthur, wir sind geschieden«, erinnerte sie ihn.

»Und? Auch Geschiedene müssen sich ernähren.«

»Schon, aber getrennt.«

»Sicher?«

»Sicher.«

»War schön, wieder einmal deine Stimme zu hören.«

Lotta schwieg.

»Ich ruf dich an, wenn ich etwas rausgefunden habe«, sagte Arthur.

»Danke.«

»Pfiat dich, Lotta.«

»Pfiat dich.« Die Chefinspektorin beendete das Telefonat und stellte fest, dass sie schwitzte.

*

Als Lotta zu Hause den Kühlschrank aufmachte, sah sie, dass darin nur noch Butter, zwei Scheiben Käse, Essiggurken und ein schimmliger Zucchini herumlagen. Eier und Speck hatte Prischko am Morgen für sein üppiges Frühstück aufgebraucht.

Sie musste dringend einkaufen.

Den Zucchini warf sie in den Bioabfall, aus dem Gefrierfach holte sie zwei Scheiben Krustenbrot von ihrer Lieblingsbäckerei und legte sie auf einen Teller. Während sie wartete, bis das Brot aufgetaut war, schaltete sie den Computer ein und tippte den Namen Molov in das Suchfeld des Browsers. Jede Menge Berichte über Gerichtsprozesse, an denen der Anwalt beteiligt gewesen war, reihten sich zu einer stolzen Liste. Um ihre Suche einzuschränken, ergänzte Lotta die bisherigen Angaben um LGBTQ+. Nun erhielt sie vorwiegend regionale Artikel aus dem Raum Kirchdorf als Treffer, in denen Molov mit Aussagen über die Community für Aufsehen gesorgt hatte. Die Aufregung darüber war offenbar nicht groß genug gewesen, dass es eine Meldung in einer der überregionalen großen Zeitungen wert gewesen wäre. Auch fand Lotta nichts darüber, dass Molov einen Klienten wegen seiner sexuellen Orientierung abgelehnt hatte. Sie musste wohl auf Arthurs Anruf warten.

Inzwischen war das Brot aufgetaut. Lotta bestrich es mit Butter und legte je eine Scheibe Käse darauf. Das Glas mit den Essiggurken nahm sie mit zum Tisch und setzte sich wieder vor den Computer.

Ein Nachrichtenfenster poppte auf der rechten Seite des Bildschirms auf.

Lotta verschluckte sich beinahe an dem Bissen Brot. Sie hatte sich eingebildet, ihren Vater gesehen zu haben. Rasch klickte sie auf das Fenster und wurde zu dem Bericht des Onlinemagazins weitergeleitet.

Tatsächlich, sie hatte sich nicht geirrt!

Gustav lag auf einer Trage vom Roten Kreuz und Rudi stand daneben und hielt seine Hand, im Hintergrund der Traunsee. Obwohl ihre Gesichter verpixelt waren, erkannte Lotta sie. Ein Journalist musste das Foto mit einem Teleobjektiv aus der Ferne aufgenommen haben. Über dem Bild prangte in fett gedruckten Buchstaben die Schlagzeile: »Schaulustige am Tatort in Gmunden erleiden ein schweres Schicksal«.

Na, wenn das die Runde auf der Polizeidienststelle machte!

# 8. KAPITEL

Am nächsten Morgen weckte Lotta das Läuten ihres Handys aus dem Schlaf. Sie tastete nach dem lärmenden Gerät auf ihrem Nachttisch, drückte auf den grünen Hörer am Display und hielt sich das Smartphone ans Ohr.

»Wann kommst du mich endlich abholen?«, hallte Gustavs Stimme viel zu laut aus dem Lautsprecher.

»Papa? Wie spät ist es?« Lotta weigerte sich, die Augen aufzumachen. Gestern hatte es ewig gedauert, bis sie eingeschlafen war. Zu viele Gedanken hatten ihren Kopf geflutet und sie wach gehalten.

»Halb sieben!«, bellte Gustav.

»Da war noch gar keine Visite«, maulte Lotta.

»Ich brauche keine Visite, ich weiß selber, dass bei mir alles in Ordnung ist«, stellte Gustav klar.

Lotta nahm das Handy vom Ohr. Um mit ihrem Vater zu diskutieren, war sie zu müde. Außerdem war er erwachsen und musste für sich selbst entscheiden, was für ihn das Beste war.

Aber konnte er das tatsächlich noch?

Andererseits war er schon immer stur gewesen, das hatte nichts mit seinem Alter zu tun.

Sie hielt das Smartphone wieder an ihr Ohr und sagte: »Okay, ich hol dich ab.«

»Wann?«, drängelte Gustav.

»Wenn ich munter bin. Pfiat dich.« Lotta beendete das Gespräch und drehte sich zur Seite, kuschelte sich in die

Decke in der Hoffnung, noch ein klein wenig schlafen zu können. Doch das Gedankenkarussell in ihrem Kopf hatte längst wieder Fahrt aufgenommen. Zehn Minuten später stieg sie aus dem Bett und bedankte sich im Geiste bei ihrem Vater für die kurze Nachtruhe. Er als ehemaliger Chefinspektor müsste eigentlich wissen, dass sie bei jedem neuen Fall wenig Schlaf abbekam und er es deshalb unterlassen sollte, so zeitig in der Früh ihre Nummer zu wählen.

Nachdem sie geduscht und eine Tasse Kaffee getrunken hatte, rief sie Prischko an. »Guten Morgen, Daniel, ich komme heute ein wenig später auf die Dienststelle. Fang du schon mal mit dem Überprüfen der Alibis von Josef Karlstifter und Sabina Voits an. Und rede mit dem Sumauer Peter, mit dem Molov angeblich Streit hatte.«

»Was ist denn los?«, fragte Prischko, da Lotta normalerweise vor ihm im Büro einlangte.

»Ich muss noch etwas erledigen«, wich Lotta aus.

»Hat es mit dem Fall zu tun?«

Die Chefinspektorin wollte ihrem Kollegen nicht auf die Nase binden, dass ausgerechnet ihr Vater und sein Freund Rudi »die Deppen« waren, die sich den Tatort angesehen und einen Rettungseinsatz ausgelöst hatten. Irgendwann würde das zwar zum Thema werden, aber das musste nicht jetzt sein. »Nein«, erwiderte sie deshalb.

»Gut, da du mir nicht mehr erzählen möchtest, überprüfe ich halt alleine die Alibis vom Kirchdorfer Bürgermeister, von Molovs Sekretärin und diesem Sumauer Peter«, reagierte Prischko eingeschnappt.

»Geh, Daniel …«

»Nein, schon gut. Sonst noch etwas?«

Lotta atmete tief durch. »Nein. Wir sehen uns dann.«

Sie verabschiedete sich und drückte auf dem Display ihres Smartphones auf den roten Hörer.

Der Tag fing nicht besonders gut an.

*

Als Lotta im Krankenhaus in Gmunden ankam, saß ihr Vater fertig angezogen auf dem Bett.

»Da bist du ja endlich«, empfing er sie missmutig und deutete auf seine Armbanduhr. »Ich hab dich vor zwei Stunden angerufen. Was hat da so lange gedauert?«

»Du hast mich aufgeweckt, Papa. Ich hab noch Kaffee getrunken und geduscht, wie jeden Morgen«, rechtfertigte sich Lotta.

»Ich hab auf dich gewartet«, murrte Gustav.

»Lassen die dich überhaupt schon gehen?«, wollte Lotta wissen. »Was hat denn der Arzt gesagt? Ist alles in Ordnung?«

»Alles bestens«, murmelte Gustav.

»Sagt wer?«

»Ich. Und das reicht.«

Die Chefinspektorin ging Richtung Tür. »Ich frag mal die nette Krankenschwester …«

»Pah, die ist nicht nett!«, rief Gustav ihr hinterher.

Lotta wandte sich auf halbem Weg zu ihrem Vater um. »Jetzt mach mal halblang. Die wollen nur das Beste für dich und kein unnötiges Risiko eingehen. Du bist nicht mehr der Jüngste.«

Gustav schwieg, blieb aber auf dem Bett sitzen. Das wertete Lotta als Zustimmung, mit der Krankenschwester reden zu dürfen.

Im selben Augenblick schwang die Tür ins Zimmer auf

und eine andere Krankenschwester als die vom Vortag trat ein. Mit einem Blick auf Lottas Vater begriff sie sofort, was los war. »Herr Meinich, Sie wollen uns verlassen?«

Der Angesprochene nickte.

»Darf er denn schon gehen?«, fragte Lotta die junge Frau, der sie weniger Autorität ihrem Vater gegenüber zutraute als der Kollegin von gestern.

»Was hat denn der Arzt gesagt?« Die Krankenschwester schaute Gustav Meinich um Aufklärung bittend an, offenkundig wusste sie über den aktuellen Stand nicht Bescheid.

Gustav zuckte mit den Schultern.

»Aber so schlimm ist es bei uns doch gar nicht.« Die junge Frau erkannte das Problem. »Jetzt warten Sie mal hier, ich rede mit dem Arzt und bin gleich wieder da.«

Als die Tür hinter der Krankenschwester ins Schloss fiel, setzte sich Lotta zu ihrem Vater auf das Bett. Ihr war eingefallen, dass sie ihn nicht einmal gefragt hatte, wie er sich heute fühlte. »Wie geht es dem Knie und deinem Kopf und natürlich dem Finger?«

»Tut alles nicht mehr weh«, antwortete Gustav.

Lotta blickte aus dem gegenüberliegenden Fenster, wo außer der Wand eines anderen Gebäudes nichts zu sehen war. »Du und der Rudi, ihr habt es in die Medien geschafft.«

»Was?« Mit großen Augen wandte sich Gustav seiner Tochter zu.

»Warte, ich zeig's dir.« Sie holte ihr Handy aus der Tasche, suchte nach dem Bericht und hielt ihrem Vater ihr Smartphone hin. »Da!«

»Ich hab meine Lesebrille nicht auf«, erwiderte Gustav. »Ist ein Foto von uns dabei?«

Lotta lächelte. »Ja, Papa.«

»Und? Wie schaue ich aus?«

»Gut! Du schaust gut aus.« Dass sein Gesicht verpixelt war, verschwieg sie.

»Und der Rudi?«

»Na ja …« Lotta ließ den Satz offen, was ihren Vater zum Schmunzeln brachte.

»Und was steht in dem Bericht?«

»Dass ihr euch den Tatort angesehen habt, unbefugt natürlich, da keiner von euch mehr einen Dienstausweis hat.«

Gustav nickte. »Da haben die nicht ganz unrecht«, zeigte er sich unerwartet einsichtig.

Lotta staunte. Damit hatte sie nicht gerechnet.

»Hauptsache, das Foto passt. Weil wenn den Leuten etwas in Erinnerung bleibt, dann, wie du bei so einer Sache dreingeschaut hast.«

Lotta lachte. Dass ihr Vater beinahe allem etwas Positives abgewinnen konnte, faszinierte sie. Nur der Tod ihrer Mutter war ein sehr dunkles Kapitel in ihrer beider Leben, ohne jeglichem Guten.

Die Krankenschwester kehrte zurück, in der Hand ein Kuvert. »Es ist alles in Ordnung, aber Sie sollen sich noch ein paar Tage schonen, sagt der Arzt. Und Sie sollen mit einem Rollator …«

»Sicher nicht!«, unterbrach Gustav die Frau und blickte verächtlich zu der angesprochenen Gehhilfe hinüber, die drohend neben seinem Bett stand. »So alt bin ich noch lange nicht.«

»Das hat nichts mit alt zu tun, Papa. Das ist wegen deinem verletzten Knie«, mischte sich Lotta ein.

»Das geht auch ohne«, beharrte Gustav.

»Wenn Sie meinen. Hier, Ihre Entlassungspapiere.« Freundlich lächelnd überreichte die Krankenschwester ihm das Kuvert.

»Danke, dann können wir jetzt ja gehen. Auf hoffentlich Nimmerwiedersehen!« Gustav humpelte zur Tür hinaus.

»Tut mir leid«, entschuldigte sich Lotta für das Verhalten ihres Vaters bei der Krankenschwester. »Normalerweise ist er nicht so …« Dann brach sie ab, weil ihr klar wurde, dass ihr Vater in Wahrheit genau so war. Muffig und stur.

»Schon gut, ich versteh ihn ja. Alle wollten die ganze Zeit über wissen, was er und sein Freund beim Traunsee entdeckt haben. Ich hab ihn selber auch danach gefragt, um Informationen aus erster Hand zu erhalten«, gestand die Krankenschwester. »Und der Paul, das ist der Nachtportier, der hat gesagt, dass er das mit dem Unfall vom Herrn Meinich gestern sogar in den Oberösterreich-Nachrichten im Fernsehen gesehen hat.«

Auweia, dachte Lotta, daher rührte die schlechte Laune ihres Vaters also. Sie bedankte sich bei der Krankenschwester und folgte ihm nach draußen.

*

Als Lotta und Gustav Meinich im Auto saßen, fragte er: »Seid ihr in dem Fall von dem Beinlosen vorangekommen?«

Lotta wollte ihren Vater nicht erneut vor den Kopf stoßen, indem sie ihm schon wieder nichts erzählte. Der Vorwurf, dass ihre Verschwiegenheit der Grund für seinen und Rudis Ausflug zum Traunseeufer gewesen sei, wirkte bei ihr nach. »Wir haben mit seiner Frau und der Sekretärin geredet, die können sich nicht vorstellen, warum Molov sterben musste.«

»Na klar, das sind Frauen …«

»Was soll das denn jetzt heißen? Das ist sexistisch, das weißt du!«

»Papperlapapp! Das ist nicht sexistisch, das ist Erfahrung, Kind. Die haben ihn entweder geliebt oder waren von ihm abhängig.«

»Trotzdem hätten sie etwas wissen können, warum Molov umgebracht wurde.«

»Die sind wegen ihrer Verliebtheit auf beiden Augen blind oder verschwiegen, weil man über einen Toten nicht schlecht reden darf, schon gar nicht, wenn man mit ihm ins Bett gestiegen ist oder er den Gehaltsscheck ausgestellt hat.«

»Einen Gehaltsscheck gibt es schon ewig nicht mehr«, korrigierte Lotta ihren Vater.

»Du weißt, was ich meine.«

Natürlich wusste sie das. Aber seine Aussage über die Frauen in Molovs Umfeld ärgerte sie, wenngleich ein Funken Wahrheit darin steckte. »Und wir haben mit dem Bürgermeister von Kirchdorf geredet, wo Molov politisch tätig gewesen ist«, redete sie weiter.

»Und? Was meint der dazu?«

»Interessiert dich das mehr, weil er ein Mann ist?«, unterstellte sie ihrem Vater.

»Ah geh! So ein Schmarrn!«, wehrte der sich.

Lotta erzählte von dem Gespräch mit dem Bürgermeister, vor allem, dass er seine Meinung über Molov währenddessen geändert hatte.

»Ein Politiker halt, was erwartest du von dem?«, erwiderte Gustav.

»Dass er die Wahrheit sagt.«

»Ha! Du musst noch viel lernen, Kind.« Gustav bedachte seine Tochter mit einem mitleidigen Blick. »Und sonst habt ihr nichts?«

»Noch nicht, wir stehen ja erst am Anfang der Ermittlungen.«

Als sie das Haus in Steyregg erreichten, half Lotta ihrem Vater aus dem Wagen. Gustav humpelte die Einfahrt entlang, das Knie tat ihm also noch immer weh und ein Rollator wäre keine schlechte Idee gewesen. Aber gegen die Sturheit ihres Vaters kam niemand an, nicht einmal die Ärzte und Krankenschwestern im Spital.

»Soll ich etwas für dich einkaufen?«, fragte sie, als er auf einem Stuhl in der Küche Platz genommen hatte.

»Nein, ich hab alles. Ich war ja nur eine Nacht weg.«

»Magst du einen Kaffee?«

»Ich mach das schon, du musst zur Arbeit.«

Lotta betrachtete den Stapel Zeitungen, der sich in letzter Zeit angesammelt hatte. Die von heute legte sie ihm auf den Tisch und fragte: »Soll ich die anderen wegwerfen? Die sind eh schon alt.«

»Nein, lass nur. Jetzt hab ich Zeit, sie zu lesen. Ich muss ja das Knie schonen.« Gustav deutete auf sein Bein.

»Okay, Papa, ich fahr dann mal. Wenn du etwas brauchst, rufst du mich an. Und unterlass bitte solche riskanten Ausflüge.«

»Für die Grube ist es aber auch noch zu früh«, brummte Gustav.

Lotta musterte ihren Vater eindringlich. »Ich wünsche mir lediglich, dass du ein wenig vorsichtiger bist.«

»Ja, schon gut. Danke, dass du mich aus dem Krankenhaus abgeholt hast.«

»Gerne, Papa. Pfiat dich!«

# 9. KAPITEL

Als Lotta im Landeskriminalamt in der Nietzschestraße ankam, hing Prischko am Telefon. Seit sie zusammenarbeiteten, teilten sie sich ein Büro, was praktisch war, da manches auf dem kurzen Dienstweg erledigt werden konnte und keine zusätzlichen Abstimmungstermine notwendig waren. Außerdem platzte die Dienststelle ohnehin aus allen Nähten. Lotta hängte ihre Jacke an einen Kleiderständer und schaltete den Computer ein.

Indessen beendete Prischko das Gespräch. »Ich hab die Alibis vom Bürgermeister und von Molovs Sekretärin überprüft. Karlstifters Frau bestätigt, dass ihr Mann den Abend und die Nacht zu Hause verbracht hat, obwohl Freitag gewesen ist und da zu später Stunde oftmals irgendwelche Veranstaltungen oder Sitzungen stattfinden, an denen er teilnehmen muss. Angeblich hatte er Kopfschmerzen.«

Lotta konnte nicht erkennen, ob der Gruppeninspektor eingeschnappt war, weil sie heute später im Büro erschienen war und ihn mit der vielen Arbeit alleine gelassen hatte. »Und Sabina Voits?«, hakte sie nach.

»Ihre Familie behauptet, dass sie wie jeden Tag nach der Arbeit nach Hause gekommen sei, gekocht habe und nicht mehr weggegangen sei.«

»Was ist mit diesem Peter Sumauer?«

»Den hab ich noch nicht erreicht.«

Lotta ließ sich in ihrem Stuhl zurücksinken. »Wir fahren nachher noch mal zur Witwe und konfrontieren sie mit der Frage, ob ihr Mann homosexuell gewesen ist. Mal sehen, wie sie darauf reagiert. Wäre ja möglich, dass die beiden ein Arrangement hatten und die Ehe nur zum Schein geführt haben. Es würde jedenfalls zu dem Sprichwort passen, welches der Täter bei Molov hinterlassen hat. Dann können wir auch gleich bei diesem Sumauer auf dem Bauernhof vorbeischauen …«

Die Tür ging auf und Ilsa Vorkramer kam telefonierend herein. Sie trug einen eleganten hellgrünen Hosenanzug und Schuhe im gleichen Farbton. »Du, ich muss aufhören, ich bin schon bei den Kollegen im LKA. Gib den beiden einen Kuss von mir!« Die Gerichtsmedizinerin ließ das Handy in der Tasche des Blazers verschwinden und anschließend mit einem tiefen Seufzer eine Mappe auf Lottas Schreibtisch fallen. »Nun sind beide Kinder krank. Windpocken! Aber der Paul macht das echt super, besser, als ich das könnte.«

Lotta wusste, dass die Gerichtsmedizinerin hart arbeitete und immer alles perfekt erledigen wollte, beruflich wie privat. Dass sie jetzt wegen des neuen Mordfalles nicht bei ihren kranken Kindern sein konnte, fiel ihr sichtlich schwer.

Sie klopfte auf die Unterlagen. »Ich hab hier etwas für euch.«

»Schieß los!«, forderte Lotta sie auf, ihren Wissensstand mit ihnen zu teilen. Bestimmt befand sich in der Akte der Obduktionsbericht.

»An der Todesursache gibt es keinen Zweifel, das Opfer ist verblutet, aber das habt ihr ja eh selber vor Ort gesehen …« Ilsa Vorkramer schlug die Mappe auf.

»Hat Molov noch gelebt, als ihm der Täter die Beine abgeschnitten hat?«, wollte Lotta erfahren. Allein die Vorstellung ließ sie erschaudern.

»Ja, hat er. Aber ob er bei Bewusstsein gewesen ist, kann ich euch nicht sagen, da er einen Schlag auf den Kopf erhalten hat, der ihn außer Gefecht gesetzt haben könnte. Jedenfalls hat sein Herz noch geschlagen, als die Aorta am Bein durchtrennt worden ist, dadurch wurde das Blut bis zum Eintreten des Exitus aus der Hauptschlagader gepumpt. Der Täter hat sicher etwas davon abbekommen, es muss ziemlich gespritzt haben. Wenn ihr einen Verdächtigen habt, schaut euch unbedingt das Gewand von dem an. Blut kriegst du mit einem normalen Waschmittel nicht raus, da brauchst du etwas Spezielles wie zum Beispiel Bleiche. Aber wer hat das schon bei sich zu Hause rumstehen?«

»Wahrscheinlich hat der Täter die Sachen in der Zwischenzeit entsorgt«, sagte Prischko. »Niemand hebt seine blutbesudelte Kleidung auf, mit der er des Mordes überführt werden kann.«

»Da hast du recht«, stimmte Lotta zu und suchte seinen Blick, doch der Gruppeninspektor sah sie nicht an.

»Außer er ist sich seiner Sache sicher«, warf Ilsa ein.

»Oder er ist ein Idiot«, meinte Prischko. »Wann ist das Opfer denn gestorben?«, fragte er die Gerichtsmedizinerin.

»Das ist schwer zu sagen, aber ich würde meinen, es war zwischen 21 und 3 Uhr. Genauer krieg ich das nicht hin wegen dem Auffindungsort am Traunseeufer und den Temperaturunterschieden in der Nacht beziehungsweise zu dem Zeitpunkt, als er gefunden wurde«, erklärte Ilsa.

»Hast du sonst etwas festgestellt, was uns weiterhilft?«, fragte Lotta.

»Das Opfer war zwischendurch gefesselt, und zwar an den Händen und Füßen. Ich tippe auf Kabelbinder, da sich die Fesselung ziemlich tief in die Haut gegraben und Spuren hinterlassen hat. Das ist typisch für diese Plastikdinger. Wahrscheinlich hat das Opfer versucht, sie abzubekommen, da es vielleicht gewusst hat, dass das die einzige Chance ist, zu überleben. Der Täter hat die Kabelbinder nach dem Mord entfernt und mitgenommen. Ich hab nichts gefunden. Die Tatortgruppe auch nicht, ich hab nachgefragt, weil ich sonst die Fesseln mit den Spuren auf der Haut vergleichen hätte können.«

»Demnach muss Molov nicht unbedingt bewusstlos gewesen sein, als ihm der Täter die Beine abgeschnitten hat, da er ohnehin nicht davonlaufen konnte«, spekulierte Lotta und hoffte, dass sie sich irrte.

»Möglich«, sagte die Gerichtsmedizinerin. »Und seine Schreie hätte zu dieser Zeit dort wohl niemand gehört.«

»Außer der See«, warf Prischko zynisch ein. »Aber der verschluckt bekanntlich alles.«

Für einen Augenblick schwiegen alle.

»Irgendwann hat das Opfer das Bewusstsein jedenfalls verloren, so etwas hält niemand lange aus«, erklärte Ilsa, was die Vorstellung vom grausamen Tod des Rechtsanwalts ein wenig erträglicher für die Inspektoren machen sollte.

»Weißt du, mit was ihm der Täter die Beine abgetrennt hat?«, fragte Lotta.

»Mit ziemlicher Sicherheit mit einer Motorsäge. Das Sägeblatt hat die Knochen relativ glatt durchtrennt. Hätte der Täter eine Handsäge verwendet, wären an den Knochenenden Spuren der Säge zu erkennen, weil der Täter viel mehr Kraft hätte aufwenden müssen und die Knochen nicht mit einem Schnitt hätte durchschneiden können«, erklärte die Gerichtsmedizinerin anschaulich.

Prischko verzog angewidert das Gesicht.

Auch Lotta grauste es bei der Vorstellung. »Sonst noch etwas?«, fragte sie.

»Molov war gesund und hätte sicher noch einige Jahre vor sich gehabt. Der Schlag auf den Kopf ist mit einem Stein oder dergleichen ausgeführt worden. Ich hab Gesteinsrückstände in der Wunde entdeckt.« Ilsa Vorkramer machte die Mappe zu.

»Hat die Tatortgruppe einen entsprechenden Stein gefunden, der dafür infrage kommt?« Lotta schaute zu ihrem Kollegen hinüber.

»Soviel ich weiß, nicht«, antwortete Prischko. »Aber Steine gibt es dort genug, mit denen der Täter hätte zuschlagen können. Und um keine Spuren zu hinterlassen, hat er denjenigen, den er verwendet hat, bestimmt in den Traunsee geworfen. Zumindest ist das naheliegend.«

»Das war's, mehr hab ich nicht.« Wie immer war Ilsa in Eile und wandte sich zum Gehen.

»Gute Besserung für deine Kinder!«, rief Lotta ihr nach.

»Danke!« Schon war die Gerichtsmedizinerin zur Tür hinaus.

Lotta überlegte, ob sie mit Prischko reden sollte, damit die Stimmung zwischen ihnen wieder besser wurde.

Er war allerdings schneller und fragte: »Wie geht es deinem Vater?«

»Gut«, antwortete Lotta überrascht, da sie nicht angenommen hatte, dass ihr Partner die Initiative ergreifen würde. In Bezug darauf hatte sie schlechte Erfahrungen mit Männern gemacht, viele gingen solchen Problemen lieber aus dem Weg. Jedenfalls hatte Arthur es so gehandhabt.

»Gut«, wiederholte Prischko. »Mehr nicht?«

»Ich hab ihn heute früh vom Krankenhaus abgeholt, er hat sich bei einem Sturz eine leichte Gehirnerschütterung zugezogen und das Knie aufgeschlagen. Und wahrscheinlich den kleinen Finger verstaucht.«

»Und das konntest du mir nicht sagen, weil …?«
Prischko sah Lotta fragend an.

»Weil es nicht leicht für mich ist, wenn ausgerechnet
der eigene Vater an einem Tatort auftaucht, der nicht freigegeben wurde, da er eigentlich wissen müsste, dass man
nicht über eine polizeiliche Absperrung steigen darf«, regte
sich Lotta auf.

Prischko schwieg.

»Papa ist das Ganze ziemlich peinlich, jetzt, wo er
erwischt wurde.«

Der Gruppeninspektor grinste. »Verstehe.«

»Ich hätte es dir sagen sollen«, entschuldigte sich Lotta
indirekt.

»Alle auf der Dienststelle wissen davon, ist dir das klar?«

»Natürlich. Wenn sogar der ORF in den Oberösterreich-Nachrichten einen Bericht gebracht hat.«

»Was haben sich die beiden bloß dabei gedacht?«, fragte
der Gruppeninspektor.

Lottas Handy läutete. Sie sah auf das Display. »Wenn
man vom Teufel spricht.« Sie nahm das Gespräch entgegen.
»Ja, Papa, was gibt es denn?«

»Ich lese gerade die Zeitung vom letzten Donnerstag«,
ließ Gustav seine Tochter wissen.

»Und um mir das zu sagen, rufst du an?«, fragte Lotta
ärgerlich.

»Nein … Doch …«, antwortete Gustav.

»Papa!«

»Jetzt warte doch mal! Du weißt, ich schau immer die
Todesanzeigen durch. In meinem Alter ist hin und wieder
jemand dabei, den ich gekannt hab …«

Lotta verdrehte die Augen und öffnete das Mailpro-
gramm. Solange ihr Vater über die alte Zeitungsausgabe

schwafelte, konnte sie ihre Mails checken. Die ersten Ergebnisse der Tatortgruppe waren eingelangt, die hatte Prischko während ihrer Abwesenheit offenbar schon gelesen. Deshalb hatte er gewusst, dass kein Stein am Traunseeufer als jener identifiziert worden war, mit dem der Täter sein Opfer bewusstlos geschlagen hatte. Außerdem befanden sich einige Nachrichten von der Dienststelle in ihrem Postfach. Sie begann, den Bericht über die Spuren vom Tatort zu lesen.

»… und was glaubst du, was ich entdeckt hab?« Gustav machte eine Pause, die seine Tochter zu einer Antwort bewegen sollte.

»Ist jemand gestorben, den ich kenne?«, fragte sie. Sie hatte nur mit halbem Ohr zugehört.

»Da steht mitten in den Todesanzeigen ›Lügen haben kurze Beine‹. Das kann doch kein Zufall sein!«

»Was?« Sofort war Lottas Aufmerksamkeit bei ihrem Vater. »Sag das noch mal!«

»Hast du mir nicht zugehört?«, schlussfolgerte Gustav.

»Doch, hab ich, aber ich war ein wenig abgelenkt …«

Gustav atmete tief ein. Dann wiederholte er, was ihn so aufwühlte.

»Und das steht da einfach so mitten in der Zeitung?«, hakte Lotta nach.

»Das hab ich doch gerade zweimal gesagt. Bei den Todesanzeigen! Ich werde nicht senil, falls du das denkst. Ich hab noch alle Tassen im Schrank und weiß genau, was ich gesagt hab und was nicht. Aber um dich mach ich mir langsam Sorgen …«

»Rühr dich nicht von der Stelle, ich komme zu dir«, sagte Lotta zu ihrem Vater.

»Wo soll ich denn hin? Ich hab eine verdammte Gehirnerschütterung und ein kaputtes Knie.«

»Ich bin gleich bei dir!«

»Ich warte.« Grußlos legte Gustav auf. Schon wieder!

»Was ist denn passiert?«, wollte Prischko sofort erfahren.

Lotta setzte ihren Kollegen über die neueste Entwicklung in Kenntnis. »Ich fahre zu ihm, dann kann ich auch gleich schauen, wie es ihm geht. Dass er im Krankenhaus gelandet ist, hält ihn offensichtlich nicht davon ab, weiter seine Nase in unsere Ermittlungen zu stecken.«

»Ich komme mit«, bot der Gruppeninspektor an.

»Gut«, erwiderte Lotta, froh darüber, dass zwischen ihnen beiden wieder alles in Ordnung zu sein schien.

Die Kriminalbeamten griffen nach ihren Jacken und verließen das Landeskriminalamt. Zwölf Minuten später hielt der Passat in Steyregg vor Gustavs Haus. Der Chefinspektor im Ruhestand hatte die Zeitung auf seinem Küchentisch ausgebreitet und mit Kugelschreiber besagte Anzeige eingerahmt.

»Lügen haben kurze Beine«, las Lotta laut von dem bedruckten Papier ab. »Das steht nicht zufällig unter den Todesanzeigen.« Sie überflog die Namen, der des toten Anwalts war nicht dabei. Auch kannte sie keinen der anderen Verstorbenen.

»Von wann ist die Zeitung?«, fragte Prischko.

»Donnerstag«, antwortete Gustav.

»Und am Freitag wurde Molov ermordet. Der Täter hat also einen Tag vor der Tat das Sprichwort als Todesanzeige inseriert. Warum hat er das getan?« Lotta konnte sich keinen Reim darauf machen.

»Er will Aufmerksamkeit«, glaubte Gustav. »Er hat einen Hinweis hinterlassen, dass er die Tat begehen wird, er hat das Opfer als Lügner gebrandmarkt und klargestellt, dass es kein Entkommen gibt. Ohne Beine kannst du nicht davonlaufen. Er kommuniziert mit uns … äh … mit euch.«

Lotta schaute ihren Vater an. Sein Verstand funktionierte noch immer messerscharf. Fast tat es ihr leid, dass er nicht mehr im aktiven Dienst war, da sie seine Freude bemerkte, den Hinweis entdeckt und vielleicht etwas zur Lösung des Falls beigetragen zu haben.

»Aber niemand, der dieses Sprichwort liest, denkt, dass darauf ein Mord folgen könnte«, zeigte Prischko auf. »Also, was soll das Ganze?«

»Er spielt mit uns, geht dabei aber kein Risiko ein«, war Gustav überzeugt.

»Vielleicht ist Rache im Spiel«, schlussfolgerte Lotta.

»Das müsst ihr herausfinden.« Gustav setzte sich auf einen Stuhl. Es war ihm anzusehen, dass er erschöpft war.

Natürlich, die Gehirnerschütterung!

Lotta hatte seinen angeschlagenen Zustand – wie offenbar er selbst auch – für einen Augenblick vergessen. Er musste sich dringend schonen.

»Wir nehmen die Zeitung mit, Papa, und du ruhst dich aus. Du weißt, was die Krankenschwester gesagt hat«, stellte Lotta besorgt fest. Zu ihrem Erstaunen legte ihr Vater ausnahmsweise mal keinen Protest ein.

»Du hast recht.« Gustav stemmte sich hoch und wirkte plötzlich um Jahre gealtert.

»Soll ich dir helfen?« Lotta eilte sofort zu ihm.

»Nein, ich schaff das schon«, winkte er ab. »Wenn ihr geht, macht bitte die Tür hinter euch zu. Ich leg mich eine Weile hin.« Mit diesen Worten schlurfte er in seinen braunen Pantoffeln aus der Essküche.

Prischko faltete die Zeitung zusammen und hielt sie

hoch. »Wieso liest dein Vater die überhaupt noch? Die ist doch längst überholt.«

»Keine Ahnung. Ich wollte sie eh schon wegwerfen, aber er war dagegen. Dort auf der Sitzbank ist ein ganzer Stapel alter Zeitungen. Das hat sich nun als Glücksfall erwiesen«, antwortete Lotta.

Prischko erwiderte nichts.

Die Kriminalbeamten verließen das Haus und stiegen in den Dienstwagen.

»Dein Vater hat genau gewusst, was es mit diesem Sprichwort auf sich hat. Als wir bei ihm Schnitzel gegessen haben, hat er uns erzählt, dass der Ursprung der Redewendung im 17. Jahrhundert liegt und man sich damals vorgestellt hat, dass jemand mit kurzen Beinen nur langsam laufen und somit der Wahrheit nicht entkommen kann. Also ich wusste das alles nicht.« Prischko schaute durch die Windschutzscheibe nach draußen.

»Was willst du damit sagen?«, fragte Lotta.

»Und er liest alte Zeitungen und stößt dabei auf ein Sprichwort, das zu unserem Mordfall passt«, redete Prischko weiter.

»Verdächtigst du ihn etwa, etwas mit dem Fall zu tun zu haben?«

»Ich verdächtige ihn nicht«, verteidigte sich der Gruppeninspektor. »Ich sage nur, was mir gerade durch den Kopf geht.«

»Er ist ein guter Ermittler und hat nie aufgehört, einer zu sein.«

»Wahrscheinlich hast du recht«, erwiderte der Gruppeninspektor.

»Ich hab recht, glaub mir, mein Vater hat nichts mit alldem zu tun. Seit er im Ruhestand ist, sieht er an jeder

Ecke ein Verbrechen.« Lotta erzählte ihrem Kollegen die Geschichte mit der vermeintlich toten Nachbarin.

»Du weißt, was über ihn geredet wird«, sagte Prischko.

Lotta stieß den Atem aus. Sie kannte das alte Geschwätz böser Zungen, die behaupteten, ihr Vater habe in einem Fall Beweise zurückgehalten. »Er wurde freigesprochen«, machte sie deutlich.

»Ich ...«

»Ich kann nicht glauben, dass du auch nur annähernd denken kannst, dass er etwas damit zu tun hat!«, ließ Lotta den Kollegen nicht zu Wort kommen.

Prischko hob abwehrend die Hände.

Lotta startete den Motor. Schweigend fuhren sie zur Dienststelle.

# 10. KAPITEL

Dass Prischko ihrem Vater gegenüber Misstrauen hegte, fand Lotta lächerlich.

Gustav Meinich hatte einfach ein gutes Gespür, wie die Dinge abliefen. Er konnte sich in Menschen hineinversetzen, speziell in solche mit bösen Absichten. Als alleinerziehender Chefinspektor hatte er vieles im Leben meistern müssen, war mit den unterschiedlichsten Seiten von Menschen konfrontiert gewesen und hatte gelernt, auf wen er sich in schweren Zeiten verlassen konnte und wer sich nur meldete, wenn im Leben die Sonne schien. »Schönwetterfreunde« nannte Gustav derartige Individuen, auf die er schon lange keinen Bock mehr hatte. Jedoch waren selbst diese Menschen eine Bereicherung für Gustav gewesen, hatte er Lotta einmal anvertraut, denn sie hatten seinen Erfahrungsschatz anwachsen lassen. Besonders die Begegnungen mit Verbrechern waren lehrreich für ihn gewesen, was Verhalten, Beweggründe und Vorgehensweisen anbelangte. Deshalb holte Lotta zu vielen Dingen seine Meinung ein. Auch wenn er langsam anfing, hinter allem ein Verbrechen zu vermuten.

Der Unglücksfall auf der Baustelle in Urfahr fiel ihr ein. Ihr Vater hatte behauptet, dass es kein Unfall gewesen sei. War sein Verdacht wirklich seiner Langeweile geschuldet?

Es schadete nicht, einen Blick in die Akten zu werfen, um Gewissheit zu erlangen. Um ihr Gewissen zu beruhigen. Vielleicht aber auch, damit sie ihrem Vater sagen konnte, dass er sich alles nur einbildete.

Lotta suchte im System nach dem entsprechenden Ordner und hoffte, dass der Kollege Gsteinhauer, der den Fall bearbeitete, seinen Bericht schon geschrieben hatte. Leider war das nicht der Fall. Der Aktenordner war zwar angelegt, aber leer.

Lotta verließ das Büro und machte sich auf den Weg zu dem Kollegen. Sie entdeckte ihn beim Kaffeeautomaten, wo er sich mit mehreren Uniformierten unterhielt.

»Michael, hast du einen Augenblick Zeit für mich?«, fragte sie ihn.

»Für dich immer.« Michael Gsteinhauer löste sich aus der Gruppe und stellte auf Flirtmodus um. »Willst du endlich mit mir ausgehen?« Ein Grinsen, das wohl unwiderstehlich wirken sollte, breitete sich auf seinem Gesicht aus. Seine blonden Locken verliehen ihm etwas Engelhaftes, doch Lotta wusste, dass ihr Kollege alles andere als ein Geschöpf des Himmels war. Er neigte dazu, die Grenze des Anstandes zu übertreten, und hatte seine Hände nicht immer dort, wo sie sein sollten.

»Vor einer Woche gab es doch diesen Unfall auf der Großbaustelle in Urfahr …«, stieg Lotta nicht auf das Geplänkel ein. Michael Gsteinhauer versuchte schon seit Jahren, sie in ein schickes Restaurant in Linz auszuführen. Doch er war einfach nicht ihr Typ.

»Dort, wo bezahlbare Wohnungen errichtet werden sollen, ja. Weshalb interessierst du dich dafür?« Michael Gsteinhauer nahm einen Schluck Kaffee und lehnte sich lässig an die Wand.

»Ich weiß noch nicht, nach was ich suche«, gab Lotta zu, »aber vielleicht hängt der Unfall irgendwie mit unserem Fall zusammen.«

»Mit dem Toten am Traunsee?«

»Ja genau. Ich will sichergehen, dass ich nichts übersehe.«

»Klar. Also …« Gsteinhauer streckte den Rücken durch und plusterte sich auf. Offenbar fühlte er sich geschmeichelt, dass Lotta zu ihm gekommen war und Informationen haben wollte. »Der Tote war der Baumeister, ein gewisser Alois Kaimper. Er ist vom Gerüst aus dem fünften Stock in die Tiefe gestürzt, hat sich das Genick gebrochen und war sofort tot. Die Arbeiter haben ihn in der Früh gefunden und uns angerufen. Der Baumeister hat höchstwahrscheinlich noch spät am Abend den Baufortschritt kontrolliert. Die Männer haben uns erzählt, dass es keine Seltenheit gewesen ist, dass er zu den unmöglichsten Zeiten auf den Baustellen aufgetaucht ist. Er musste mehrere Projekte gleichzeitig beaufsichtigen. Wahrscheinlich war er völlig überarbeitet. Er ist auf dem Gerüst gestanden, hat die Baustelle mit dem Plan verglichen, ist ein paar Schritte rückwärtsgegangen und dann abgestürzt. Nichts deutet auf Fremdverschulden hin. Es war ein schrecklicher Unfall.«

»Und es gibt keine Augenzeugen?«, fragte Lotta.

»Auf der Baustelle war keiner mehr. Und die Anrainer sind zu weit weg, die haben nichts mitgekriegt.«

»War die Baustelle abgesperrt?«

»So eine große Baustelle kannst du nicht komplett abriegeln. Wer reinwill, schafft das auch«, erklärte Gsteinhauer.

»Ist dir etwas Ungewöhnliches aufgefallen?«

»Dass der Tote noch den Plan in der Hand gehalten hat, war schon gruselig. Er hat für die Arbeit gelebt und ist für sie gestorben.« Gsteinhauer trank seinen Kaffee aus und warf den Becher in einen Mülleimer.

»Er hat für die Arbeit gelebt und ist für sie gestorben«,

wiederholte Lotta, was der Kollege gerade gesagt hatte. »Ist das ein Sprichwort?«

Der Gruppeninspektor zuckte mit den Schultern. »Keine Ahnung.«

»Danke, Michael.« Lotta wandte sich ab.

»Und wann gehen wir beide endlich mal essen?«, rief Gsteinhauer ihr hinterher.

Die Chefinspektorin antwortete über ihre Schulter: »Du erfährst es als Erster.«

Zurück im Büro gab Lotta den Ausspruch des Kollegen Gsteinhauer im Computer ein: »Er hat für die Arbeit gelebt und ist für sie gestorben.« Ein Sprichwort fand sie dazu nicht, aber einige Trauersprüche, die einen ähnlichen Inhalt aufwiesen. Doch die brachten sie nicht weiter. Es war ein Unfall, wiederholte sie in Gedanken Gsteinhauers Worte, dennoch war da plötzlich diese Ungewissheit. Unfall oder doch Mord?

Warum hatte ihr Vater ihr bloß diesen Floh ins Ohr gesetzt?

Sie brauchte Klarheit und suchte nach der Adresse der Baustelle, notierte sie sich. »Kannst du die Befragung von der Witwe und diesem Sumauer Peter bitte alleine übernehmen?«, bat sie Prischko. Gleichzeitig griff sie nach ihrer Jacke.

Der Gruppeninspektor kam hinter seinem Monitor hervor und schaute sie überrascht an. »Und was machst du? Ich dachte, wir fahren gemeinsam.«

»Ich muss noch etwas erledigen«, erwiderte Lotta.

Prischko sog genervt die Luft ein. »Und wieder bleibt alles an mir hängen.«

»Ich beeile mich.« Lotta schlüpfte in ihre Jacke und öffnete die Tür.

»Wir sind Partner, schon vergessen?«, rief Prischko ihr nach.

Die Tür fiel ins Schloss und trennte die Szene in zwei Welten. In Lottas Welt stieg sie in den Dienstwagen und fuhr nach Urfahr. Ihr Kollege würde in seiner Welt die gewünschten Befragungen durchführen, allein, was ihn wenig begeisterte, was Lotta nachvollziehen konnte. Doch sie konnte nicht anders, musste das jetzt durchziehen. Ihretwegen. Oder wegen ihres Vaters.

Ihr Chef hatte ihr schon mehrmals mitgeteilt, dass sich die Kollegen bei ihm über sie beschwert hätten, da mit ihr nicht leicht zusammenzuarbeiten sei. Weil sie immer wieder Alleingänge unternahm.

So wie jetzt.

Das lag wohl daran, dass Lotta gelernt hatte, niemandem zu vertrauen außer ihrem Vater. Da alle sie enttäuscht hatten. Ihr Ex-Ehemann, der sie aus egoistischen Gründen im Stich gelassen hatte. Und sogar ihre Mutter, weil sie einfach gestorben war, wie sie es als Kind empfunden hatte, und Lotta im Alter von acht Jahren zurückgelassen hatte.

Bei der österreichischen Polizei lag die Frauenquote unter 30 Prozent, Posten in der Führungsebene bekleideten noch immer vorwiegend Männer. Lotta hatte sich zur dienstführenden Ermittlerin hochgearbeitet, dafür aber viel härter geschuftet als ihre männlichen Kollegen. Hatte mehr Nachtdienste und Doppelschichten übernommen. Vor wenigen Wochen hatte sie ihr Ziel erreicht und sowohl das Auswahlverfahren bestanden sowie die Ausbildung zur Dienstführenden hinter sich gebracht. Sie hatte sich gegen zahlreiche Männer durchgesetzt. Manche ließen noch heute nichts unversucht, sie von ihrer Position zu verdrängen. Aber sie war die Leitwölfin, wenn auch eine einsame. Sie führte das Rudel und vertraute niemandem.

Auf der Baustelle herrschte reger Betrieb. Ein Kran beförderte Ziegel und Eisenstangen durch die Luft, ein Betonmischwagen entleerte den flüssigen Beton mittels Pumpe auf die Decke des obersten Stockwerks. Bohrgeräusche von schwerem Gerät waren zu hören. Befehle wurden gebrüllt. Maschinenlärm verteilte sich in die umliegenden Straßen. Lotta schaute sich um. Da überall Gerüste standen, wusste sie nicht, von welchem der Bauleiter gestürzt war. Sie würde jemanden fragen müssen. Bestimmt kannte hier ohnehin jeder den Unfallhergang, über so etwas wurde geredet.

»Hey, Lady! Suchen Sie jemanden?«, rief ein Bauarbeiter aus dem ersten Stock des Rohbaus ihr zu.

»Ja!«, schrie Lotta zurück und hoffte, dass ihre Stimme lauter war als der abfahrende Lastwagen neben ihr.

»Wen?«, fragte der Mann wieder schreiend.

»Jemanden, der mir zeigen kann, wo der Unfall vor einer Woche passiert ist.«

»Warten Sie, ich komm runter! Ich verstehe Sie nicht!« Der Mann verschwand in dem Gebäude. Minuten später trat er aus dem Erdgeschoss heraus und steuerte auf Lotta zu. »Was wollen Sie?«, rief er, da der nächste Betonmischwagen in die Baustelle einfuhr.

»Ich suche jemanden, der mir zeigen kann, wo der Unfall vor einer Woche passiert ist«, wiederholte Lotta.

»Sind Sie von der Presse?«

»Polizei.« Lotta holte ihren Dienstausweis heraus und hielt ihn dem Mann entgegen.

»Eine Chefinspektorin.« Der Arbeiter nickte anerkennend. »Kommen Sie, ich bringe Sie hin.« Er schritt Lotta voraus, führte sie um die Ecke des Gebäudes und deutete nach oben. »Von dort ist er gestürzt und hier gelandet.« Sein ausgestreckter Zeigefinger begleitete seine Worte. »Da war nichts mehr zu machen. Als wir ihn gefunden haben, war er schon tot.«

Lotta sah das Gerüst hinauf, es war mit mehreren horizontalen Stangen gesichert. »Wie kann man da runterfallen?«, fragte sie. »Er müsste durch die Zwischenräume der Stangen gefallen oder obendrüber geklettert sein. Das macht doch keiner.«

»Vor einer Woche hat das noch anders ausgeschaut, da haben wir das Gerüst in diesem Stockwerk erst hochgezogen und sind abends nicht mehr fertig geworden. Eigentlich herrscht in so einer Phase absolutes Betretungsverbot und nur Befugte dürfen da rauf. Aber er war der Chef ...« Der Mann zuckte mit den Schultern.

»Klar, dem Chef kannst du nicht sagen, was er tun darf und was nicht«, resümierte Lotta. »Wer leitet jetzt die Baustelle?«

»Der Schiritz Sepp, der ist ein Geschickter. Der würde niemals in der Dunkelheit wo herumschleichen, wo er nicht soll.«

»Wie war denn der alte Chef so, der Herr Kaimper?«

»Eh okay. Er hat viel gearbeitet, hat einige Baustellen gleichzeitig gehabt, um die er sich kümmern hat müssen. Der Sepp ist nur für diese hier zuständig, und das ist auch gescheit so, ist immerhin eine riesige Baustelle. Sie sehen ja selber, was sich bei uns tut. Apropos tut, ich muss dann wieder ...«

»Ja, danke!« Lotta verabschiedete sich von dem Mann und schaute noch mal das Gerüst hinauf. Tief ging es von dort oben herunter, ganze fünf Stockwerke. Kein Wunder, dass der Baumeister den Sturz nicht überlebt hatte. Am Boden war von der Tragödie nichts mehr zu erkennen. Nachdem sie als Unfall deklariert worden war, hatten die Bauarbeiten wieder Fahrt aufgenommen. Jeder Tag Stillstand kostete das Unternehmen Geld, und natürlich war man bestrebt, die Kosten so gering wie möglich zu halten. In der Zwischenzeit war der Boden neben dem Gerüst unzählige Male von den Baufahrzeugen befahren worden. An etwaige Spuren war nicht mehr zu denken.

Auf der anderen Seite der Baustelle befanden sich bereits zwei solche Wohnblöcke, wie hier einer entstand. Sie waren mit einer Betonmauer von dem Baugelände abgetrennt. Sprayer hatten darauf Graffitis hinterlassen, wie sie das an vielen öffentlichen Orten zum Ärger einiger taten. Der Linzer Hafen bot dieser Kunstform mit der Mural Harbor Gallery einen Ort, an dem lokale und internationale Künstler auf legale Weise ihre Werke erschaffen konnten. An die dort vorhandene Sprayerkunst kam die an diesen Betonwänden hinterlassene jedoch bei Weitem nicht heran.

Lotta wollte sich schon abwenden, als ihr etwas ins Auge stach. Die Graffitis in Form von Bildern und Schriftzügen waren bunt und dreidimensional. Doch jemand hatte mit weißem Lack kleine Buchstaben draufgesprüht. Die Chefinspektorin trat näher und las: »Wer anderen eine Grube gräbt, fällt selbst hinein«.

Sie hielt die Luft an.

Das konnte doch kein Zufall sein? Schon wieder tauchte ein Sprichwort an einem Tatort auf! Und ihr Vater hatte es geahnt.

Was zum Teufel ging hier vor?

Sie musste unbedingt mit ihm reden und zog das Handy aus der Tasche.

Erst jetzt sah sie, dass er dreimal versucht hatte, sie zu erreichen. Wahrscheinlich hatte sie ihr Handy wegen des Lärms auf der Baustelle nicht gehört. Sie wählte seine Nummer.

Die Mailbox sprang an.

»Mist!«, fluchte Lotta und ging zurück zum Wagen. Ihr Vater hatte ihr einiges zu erklären.

# 11. KAPITEL

Lotta drückte beim Haus ihres Vaters auf die Türklingel. Dann noch einmal. Stimmt schon, ihr Vater hatte gesagt, dass er sich hinlegen werde und sie die Tür hinter sich zuziehen sollten, wenn sie gingen. Doch dass er so tief schlief, sah ihm gar nicht ähnlich. Erneut senkte sie den Finger auf die Klingel.

Im Haus blieb es still.

Der Škoda ihres Vaters stand in der Einfahrt, demnach musste er da sein. Schließlich war er momentan nicht gut zu Fuß.

Vielleicht hatte er sich bei dem Sturz doch schwerere Kopfverletzungen zugezogen?

Hatte er sich hingelegt, die Augen geschlossen und war gestorben?

Lotta hämmerte gegen die Tür. Den Schlüssel für sein Haus hatte sie nicht bei sich, der hing bei ihr daheim im Flur. Nur für Notfälle, hatten sie vereinbart.

Und jetzt war so ein Notfall!

Lotta sprang in den Wagen und raste nach Linz. Vor dem Gebäude in der Lederergasse hielt sie an, betrat das Wohngebäude und nahm sich nicht die Zeit, um auf den Lift zu warten, sondern sprintete zwei Stufen auf einmal nehmend hinauf in den dritten Stock. In ihrer Wohnung riss sie den Schlüssel vom Haken und legte dieselbe Strecke in die entgegengesetzte Richtung zurück.

Als sie wieder in Steyregg beim Haus ihres Vaters ankam, zitterten ihre Hände. Alles Mögliche konnte passiert sein! Und ihr Vater hatte noch versucht, sie zu erreichen, bevor er … Vielleicht wäre dies die letzte Möglichkeit gewesen, seine Stimme zu hören …

»Papa?«, rief sie im Flur.

Keine Antwort.

»Papa!«, schrie sie lauter und eilte ins Schlafzimmer, wo sie ihren Vater vermutete. Doch das Bett war leer.

Wo steckte er?

»Papa?« Lotta öffnete die Türen von Küche, Bad und Klo. Das ganze Haus durchsuchte sie, sogar den Keller. Von Gustav Meinich fehlte jede Spur.

Panik überfiel sie.

Wo verdammt war er?

Vielleicht bei seinem Freund Rudi … Nein, der Škoda stand ja in der Einfahrt. Ob die beiden gemeinsam mit Rudis Wagen weggefahren waren? Sie wählte die Nummer vom Freund ihres Vaters.

»Bei mir ist Gustav nicht«, verkündete der ehemalige Polizist.

»Danke.« Lotta beendete das Telefonat. Das Gefühl, dass ihrem Vater etwas zugestoßen sein könnte, wurde stärker. War er trotz des Unfalls am Traunsee wieder spazieren gegangen und erneut gestürzt?

Prischko sollte sein Handy orten.

»Ja?«, meldete sich der Gruppeninspektor.

»Daniel, mein Vater ist verschwunden. Ich bin gerade bei ihm im Haus und er ist nicht da, aber sein Auto steht in der Einfahrt. Kannst du bitte …?«

»Lotta, beruhige dich«, drang Prischkos Stimme aus dem Lautsprecher.

»Ich will mich nicht beruhigen! Er ist weg! Und er hat versucht, mich anzurufen, ich hab das Läuten aber nicht gehört und ...«

»Lotta, er ist hier.«

»Was?«

»Dein Vater ist bei uns auf der Dienststelle.«

»Weshalb?« Einerseits war Lotta erleichtert, weil sie nun wusste, dass ihrem Vater nichts passiert war, andererseits bereitete ihr die Tatsache, dass er sich auf dem Landeskriminalamt aufhielt, Sorgen. Was machte er dort?

»Komm her, ich erklär es dir«, antwortete Prischko.

Lotta liefen Tränen über die Wangen. Mit dem Handrücken wischte sie sie weg. Ihrem Vater ging es gut, das war das Wichtigste, alles andere ließe sich regeln. »Okay, ich bin gleich bei euch.«

*

Gustav Meinich saß gekrümmt auf dem Stuhl im Vernehmungszimmer. Lotta beobachtete ihn durch die verspiegelte Glasscheibe. Vom Gesicht ihres Vaters konnte sie ablesen, dass er wusste, weshalb er hier war. Er wurde verdächtigt. Während seines aktiven Dienstes war er derjenige gewesen, der in diesem Raum anderen Fragen gestellt hatte. Er war auf der guten Seite gestanden. Für Lotta hatte es daran nie einen Zweifel gegeben, auch wenn man ihn einmal beschuldigt hatte, Beweise zurückgehalten zu haben. Obwohl er freigesprochen worden war, haftete dieser Makel wie Hühnerscheiße an ihm. Und nun wurde ihm schon wieder unterstellt, einer von den Bösen zu sein.

Lottas Magen krampfte sich zusammen. Sie wollte einschreiten, den Irrsinn sofort beenden, doch sie hatte keine Wahl. Untätig musste sie zusehen, weil sie befangen war. Weil es sich bei dem Verdächtigen um ihren Vater handelte.

»Herr Meinich, Sie kennen das Prozedere«, sagte Daniel Prischko. Er saß Gustav Meinich gegenüber und führte die Befragung durch.

»Sicher«, antwortete Gustav. »Aber finden Sie das nicht ein wenig übertrieben, was Sie da veranstalten?« Er schaute an Prischko vorbei auf die verspiegelte Glasscheibe, die es den Personen im Beobachtungsraum erlaubte, die Vernehmung zu verfolgen.

Lotta und ein paar Kollegen hatten sich dort versammelt, und die Chefinspektorin wusste, dass ihr Vater damit rechnete, dass sie hier war. Es musste ihm wie Verrat vorkommen, dass sie nicht an seiner Seite war, aber sie hatte keine Handhabe. Sie musste sich raushalten.

»Übertrieben?«, echote der Gruppeninspektor und lehnte sich zurück. »Ich finde Ihr Interesse an dem Fall übertrieben, Herr Meinich. Sie sind im Ruhestand, und doch taucht Ihr Name immer wieder im Rahmen der Ermittlungen auf.«

»Weil ich noch nicht tot bin«, rechtfertigte sich Gustav. »Und solange ich atme und mein Gehirn funktioniert, mache ich, was ich am besten kann.«

»Warum heben Sie die Zeitungsausgaben der letzten Woche auf?«, fragte Prischko. »Manche Exemplare sind sogar noch älter.«

»Weil ich keine Zeit habe, sie sofort zu lesen. Das hole ich irgendwann nach«, antwortete Gustav bereitwillig.

»Obwohl die Nachrichten dann längst überholt sind?«

»In Ihren Augen mögen sie überholt sein, und manche sind es vielleicht tatsächlich, andere wiederum sind selbst nach einer Woche noch interessant. Wieso also darauf verzichten?«

»Schauen Sie immer die Todesanzeigen durch? Das macht doch keiner, das deprimiert einen ja.«

»In Ihrem Alter mag das so sein, in meinem ist das anders. Oftmals verlassen uns Menschen, die wir gut gekannt haben, und wir kriegen das gar nicht mit. So kann ich mich zumindest gedanklich von ihnen verabschieden. Erst neulich ist die Frau Stibsuk aus Pulgarn gestorben und ich hab nichts davon gewusst. Sie war bis zu ihrem Tod beim Roten Kreuz und hat das ›Essen auf Rädern‹ für die alten Leute ausgefahren. Das war eine liebenswürdige Frau, eine wirklich gute Seele, von denen es mehr geben müsste«, erklärte Gustav seine Beweggründe. »Aber das werden Sie erst verstehen, wenn Sie in meinem Alter sind.«

Prischko ging nicht auf die Erläuterung ein. »Und da haben Sie die Anzeige mit dem Sprichwort ›Lügen haben kurze Beine‹ gefunden, ganz zufällig.«

»Sie sagen es«, bestätigte Gustav.

Der Gruppeninspektor beugte sich nach vorne. »Und Sie waren einen Tag nach dem Mord am Tatort. Was haben Sie dort gewollt?«

»Der Rudi und ich waren halt neugierig.« Gustav zuckte mit den Schultern.

»Auf was?«

»Was passiert ist, was sonst? Die Lotta erzählt mir ja nix. Der Einzige, der wie ein Wasserfall geplappert hat, waren Sie, als Sie bei mir die zwei Schnitzel verdrückt haben. Und die halbe Schüssel Bratkartoffeln.«

Prischko war die Erwähnung des Abendessens unangenehm, das bemerkte Lotta an seiner Körperhaltung, obwohl er ihr den Rücken zuwandte.

»Und das, was Sie erzählt haben, hat mich neugierig gemacht«, redete Gustav weiter. »Demnach sind Sie quasi schuld, dass der Rudi und ich dort hingelaufen sind.«

»Vielleicht wollten Sie nachschauen, was an dem Ort los ist, an dem Sie das Opfer zurückgelassen haben. Vielleicht wollten Sie die Tatwaffe holen, weil Sie sie dort irgendwo versteckt haben. Vielleicht …«

»Vielleicht, vielleicht, vielleicht!«, unterbrach Gustav sein Gegenüber und lehnte sich auf die Seite, um volle Sicht auf die verspiegelte Glasscheibe zu haben. »Wenn ihr nicht mehr in der Tasche habt als das, dann werdet ihr den Täter nie kriegen!«, rief er denjenigen zu, die er dahinter vermutete. »Der Rudi und ich waren dort, weil wir uns den Tatort anschauen wollten, mehr nicht. Uns ist halt langweilig, seit wir in Pension sind. Ist das denn so schwer zu verstehen?«

»Nein, ist es nicht«, murmelte Lotta.

»Und? Haben Sie gefunden, wonach Sie gesucht haben?«, fragte Prischko süffisant.

»Sie wissen, was passiert ist. Alle, die sich hinter dieser Scheibe verstecken, wissen es. Immerhin haben es der Rudi und ich ins Fernsehen geschafft.« Gustav Meinich grinste und setzte sich wieder gerade hin.

»Sie behaupten also allen Ernstes, dass Sie und Ihr Freund am Tatort waren, weil Ihnen langweilig gewesen ist?«, fasste Prischko zusammen.

»So ist es«, bestätigte Gustav.

»War es nicht so, dass Sie etwas am Tatort verloren haben, das sie überführt hätte, weshalb Sie dieses Beweisstück unbedingt wiederhaben wollten?«, spekulierte Prischko.

»Was soll das denn bitte sein?«

»Das frage ich Sie.«

»Da ich zum Zeitpunkt des Mordes nicht am Tatort gewesen bin, kann ich auch nichts verloren haben.«

Prischko stieß genervt die Luft aus. »Wollen Sie mir ernsthaft weismachen, dass Sie bewusst in Kauf genommen haben, dass die ganze Dienststelle über Ihr Verhalten den Kopf schütteln wird, weil Sie als ehemaliger Polizist wissen müssten, dass man einen Tatort nicht betreten darf?«

»Es war keiner von euch mehr dort, sonst wären der Rudi und ich niemals da runtergeklettert. Und wenn keiner mehr da ist, heißt das, dass die Kollegen fertig sind.«

»Aber es war abgesperrt!«

»So ein Flatterband bedeutet nicht viel, das wissen Sie selber. Jeder kann da rein und raus.«

»Erzählen Sie mir, wie Sie es gemacht haben?«, forderte Prischko sein Gegenüber auf.

»Wir sind über die Absperrung gestiegen, das war gar nicht so schwer, war ja …«

»Nicht das. Wie Sie Molov ermordet haben!«, rief Prischko. »Er war schwer, wog mindestens 90 Kilo. Haben Sie ihn mit einem Boot hingebracht?«

»Das mit dem Boot ist keine schlechte Idee. Ich würde alle Boote am Traunsee auf Spuren untersuchen lassen«, schlug Gustav vor.

»Ich meine es ernst«, brauste Prischko auf.

»Ich auch.« Gustav blieb ruhig. »Aber ich glaube, wir beide sprechen nicht dieselbe Sprache. Ich war das nicht und der Rudi auch nicht. Wie oft soll ich Ihnen das denn noch sagen? Und meine Tochter meint, ich kriege manches nicht mehr auf die Reihe. Ich bin mir sicher, manchmal glaubt sie, dass ich dement werde. Mich würde interessieren, was sie über Sie denkt.«

Die Kollegen im Beobachtungsraum warfen Lotta neugierige Blicke zu.

Sie hielt den ihren aber weiterhin auf die Szene im Vernehmungsraum gerichtet, weil es sie erschreckte, dass ihr Vater mitbekam, was sie über ihn dachte. Über sein Älterwerden. Sie schämte sich dafür. Nicht vor den Kollegen, sondern vor ihrem Vater.

»Und dass Sie die Anzeige mit dem Sprichwort, das wir eins zu eins bei dem Toten gefunden haben, in der Zeitung entdeckt haben, war reiner Zufall?«, machte Prischko mit der Vernehmung weiter.

»Auch das trifft zu.«

»Und dass Sie nun auf ein zweites Sprichwort in einer noch älteren Zeitung gestoßen sind, ist wohl ebenfalls rein zufällig passiert?«

»Welches zweite Sprichwort?«, fragte Lotta laut, doch niemand von den Kollegen im Beobachtungsraum schien darüber Kenntnis zu haben. Sie alle waren vermutlich nur gekommen, um zu sehen, wie ein Ehemaliger aus ihren Reihen verhört wurde, damit sie es nachher auf der Dienststelle brühwarm herumerzählen konnten.

»Natürlich! Wie Sie wissen, bin ich mit dem Lesen der Zeitungen hinterher, das hab ich Ihnen doch schon gesagt.« Gustav wurde langsam ungeduldig.

»Gibt es zu dem zweiten Sprichwort …?«

»Das ist vermutlich das *erste*«, unterbrach er den Gruppeninspektor, »da es vor dem ›Lügen haben kurze Beine‹ in der Zeitung gestanden hat. Ob es noch weitere gibt, weiß ich nicht, das müsst ihr rausfinden. Mehr alte Zeitungen hab ich nicht.«

»Gibt es zu dem *ersten* Sprichwort auch ein Opfer?«, beendete Prischko seine Frage.

»Davon gehe ich aus.«

»Wo?«

»Das weiß ich nicht. Ich bin in Pension, und Sie wollen nicht, dass ich herumschnüffle, das haben Sie mir deutlich zu verstehen gegeben.« Gustav wandte sich der Glasscheibe zu, verdrehte die Augen und schüttelte den Kopf.

Lotta musste ob dieser Geste lächeln.

»Ich frage Sie auch nicht, weil Sie ermitteln sollen, sondern weil ich denke, dass Sie da irgendwie involviert sind. Ich weiß nur noch nicht, wie. Vielleicht ist dieser Rudi ja der Täter und Sie sind sein Komplize«, spekulierte Prischko.

»Ha!« Gustav lachte laut auf. »Das wird ja immer schöner.«

»Dann erklären Sie mir mal, woher Sie das mit dem Sprichwort jetzt gewusst haben«, verlangte der Gruppeninspektor.

»Ich hab es nicht gewusst, ich hab es zufällig in der Zeitung entdeckt«, antwortete Gustav.

»Zufällig entdeckt«, wiederholte Prischko. »Und das soll ich Ihnen glauben?«

»Ja klar! Denken Sie wirklich, dass ich Sie angerufen hätte, wenn ich mit der Sache etwas zu tun hätte?«, stellte Gustav eine Gegenfrage.

»Sie haben mich angerufen, weil Sie Ihre Tochter nicht erreichen konnten«, antwortete Prischko.

»Ja, darüber muss ich mit ihr noch reden.« Gustav sah erneut zu der Glasscheibe. »Von mir verlangt sie, dass ich mein Handy überallhin mitnehme, damit ich sie anrufen kann, falls ich Hilfe brauche, und wenn ich das dann tue, geht sie nicht ran. Was hat das denn für einen Sinn?«

»Das müssen Sie mit Ihrer Tochter klären …«

»Das werde ich, das werde ich.« Gustav deutete mit der Hand in Richtung Beobachtungsraum.

Lotta hatte tatsächlich von ihrem Vater verlangt, dass er das Handy bei sich trug, wenn er unterwegs war. Seine Kritik an ihr war berechtigt.

Prischko wirkte inzwischen genervt. »Ich frage Sie jetzt noch einmal: Wo ist die zweite Leiche?«

»Die erste«, korrigierte Gustav den Ermittler wie ein Lehrer einen Schüler. »Die zweite ist der Tote am Traunseeufer.«

Prischko atmete tief ein und aus. »Na gut, wo ist die *erste* Leiche?«

»Ich weiß es nicht. Aber ich hab eine Vermutung ...«, ließ Gustav sein Gegenüber aufhorchen.

»Ach ja? Welche denn?«

»Es gab vor einer Woche diesen Unfall auf einer Baustelle in Urfahr. Und einen Tag davor ist das Sprichwort in der Zeitung unter den Todesanzeigen erschienen. Schauen Sie mal nach, ob Sie da einen Zusammenhang herstellen können. Wenn ich nicht im Ruhestand wäre, würde ich das tun.« Gustav verschränkte die Arme vor der Brust und wirkte zufrieden. Nicht verängstigt oder beleidigt, weil er vernommen wurde, nein, zufrieden.

Er brauchte dringend ein Hobby, dachte Lotta. Aber eines, das nichts mit Leichen zu tun hatte und bei dem er nicht in unwegsamem Gelände herumklettern musste. Sie verließ den Beobachtungsraum und öffnete die Tür zum Vernehmungszimmer.

Prischko sah sie überrascht an.

Ihr Vater lächelte und hatte sichtlich Freude an dem Gespräch. »Ah, da bist du ja endlich! Wo hast du so lange gesteckt?«, wollte er von ihr wissen.

»Papa, wie lautet das Sprichwort, das du heute in der Zeitung entdeckt hast?«, fragte Lotta.

»Aber du solltest dich doch raushalten!«, erhob Prischko gegen ihre Einmischung Einspruch.

Sowohl der Vater als auch die Tochter ignorierten ihn.

»Wer anderen eine Grube gräbt, fällt selbst hinein.« Gustav schaute seine Tochter mit einem Blick an, der ausdrückte, dass er es ihr ja gesagt habe. Dass er mit seiner Vermutung in Bezug auf die Baustelle richtiggelegen habe.

»Ich weiß, wo die erste Leiche ist.« Lotta wandte sich von ihrem Vater ab und ihrem Kollegen zu.

»Ich auch«, schloss sich Gustav seiner Tochter an.

»Was wird hier gespielt?«, fragte Prischko stinksauer.

# 12. KAPITEL

»Wieso erzählst du mir nichts?«, fragte Daniel Prischko seine Vorgesetzte im Flur des Landeskriminalamtes, kaum dass die Tür des Vernehmungsraumes hinter ihnen ins Schloss gefallen war. »Ich dachte, zwischen uns passt alles und wir arbeiten gut zusammen.«

»Wieso verhörst du meinen Vater und sagst mir nichts?« Lotta bot ihrem Kollegen die Stirn.

»Weil du nicht objektiv bist, was deinen Vater anbelangt. Wäre jemand aus meiner Familie involviert, wäre ich es auch nicht ...«

»Mein Vater ist nicht involviert«, korrigierte Lotta den Kollegen. »Er ist ein guter Ermittler, immer noch! Seine Aufklärungsquote lag bei 98 Prozent, das müssen wir beide erst mal schaffen.«

»Ja, aber nur, weil es zu seiner Zeit noch nicht so viel Cyberkriminalität gegeben hat«, warf Prischko ein.

»Er hat nichts mit der Sache zu tun!«

»Das werden wir herausfinden.«

»Ich weiß das!«

»Du hoffst es.«

Lotta seufzte. »Hör mal, ich finde, wir sind ein gutes Team, Daniel ...«

»Ja? Für mich fühlt sich das gerade nicht so an!«

Die Kollegen, die vorbeikamen, warfen ihnen neugierige Blicke zu. Der Gruppeninspektor redete nicht gerade leise.

»Du hast recht, ich hätte nicht ohne dich Nachforschungen anstellen sollen, schließlich arbeiten wir gemeinsam an dem Mordfall. Aber ich war sauer auf dich, weil du meinen Vater verdächtigst, etwas mit dem Fall zu tun zu haben, nur weil er alte Zeitungen liest und über Sprichwörter Bescheid weiß«, gab Lotta zu.

»Und weil er Kenntnis über eine zweite Leiche hat – oder die *erste* ...« Prischko verdrehte die Augen, weil Lottas Vater so vehement auf der richtigen Reihenfolge der Todesfälle bestanden hatte. »Wie du offenbar auch. Wo soll die denn bitte sein?«

»Wahrscheinlich schon unter der Erde. Es ist das vermeintliche Unfallopfer von der Baustelle in Urfahr. Wir sollten die Kollegen darauf ansetzen, herauszufinden, ob es bereits beerdigt wurde. Ich zeige dir inzwischen den Tatort.«

»Frieden?«, schlug Prischko vor.

»Frieden«, lenkte Lotta ein. »Hast du mit der Witwe von Molov geredet und sie gefragt, ob ihr Mann homosexuell gewesen ist?«

»Ja, hab ich. Sie hat es vehement abgestritten und will mich verklagen, wenn ich anderes behaupte und das dann an die Öffentlichkeit käme«, erzählte der Gruppeninspektor.

»Wahrscheinlich würde sie es auch nicht zugeben, wenn sie Kenntnis davon gehabt hat. Nicht alle gehen mit diesem Thema offen um«, sagte Lotta. »Hast du ihr die Empörung abgekauft? Hattest du das Gefühl, dass sie echt war?«

Prischko überlegte kurz. »Ja, ich denke, dass sie mir nichts vorgespielt hat.«

»Und dieser Sumauer Peter, mit dem sich Molov gestritten hat, was sagt der?«

»Dass Molov ihm mit seinem SUV einen Parkschaden zugefügt habe und den Schaden nicht bezahlen wollte. Das sei der Grund für die Auseinandersetzung gewesen. Ich glaube nicht, dass er etwas mit Molovs Tod zu tun hat, das wäre doch ein sehr schwaches Motiv. Außerdem hätte er nichts davon, denn er bleibt jetzt wahrscheinlich auf den Kosten für die Reparatur sitzen.«

Lotta nickte. »Okay, die Tatortsicherer sollen sich die Boote am Traunsee vornehmen. Das Handy und die Schlüssel vom Opfer sind ja nach wie vor verschwunden, vielleicht sind sie ihm beim Transport aus der Tasche gefallen und liegen in einem der Boote.«

»Wenn dem so wäre, hätte die Sachen doch schon wer gefunden und bei uns abgegeben«, meinte Prischko.

»Nicht alle Menschen sind ehrliche Finder«, erwiderte Lotta. »Einen Versuch ist es wert.«

»Weil der Vorschlag von deinem Vater stammt?«, entfuhr es dem Gruppeninspektor.

»Weil es eine Chance ist, herauszufinden, wie der Mord abgelaufen ist, deshalb«, erklärte Lotta ihre Beweggründe. »Fragt sämtliche Bootsbesitzer, ob ihnen aufgefallen ist, dass ihr Boot am nächsten Tag vielleicht anders angehängt oder angeknotet gewesen ist oder was weiß ich, wie man das nennt, wenn man so ein Ding irgendwo befestigt.«

»Okay«, antwortete der Kollege.

»Und noch etwas, Daniel.«

»Ja?«

»Frieden bedeutet nicht, dass man den anderen dann weiter in dieser Sache untergräbt oder ihn attackiert, verstanden?«

»Tut mir leid.« Prischko schien es ernst zu meinen.

»Ja, mir auch.«

Die Tür des Vernehmungszimmers ging auf und Gustav Meinich steckte den Kopf hindurch. Lotta drängte sich der Verdacht auf, dass ihr Vater gelauscht hatte, denn er fragte: »Kann ich jetzt nach Hause gehen, wo wir uns alle wieder vertragen?«

»Nein!«, erwiderte Prischko.

»Klar, Papa«, sagte Lotta. »Ein Kollege fährt dich heim. Aber sag mir vorher bitte noch, woher du gewusst hast, dass der Unfall auf der Baustelle in Urfahr in Wahrheit keiner gewesen ist?«

»In dem Zeitungsbericht stand, dass der Tote den Plan noch in Händen gehalten hat, als man ihn gefunden hat.« Gustav machte eine Pause und schüttelte den Kopf. »Ich hab schon viele Leichen gesehen, die irgendwo runtergefallen sind oder gestoßen wurden, aber keine einzige hat etwas in der Hand gehalten. Die rudern mit den Armen um ihr Leben, da hält doch keiner einen Plan fest. Wenn ihr mich fragt, dann hat der Mörder ihm diesen in die Hände gedrückt, als er schon mausetot am Boden gelegen hat.«

Lotta lächelte ihren Vater an. »Du hast wahrscheinlich recht.«

»Kommst du nachher zum Essen? Du, er nicht!« Gustav deutete auf den Gruppeninspektor.

»Mach ich«, antwortete Lotta. »Ich bring etwas vom Chinesen mit, damit du nicht kochen musst. Du sollst dich schonen und weder hier bei uns sein noch vorm Herd stehen.«

»Ah geh! Mir geht es gut, Kind«, winkte Gustav ab und humpelte den Gang entlang Richtung Ausgang.

*

Die Kriminalbeamten fuhren nach Urfahr auf die Baustelle, und Lotta zeigte ihrem Kollegen, was sie auf der Betonwand entdeckt hatte.

Prischko nahm die Sonnenbrille ab und steckte sie in seine dunkelbraunen Haare, die seitlich kurz und oben etwas länger waren. »Wer anderen eine Grube gräbt, fällt selbst hinein«, las er die Buchstaben, die mit weißem Lack über das Graffiti gesprüht worden waren, laut vor. Daraufhin stützte er die Hände in die Hüften, denn er konnte es offenbar nicht glauben. Das geschäftige Treiben auf der Baustelle blendete sowohl er als auch Lotta völlig aus. »Weißt du, was das bedeutet?«

»Wir haben einen Mörder, der strukturiert vorgeht«, antwortete die Chefinspektorin. »Der springende Punkt ist, ob er aus einem persönlichen Motiv heraus Leute umbringt oder aus purer Lust am Töten. Das ist möglicherweise entscheidend dafür, wie viele Opfer es geben wird – wenn wir ihn nicht rechtzeitig finden.«

»Wir müssen alle Zeitungen durchgehen und schauen, ob noch irgendwo ein Sprichwort steht, und anschließend herausfinden, ob es kurz darauf einen Unfall oder einen ungeklärten Todesfall gegeben hat.« Prischko wurde das mögliche Ausmaß des Falls bewusst.

»Wir werden eine Menge Leute brauchen, wir müssen ja auch noch die ganzen Boote am Traunsee untersuchen«, ergänzte Lotta die Aufgabenliste.

»Wenn der Täter aus einem persönlichen Motiv heraus Menschen umbringt, dann gibt es zwischen den Opfern eine Verbindung«, schlussfolgerte der Gruppeninspektor.

»Wenn er aber aus Lust mordet, fehlt eine Verbindung, weil es ihm egal ist, wen er umbringt. In diesem Fall geht es ihm um den Akt des Tötens, und dann haben wir ein echtes Problem. Es gibt verdammt viele Sprichwörter. Wenn er zu jedem jemanden über die Klinge springen lässt, müssen wir ...«

»Hey, Sie da!«, wurde die Chefinspektorin von einer Stimme hinter ihr unterbrochen. »Sie können nicht einfach auf einer Baustelle ... Ah, Sie sind es.« Der Bauarbeiter, dem sie bei ihrem ersten Besuch schon begegnet war, erkannte Lotta wieder. »Wenn Sie öfter herkommen, brauchen Sie einen Helm.« Er lachte. Als das Lachen nicht erwidert wurde, wurde er ernst und fragte: »Was gibt es denn dieses Mal?«

»Wir brauchen diese Wand.« Lotta deutete auf den besprühten Beton.

»Ah geh, das ist doch nix. Da gibt es viel schönere Graffitis, da müsst ihr mal runter zum Hafen, da seht ...«

»Nicht wegen dem Graffiti.« Lotta ließ den Mann nicht ausreden. »Sondern wegen dem Sprichwort, das einer da draufgesprüht hat.«

Der Bauarbeiter kniff die Augen zusammen. »Jetzt, wo Sie es sagen, sehe ich es auch. Ist halt ein wenig klein, das geht neben dem anderen Gesprühe völlig unter. Was wollt ihr denn damit?«

»Das ist Beweismaterial«, erklärte Lotta.

»Beweismaterial?«, echote der Mann. »Und was heißt das?«

»Dass wir hier absperren müssen und ...«

»Das geht nicht! Wisst ihr, was das kostet, wenn wir schon wieder nicht weiterarbeiten können? Und wie lange soll das überhaupt abgesperrt bleiben? Gibt es keine andere Lösung?«

Lotta überlegte und betrachtete dabei die Wand. »Kann

man diesen Teil irgendwie herausschneiden? Großzügig, damit das Sprichwort nicht beschädigt wird?«

»Und dann?«, fragte der Bauarbeiter und kratzte sich am Kopf.

»Dann bringen Sie es zu uns aufs Landeskriminalamt in die Nietzschestraße.«

»Hältst du das für eine gute Idee?« Prischko zweifelte offenbar am Gelingen des Vorhabens.

»Hast du eine bessere?«, fragte Lotta.

»Außer die Baustelle zu sperren, nein«, antwortete der Gruppeninspektor.

»In dem Fall bin ich fürs Rausschneiden«, sagte der Bauarbeiter rasch. »Mal sehen, was sich da machen lässt.«

»Aber Sie dürfen den Teil mit dem Sprichwort keinesfalls beschädigen«, wies Lotta den Mann noch einmal darauf hin.

»Keine Angst, Lady! Sie haben es hier mit Profis zu tun.« Der Bauarbeiter grinste die Inspektorin an.

»Na, wenn das mal gut geht«, murmelte Prischko und schob die Sonnenbrille vor seine Augen.

*

Am Abend saß Lotta bei ihrem Vater in der Essküche in seinem Haus in Steyregg. Er hatte es sich natürlich nicht nehmen lassen und einen Gemüseauflauf mit Brokkoli, Karfiol, Karotten und jeder Menge Käse zubereitet. Das chinesische Essen in den Kartons, das Lotta mitgebracht hatte, hatte er nicht einmal angesehen und behauptet, es sei zu viel Sojasoße drin und die schlage ihm auf den Magen. Das Papiersackerl stand nach wie vor unangetastet auf dem Küchentresen.

»Ich mag deinen Kollegen.« Gustav überraschte seine Tochter mit dieser Aussage.

»Echt? Obwohl er dich heute in die Mangel genommen hat?« Lotta spießte den mit Käse überbackenen zartweichen Karfiol auf.

»Was hätte er denn sonst tun sollen?«, erwiderte Gustav.

»Dich nicht wie einen Verdächtigen befragen.« Lotta steckte die volle Gabel in den Mund.

»Er kennt mich halt nicht so gut wie du. Nein, das war schon richtig, wie er das gemacht hat. Aus dem wird noch etwas.«

»Aus dem ist schon etwas geworden, Papa, er ist Gruppeninspektor«, teilte Lotta ihrem Vater mit.

»Ah ja.« Gustav schmatzte.

»Warum durfte er dann nicht mitkommen, wenn du ihn eh magst? Du hast extra erwähnt, dass die Einladung zum Essen nur für mich gilt«, wollte Lotta erfahren.

»Ich hab gewusst, dass ich nicht mehr so viel Gemüse zu Hause hab, und der frisst wie ein Schwarm Heuschrecken«, erinnerte Gustav seine Tochter an das gemeinsame Schnitzelessen.

Lotta lachte.

Gustav schaute seine Tochter an. »Magst du ihn?«

»Papa!«

»Ich frag ja nur … Weil, du bist halt schon so lange alleine und das ist nicht gut. Du solltest nicht hier bei mir sitzen, obwohl ich mich natürlich freue, wenn du da bist, aber du solltest jemanden an deiner Seite haben, der dich liebt. Ich werde nicht immer für dich da sein können …«

»Sag doch so etwas nicht!« Lotta war gerührt und bestürzt zugleich, dass sich ihr Vater Sorgen um sie machte. Dabei sollte es eigentlich umgekehrt sein. »Bist du etwa krank?«

»Wenn du Altwerden als krank bezeichnen möchtest, dann bin ich das wohl. Hin und wieder treten schon ein paar Beschwerden auf, die ich früher nicht gehabt hab. Ein Zwicken da und ein Zwacken dort, und dann das ständige Klorennen in der Nacht. In jungen Jahren wäre ich auch nicht über diesen blöden Stein am Traunseeufer gestolpert. Da wäre ich einfach wie ein Rehbock darüber hinweggesprungen.«

»Sonst ist nichts?« Lottas Misstrauen war geweckt.

»Nicht dass ich wüsste. Aber ich meine es ernst, Lotta. Seit dem Tod deiner Mutter bin ich alleine, und jeder Tag ist ein verlorener. Schau, dass du nicht den gleichen Fehler machst wie ich. Mach es besser, Kind!« Gustav sah seine Tochter eindringlich an, in seinem Blick lagen Liebe und Sorge zugleich.

»Wenn mir der Richtige über den Weg läuft, werde ich ihn mir schnappen.« Lotta lächelte ihren Vater an.

»Und dieser Prischko ist nicht der Richtige?«, ließ Gustav nicht locker.

Lotta war das Gespräch über ihren Kollegen im Zusammenhang mit einer möglichen Liebesbeziehung unangenehm, deshalb wechselte sie das Thema. »Du hattest übrigens recht mit dem Unfall auf der Baustelle vor einer Woche. Wir haben dort dasselbe Sprichwort gefunden wie du in der Zeitung.«

»Wer anderen eine Grube gräbt, fällt selbst hinein.« Ihr Vater schluckte den Köder sofort.

Lotta war froh darüber. »Genau. Hier!« Die Chefinspektorin holte ihr Smartphone aus der Tasche, wischte darauf herum und hielt es ihrem Vater hin. Sie hatte die

Wand mit dem Graffiti und der weißen Schrift mehrmals fotografiert.

»Er wechselt die Art, wie er die Botschaft übermittelt«, sagte Gustav, nachdem er sich die Bilder angesehen hatte.

»Ja, weil er am Traunseeufer keine Betonwand gehabt hat, wo er seine Nachricht hinterlassen hätte können«, meinte Lotta.

»Der ganze Traunstein ist eine Wand. Da hätte er doch irgendwo das Sprichwort draufsprühen können. Oder es auch bloß mit einem dicken Stift schreiben. Aber nein, er hat die Nachricht dem Opfer in die Brusttasche gesteckt. Weshalb?«

Lotta überlegte und kaute dabei ein Stück Karfiol. »Weil er uns für zu doof hält, die Nachricht zu entdecken, da wir den ersten Mord nicht als solchen erkannt haben. Dass wir ihn für einen Unfall gehalten haben, hat sogar in der Zeitung gestanden.«

»Kann sein. Jedenfalls dürfen wir uns nicht darauf verlassen, dass er seine Botschaften immer klar und deutlich übermittelt«, schlussfolgerte Gustav.

»Wir?« Lotta schmunzelte.

»Ihr natürlich …«, korrigierte sich Gustav. »Wie geht's jetzt weiter?«

Lotta wusste, dass sie aus unterschiedlichen Gründen nicht mit ihrem Vater über ihre Fälle reden sollte, doch so ein Gespräch wie das eben geführte war wie eine Therapie für sie beide. »Das Begräbnis von Alois Kaimper …«

»Ich nehme an, dass er das Opfer von der Baustelle ist«, unterbrach Gustav sie.

»Ja, er war der Baumeister. Also, wir haben bei seiner Familie angerufen, das Begräbnis hätte übermorgen stattfinden sollen, eine Feuerbestattung, daraus wird jetzt erst einmal nichts. Der Leichnam wird stattdessen in die Gerichtsmedizin überstellt. Ich glaube zwar nicht, dass wir noch Spuren finden werden, da der Tote vom Bestatter bereits gewaschen und hergerichtet worden ist, aber vielleicht haben wir bei der Kleidung, die er an dem Tag getragen hat, Glück. Die existiert noch und wird im Labor untersucht werden, sobald wir sie haben. Morgen fahren Daniel und ich zur Familie und befragen sie.«

Gustav nickte und freute sich sichtlich, dass sich sein Verdacht bestätigt hatte. »Und was ist mit dem Bauplan? Da könnten auch Spuren vom Täter drauf sein. Den hat er seinem Opfer als Tüpfelchen auf dem i in die Hand gedrückt, als es tot am Boden gelegen hat. Der wollte die Leiche in Szene setzen, genau wie den Toten am Traunsee. Schaut euch die Fotos mal genauer an. Ihr habt doch Fotos von der Leiche des Baumeisters gemacht, oder?«

»Da muss ich den Gsteinhauer Michael fragen, der hat in diesem Fall ermittelt. Ich befürchte allerdings, dass er Ärger kriegen wird. Immerhin hat er ihn als einen Unfall eingestuft.«

»Hast ihm ans Bein gepinkelt, Mädchen.« Gustav grinste wie ein kleiner Junge, der sich über einen gelungenen Streich freute. »Sei nicht zu streng mit ihm.«

»Wieso? Er hat Scheiße gebaut! Außerdem lasse ich seine schlampige Arbeit nicht absichtlich auffliegen, das ergibt sich durch die Ermittlungen.«

»Die Zahl der unentdeckten Morde steigt leider immer weiter an«, wusste Gustav. »Schuld ist der Personalmangel an allen Enden und Ecken. Die Häufigkeit von Obduktionen in Österreich nimmt stetig ab. Uns gehen die Gerichtsmediziner aus, und so manchem Doktor fehlt einfach die Erfahrung mit Gewaltdelikten. Die wissen nicht, nach was sie suchen müssen. Kein Wunder, dass dann so etwas wie in Urfahr passiert. Dass ein Mord als Unfall durchgeht. Da müsste mal etwas getan werden.«

»Du hast recht, es wird halt überall gespart.«

»Ja, aber an den falschen Stellen!«, brauste Gustav auf.

»Reg dich nicht auf, Papa. Wir können das nicht ändern.« Gustav brummte.

»Weißt du, was ich getan habe?«, fragte Lotta.

Ihr Vater schaute sie neugierig an. »Was? Spuck es aus!«

»Ich hab die Betonwand, auf die der Täter das Sprichwort gesprüht hat, rausschneiden und aufs Landeskriminalamt bringen lassen. Und ich hab denen gesagt, dass die Kosten dafür die Dienststelle übernimmt.«

Gustav lachte. »Hast du das echt gemacht oder willst du mich bloß aufheitern?«

»Das hab ich getan.«

»Da wird der Oberst Schmettenthaler aber springen, dieser Centzähler! Er ist doch noch immer der Chef von der Dienststelle, oder?«

»Ja, ist er.«

»Du hast mehr Eier als so mancher Kerl, weißt du das?« Gustav war sichtlich stolz auf seine Tochter.

Lotta freute sich, denn das war das größte Kompliment, das ihr Vater ihr jemals gemacht hatte.

# 13. KAPITEL

Als Lotta am nächsten Morgen in die Nietzschestraße einbog, sah sie einen Tumult vor dem Landeskriminalamt. Autos versperrten die Zufahrt zum Gelände und der Verkehr auf der Straße war zähflüssig. Irgendetwas erregte die Aufmerksamkeit der Verkehrsteilnehmer und verursachte einen Stau.

»Was ist denn hier los?«, murmelte sie und spähte durch die Windschutzscheibe. Polizisten hatten sich um eine Stelle bei den Parkplätzen vor dem Gebäude versammelt. Ein Mann mit rotem Kopf gestikulierte wild mit den Armen. Als Lotta ein Stück vorangekommen war, erkannte sie ihn: Es war ihr Chef, Oberst Jusuf Schmettenthaler. Und er schien ziemlich wütend zu sein.

Sie erreichte das Einfahrtstor, welches Befugte in den Innenhof des Polizeigebäudes einließ, parkte seitlich davon ihren VW Passat und ging die wenigen Meter zu den Parkplätzen vor dem Landeskriminalamt zu Fuß. Der erste Parkplatz war für den Oberst reserviert, und genau dort hatte jemand den Betonklotz mit dem Graffiti und dem Sprichwort hingestellt. Ein Kran-Lkw, mit dem das Teil offensichtlich hergefahren worden war, stand mit dem Führerhaus auf der Nietzschestraße und mit der Ladefläche auf dem Parkplatz. Offenbar hinderte man den Fahrer daran, wegzufahren, denn er wirkte nicht minder aufgebracht.

»Wer hat Sie überhaupt beauftragt, dieses Ding herzubringen?«, donnerte Schmettenthalers Stimme über das

Geschnatter der Neugierigen und den Motorenlärm des Lkws hinweg. Er deutete auf die Betonmauer, als ginge davon Gefahr aus.

»Die von der Baustelle«, antwortete der Lkw-Fahrer stur. »Die haben mir gesagt, ich soll es hier abstellen. Genau hier!«

»Namen! Ich brauche einen Namen!«, brüllte der Oberst.

Der Lkw-Fahrer zuckte mit den Schultern. »Namen habe ich keinen, aber diesen Lieferschein kann ich Ihnen geben. Den müssen Sie ohnehin unterschreiben, weil Sie die Ware erhalten haben. Den Durchschlag können Sie behalten«, hörte Lotta den Mann sagen, während sie den Betonklotz inspizierte.

Die Bauarbeiter hatten gute Arbeit geleistet und genügend Rand seitlich des Sprichwortes stehen gelassen, mindestens einen Meter, sodass die weiße Sprühschrift nicht beschädigt worden war. Das ganze Teil maß mindestens drei Meter in der Länge und thronte wie eine Absperrung auf Schmettenthalers Parkplatz, unverrückbar und äußerst bunt.

»Ich unterschreibe gar nichts!«, brüllte Lottas Chef als Antwort auf die Aufforderung des Lkw-Fahrers.

»Ich unterschreibe!« Lotta trat näher und griff nach dem Papier.

»Was hat das zu bedeuten?«, fragte ihr Vorgesetzter wütend.

»Das ist ein Beweisstück im Mordfall Molov und jetzt auch im Mordfall Kaimper. Ich hab dieses Mauerteil beschlagnahmt und herbringen lassen. Darauf ist, wie ihr alle sehen könnt, ein Sprichwort aufgesprüht worden, und nur wenige Meter daneben ist der Herr Kaimper auf dem

Boden aufgeschlagen.« Lotta schrieb ihren Namen auf den Lieferschein und versuchte zu verbergen, wie sehr ihre Hand zitterte. Dass diese Betonmauer so einen Wirbel verursachen und der Lkw-Fahrer ausgerechnet den Parkplatz ihres Chefs zum Abstellen auswählen würde, hatte sie nicht ahnen können. Aber jetzt musste sie die Sache durchziehen.

Alle Augenpaare waren auf sie gerichtet, auch die von den Kollegen unter den Schaulustigen. Gewiss waren ein paar unter ihnen, die sie gerne scheitern sehen würden.

»In mein Büro«, zitierte Schmettenthaler Lotta in besagte Örtlichkeit. Dann drückte er seinen Autoschlüssel einem Uniformierten in die Hand. »Parken Sie meinen Wagen irgendwo auf dem Gelände, wo ich ihn wiederfinde.«

»Jawohl, Herr Oberst!« Der Mann wandte sich ab und verschwand zwischen den Umstehenden.

Lotta reichte dem Lkw-Fahrer den unterschriebenen Lieferschein und folgte ihrem Vorgesetzten in dessen Büro. Ohne ihr einen Platz anzubieten, setzte er sich in seinen Chefsessel, und Lotta erklärte ihm, was sie herausgefunden hatte: dass der vermeintliche Unfall keiner gewesen sei und sie gerade noch habe verhindern können, dass man die Leiche feuerbestattete, wodurch sämtliche Spuren vernichtet worden wären.

»Das können Sie so nicht machen, Frau Meinich«, schlug Schmettenthaler – nachdem er sich alles schweigend angehört hatte – versöhnlichere Töne an. »Wenn wir etwas beschlagnahmen, müssen wir ein gewisses Prozedere einhalten. Das nächste Mal sperren Sie die Baustelle, jetzt aber haben Sie meinen Parkplatz gesperrt. Wie schaut das denn aus?«

»Als stünden Sie hinter mir, Chef!«, antwortete Lotta wie aus der Pistole geschossen. »Als wäre es Ihre Idee gewesen, das Ding dort zu deponieren, damit die Tatortsicherer rasch ihre Arbeit machen können.«

Oberst Schmettenthaler verdrehte die Augen. »Netter Versuch, Frau Meinich, aber so geht das nicht ...«

»Die Baustelle zu sperren verursacht viel höhere Kosten, als wenn Sie Ihren Parkplatz nicht benutzen können«, begründete Lotta ihr Vorgehen. Sie wusste, dass der Dienststellenleiter jeden Cent genau prüfte, bevor er ihn ausgab. Zumindest, wenn es um Zahlungen für die Dienststelle ging. Ob er privat auch so knausrig war, konnte sie nicht sagen. Aber Geld war für ihn immer ein Argument, vor allem, wenn man es einsparen konnte.

Schmettenthaler schnaubte. »Sie sind genauso ein Dickschädel wir Ihr Vater, wissen Sie das?«

»Ich fasse das als Kompliment auf«, erwiderte Lotta.

»Wie geht es Ihrem alten Herrn überhaupt? Ich hab das mit seinem Unfall gehört. Ich hoffe, er hat sich nicht allzu schwer verletzt.«

Lotta konnte nicht einschätzen, ob sich der Dienststellenleiter tatsächlich für den Gesundheitszustand ihres Vaters interessierte oder ob er ihr zu verstehen geben wollte, dass er über dessen unbefugtes Betreten des Tatortes Bescheid wusste. Wahrscheinlich auch über die Vernehmung durch Prischko.

»Es geht ihm gut. Sie kennen ihn ja, er lässt sich nicht unterkriegen.«

»Genau wie Sie, Frau Meinich. Das schätze ich an Ihnen.«

»Danke.«

»Aber treiben Sie es nicht zu weit.«

»Das werde ich nicht.«

»Und wann kann ich meinen Parkplatz wieder benutzen?«

»Sobald die Tatortsicherer die Betonmauer untersucht haben, kann sie weg. Dann steht Ihnen Ihr Platz wieder voll und ganz zur Verfügung.«

Schmettenthaler gab sich geschlagen. »Machen Sie schnell! Und jetzt raus mit Ihnen.«

Lotta verließ das Büro ihres Vorgesetzten und ging unter den neugierigen Blicken der Kollegen in ihr eigenes. Prischko war inzwischen eingetroffen, und seinem Grinsen nach zu urteilen, war er über den morgendlichen Tumult bereits informiert worden. »Na, was hat der Alte gesagt?«

»Klar, dass er mich nicht ohne einen Rüffel hat gehen lassen können, aber indirekt hat er mich gelobt«, erzählte Lotta ihm.

»Was?« Prischko war erstaunt.

»Er hat gesagt, dass ich meinem Vater sehr ähnlich sei, und das ist für mich ein Kompliment«, gab Lotta das Gespräch zusammengefasst wieder und lehnte sich in ihrem Stuhl zurück.

»Es geschehen noch Zeichen und Wunder«, kommentierte der Gruppeninspektor.

»Wunder gibt es nicht, Daniel. Nur Fakten. Die Spurensicherung soll sich die Betonwand vornehmen und überprüfen, ob man mit der weißen Farbe etwas anfangen kann. Welche Marke das ist, wo man sie kaufen kann, solche Dinge.«

»Klar, gebe ich gleich weiter.«

»Ist das Handy von Molov schon aufgetaucht?«

»Soweit ich weiß, nicht.«

»Dann fordere bitte vom Betreiber eine Anrufliste an. Vielleicht hat ihn der Täter ja kontaktiert.«

»Mach ich.«

»Und schick ein paar Leute los, die die Boote am Traunsee …«

»Schon erledigt.«

»Ich sag ja, wir beide sind ein gutes Team.« Lotta hatte den Eindruck, als würde sich Prischko nun ein wenig mehr anstrengen. Als hätte er mehr Respekt vor ihr, weil sie das mit der Betonwand auf Schmetthalers Parkplatz souverän gemeistert hatte. Weil sie mehr Eier hatte als so mancher Kerl, wie ihr Vater es ausgedrückt hatte. Zufrieden sagte sie: »Wir fahren zu der Familie vom ersten Opfer. Da der Gsteinhauer das Ganze als Unfall behandelt hat, hat er mit denen sicher nicht so geredet, wie er es bei einem Mordfall hätte tun müssen. Kannst du uns bitte die Adresse organisieren?«

»Klar!« Prischko zückte sein Handy und verteilte die Aufgaben unter den Kollegen.

Währenddessen öffnete Lotta den Internetbrowser und suchte nach der Herkunft des Sprichwortes »Wer anderen eine Grube gräbt, fällt selbst hinein«. Es ging auf König Salomo zurück, der ein scharfsinniger Beobachter seiner Zeit gewesen war. Die Bedeutung damals unterschied sich nicht von der heutigen. Lotta vermutete, dass Alois Kaimper jemandem hatte schaden wollen und dieser entweder zuerst zugeschlagen hatte oder später aus Rache. Sie mussten unbedingt herausfinden, ob es eine Verbindung zwischen den Opfern gab.

»Ich hab die Adresse«, unterbrach Prischko Lottas Gedanken. »Wir müssen nach Eferding.«

»Dann los!«

*

Die Kriminalbeamten fuhren auf der Oberen Donaulände unter der neuen Donautalbrücke, der längsten erdverankerten Hängebrücke der Welt, hindurch und aus der oberösterreichischen Landeshauptstadt hinaus. Bis nach Wilhering wirkte die Strecke beinahe idyllisch, da sie nördlich von der Donau und südlich vom Kürnbergwald flankiert wurde. Doch der Grund, weshalb sie diese Straße nahmen, ließ dennoch kein wohliges Gefühl aufkommen. Es war schon eine außergewöhnliche Sache, eine Beerdigung zu verschieben. Die eingeladenen Trauergäste mussten informiert werden und die nicht eingeladenen würden vor einer leeren Leichenhalle stehen.

Nach einer guten halben Stunde erreichten sie Eferding und bogen kurz darauf auf eine asphaltierte Zufahrt zu einem großen Grundstück ein, die vor einer eigenwilligen Villa endete.

»Man sieht es dem Gebäude an, dass hier ein Baumeister seine Finger im Spiel hatte«, sprach Prischko aus, was Lotta dachte.

Der Bau wirkte wie ein Gebilde aus wild durcheinandergewürfelten, unregelmäßigen viereckigen Klötzen, die wie zufällig aufeinandergestapelt ausschauten, als hätte ein riesiges Kind damit gespielt. Die unterschiedlichen Würfel bildeten das Erdgeschoss, das Obergeschoss mit einer überdachten Terrasse, einen lang gezogenen Eingangsbereich und eine Doppelgarage. Sogar der Durchgang in den Garten bestand aus einem weiß verputzten Quader mit einem Loch in der Mitte.

»Interessantes Konzept.« Lotta betrachtete das ungewöhnliche Bauwerk, welches in Weiß und Grau verputzt war. Die Fensterrahmen, Türen und Außenleuchten waren in Anthrazit gehalten und stellten einen Kontrast zu den hellen Wänden her.

»Bestimmt ist da jede Menge Eisen verarbeitet worden, ansonsten wäre so ein Bau statisch gar nicht möglich. Geld hat wohl keine große Rolle gespielt.« Prischko war mit der Begutachtung des Gebäudes schneller fertig als seine Chefin und drängte zur Haustür, die mehr ein Portal war als eine normale Pforte.

»Du kennst dich mit dem Hausbauen aus?«, fragte Lotta und folgte ihm. Dabei versuchte sie, in den Garten zu spähen, doch dieser war durch eine Mauer vor neugierigen Blicken geschützt. Bestimmt befand sich darin ein teurer Pool, dachte Lotta, da vor allem gehobene Immobilien mit derartigem Luxus ausgestattet waren.

»Nein, nur ein bisschen. Meine Eltern haben ein Haus, aber über das Bauen an sich weiß ich leider nicht viel.«

»Dann werden du oder deine Schwester eines Tages auch Hausbesitzer sein.«

»Ja, wahrscheinlich.«

»Wahrscheinlich?«, hakte Lotta nach.

»Außer meine Eltern vermachen es dem Tierheim.« Prischko grinste. »Oder der Kirche.«

»Besteht denn die Gefahr?«

Der Gruppeninspektor zuckte mit den Schultern. »Keine Ahnung was den alten Leuten so alles einfällt.«

Lotta würde das Haus ihres Vaters ebenfalls einmal erben und wusste nicht, ob sie überhaupt in Steyregg leben wollte. Quasi auf dem Land – oder noch Land, da die an Linz angrenzenden Ortschaften immer mehr mit der Landeshauptstadt zusammenwuchsen.

Die Chefinspektorin betätigte die Klingel. Eine klassische Tonabfolge wie eine Klaviersonate erklang, und im Inneren des Gebäudes näherte sich jemand der Tür.

»Ja?« Eine schwarz gekleidete Frau stand vor den Kriminalbeamten und schaute sie überrascht an.

»Chefinspektorin Lotta Meinich, das ist mein Kollege

Gruppeninspektor Daniel Prischko. Wir sind wegen dem Tod von Alois Kaimper hier und …«

»Haben wir es Ihnen zu verdanken, dass das Begräbnis meines Mannes morgen nicht stattfinden kann?«, fragte die Frau harsch. Mit durchdringendem Blick musterte sie die Inspektoren.

»Es tut uns leid, aber wir haben Grund zur Annahme, dass Ihr Mann nicht durch einen Unfall gestorben ist«, erwiderte Lotta.

Der Ausdruck auf dem Gesicht der Witwe veränderte sich. Erschrocken fasste sie sich an die Brust. »Was? Das … das kann nicht sein!«

»Können wir drinnen weiterreden?«, schlug Lotta vor.

»Ja, kommen Sie herein.« Die Frau machte einen Schritt zur Seite und ließ die Beamten in einen großzügigen Vorraum eintreten. Anschließend führte sie sie ins Wohnzimmer, welches mit einem geölten Holzboden ausgelegt war, auf dem sich keine Teppiche befanden. Dadurch kam die Schönheit des Naturstoffes in seiner rötlich braunen Farbgebung und mit der kraftvollen Maserung voll zur Geltung. Nur die lederne Sitzgruppe bedeckte ein wenig davon, denn der Tisch bestand aus einem schwarzen Untergestell aus Metall mit einer Glasplatte darauf, durch die man hindurchsehen konnte. Ein Fernseher so groß wie eine Leinwand hing an der Wand. »Bitte schön«, bot ihnen die Witwe Platz an und setzte sich selbst in einen Fauteuil.

»Wir müssen leider annehmen, dass Ihr Mann ermordet wurde, Frau Kaimper, und …«

»Aber wie denn? Es hat doch geheißen, er ist vom Gerüst gestürzt«, unterbrach die Witwe die Chefinspektorin fassungslos.

»Es kann sein, dass jemand nachgeholfen hat«, ergänzte Prischko.

»Dass er gestoßen wurde?« Mit großen Augen sah sie den Gruppeninspektor an.

»Davon gehen wir zurzeit aus.«

»Mein Gott, das ist schrecklich!«

»Das ist es, und es tut mir leid, wenn wir Sie das fragen müssen, aber fällt Ihnen jemand ein, der das getan haben könnte? Hatte Ihr Mann Feinde?«

»Das weiß ich nicht.« Die Frau überlegte und schüttelte den Kopf. »So konkret fällt mir niemand ein. Aber die Baubranche ist schon ein Haifischbecken, wo um jeden Auftrag gekämpft wird. Gerade wegen der immensen Teuerungen der Baumaterialien und der Schwierigkeiten auf dem Häuslbauermarkt. Wir sind in den letzten Jahren gerade mal so über die Runden gekommen.«

Prischko zog eine Augenbraue hoch, was Lotta wissen ließ, dass er eine andere Vorstellung von »gerade mal so über die Runden kommen« hatte wie die Hausherrin, die in dieser Luxusumgebung residierte. Bevor er etwas erwidern konnte, fragte Lotta: »Und wie war das mit dem Bauvorhaben in Urfahr? Gab es da irgendwelche Schwierigkeiten? Ist Ihr Mann vielleicht jemandem auf die Füße getreten?«

»Nicht dass ich wüsste. Baustellen wie diese halten uns über Wasser. Einfamilienhäuser errichten wir kaum noch, und die ganz großen Aufträge kriegen meist die großen Baufirmen, zu denen wir leider nicht gehören.«

»Arbeiten Sie auch in der Firma mit?«, fragte Prischko.

»Ich mache die Buchhaltung«, antwortete die Frau.

»Und wie geht es mit dem Unternehmen nun weiter?«, wollte Lotta erfahren.

»Mein Sohn wird die Geschäftsführung übernehmen, er hat meinen Mann die letzten Jahre eh schon tatkräftig unterstützt. Der war auch viel lieber auf den Baustellen unterwegs, den Bürokram hat er nie machen wollen.«

»Wo ist Ihr Sohn jetzt?«

»Er gibt den Verwandten und Bekannten Bescheid, dass das Begräbnis morgen nicht stattfinden wird.« Die Frau holte ein Taschentuch aus der Tasche ihrer schwarzen Hose und schnäuzte sich.

Doch leider konnten die Kriminalbeamten ihr noch keine Pause gönnen. Sie mussten herausfinden, ob es zwischen dem Baumeister und dem Rechtsanwalt eine Verbindung gab. »Kennen Sie einen Dr. Vincent Molov aus Kirchdorf?«, fragte Lotta.

»Molov?«, wiederholte die Frau und überlegte. »Der Name sagt mir nichts.«

»Er war Rechtsanwalt«, ergänzte die Chefinspektorin.

»Wieso war?«, hakte die Witwe nach.

»Er wurde ermordet, genau wie Ihr Mann. Wir nehmen an, dass die Fälle irgendwie zusammenhängen«, sagte Lotta behutsam. So eine Nachricht war schwer zu ertragen.

»Das auch noch!«, stieß die Frau aus und atmete tief durch. »Ich frag mal meinen Sohn, ob er den Namen kennt.« Sie griff nach ihrem Handy, das die ganze Zeit über auf dem Tisch gelegen hatte, wählte und hielt es sich ans Ohr. »Adam? Du wirst es nicht glauben, was gerade passiert, zwei Polizisten von der Kriminalpolizei sind bei mir, sie sagen, dass der Papa ermordet worden ist ... Ja, ermordet! ... Ich kann es auch nicht fassen! ...« Die Frau schluchzte. »Nein, geht schon ... Sie wollen wissen, ob wir einen Dr. Molov kennen ... Er ist Rechtsanwalt in Kirchdorf. Hat der Papa den Namen mal erwähnt? ... Nein, ihn können wir nicht fragen, ob er den Papa gekannt hat, er ist nämlich auch tot ... Wie? Ich weiß es nicht, ich frag mal ...« Die Frau hielt das Handy von ihrem Ohr weg. »Wie ist denn dieser Dr. Molov gestorben, ich meine, ist er auch wo runtergestoßen worden?«

Lotta zögerte einen Moment, dann entschied sie sich, der Frau die Wahrheit zu sagen. Sie wirkte stark genug, um sie auszuhalten. »Ihm wurden die Beine abgeschnitten.«

»Um Gottes willen!«, stieß die Witwe aus.

»Der Wille Gottes war das sicher nicht«, warf Prischko unsensibel ein.

»Dann ist das dieser Fall, der in der Zeitung gestanden hat?« Entsetzt schaute die Witwe zwischen den Kriminalbeamten hin und her.

Lotta nickte. »Ja.«

Die Frau sprach das, was ihr gerade mitgeteilt worden war, in ihr Handy und fügte an: »Schrecklich, ich weiß ... Ja, wir reden später. Komm bitte rasch nach Hause.« Sie legte das Smartphone auf den Tisch und unterrichtete die Kriminalbeamten von dem Gespräch, das sie ohnehin mitgehört hatten.

»Frau Kaimper, fällt Ihnen zu dem Sprichwort ›Wer anderen eine Grube gräbt, fällt selbst hinein‹ etwas ein? Der Mörder hat es dort, wo Ihr Mann zu Tode gekommen ist, auf einer Betonwand hinterlassen. Was könnte er damit meinen?«

»Der Alois war ein ganz korrekter Mensch!«, erwiderte die Angesprochene entschieden. Der Gedanke, ihr Mann könnte etwas Unrechtes getan haben, schien ihr arg zuzusetzen. »Er war stets darauf erpicht, dass alles seine Richtigkeit hat. Ich kann mir nicht vorstellen, dass er etwas Falsches gemacht hat. Er hat vielleicht mal einem Konkurrenten ein Projekt weggeschnappt, weil er mit dem Preis runtergegangen ist, aber mehr sicher nicht. Hat bei diesem Molov auch ein Sprichwort gestanden?«

»Ja, aber ein anderes«, antwortete Lotta vage.

»Welches?«, wollte die Frau erfahren.

»Lügen haben kurze Beine«, sagte Prischko, obwohl Lotta es der Witwe lieber verschwiegen hätte.

»Mein Gott!« Die Frau schlug sich die Hand vor den Mund. Offenbar wurde ihr die Tragweite der Ereignisse erst jetzt bewusst. »Das ist ja ein Wahnsinniger, der das macht!«, rief sie, während ihr Tränen in die Augen stiegen.

»Da haben Sie wahrscheinlich recht«, pflichtete die Chefinspektorin ihr bei.

»Da wäre noch etwas«, warf Prischko ein.

»Was denn noch?« Die Frau war mit den Nerven am Ende.

»Wir benötigen das Gewand, das Ihr Mann bei seinem Tod getragen hat, um es auf Spuren zu untersuchen. Am Telefon haben Sie gesagt, dass Sie es vom Bestatter schon zurückbekommen haben. Können wir es bitte mitnehmen?«, fragte der Gruppeninspektor.

Lotta war froh, dass er daran gedacht hatte.

Die Witwe schnäuzte sich und wischte die Tränen von ihren Wangen. Stockend antwortete sie: »Ja natürlich … Aber es ist schon gewaschen … Es hat ja geheißen, dass es ein Unfall gewesen ist, und ich musste mich in den ersten Tagen mit irgendetwas beschäftigen, sonst wäre ich wahnsinnig geworden … Da habe ich seine Sachen in die Waschmaschine getan, damit … damit … Ich weiß auch nicht, wieso, schließlich braucht er sie ja nicht mehr.«

»Und wir benötigen sein Handy, um seine letzten Telefonate zu checken. Vielleicht hatte er mit seinem Mörder Kontakt«, sagte Lotta.

»Ich hab es schon überall gesucht, ich weiß nicht, wo
es ist«, erwiderte die Witwe. »Bei seinen Sachen, die ich
vom Bestatter bekommen habe, war es jedenfalls nicht.«

*

»Was hältst du von ihr?«, fragte Lotta, als sie wieder in
der Einfahrt standen, in einem Plastikbeutel die gereinigte
Kleidung des toten Baumeisters. Ob sich daran noch verwertbare Spuren befanden, würde das Labor feststellen.

»Sie hat den Bezug zur Realität völlig verloren«, antwortete Prischko und lehnte sich auf das Autodach.

»Was meinst du?«

»Na, sie redet von ›gerade mal so über die Runden kommen‹ und sitzt in einer Villa, die mehrere Millionen wert
ist«, erklärte der Gruppeninspektor.

»So abwegig ist das gar nicht«, meinte Lotta. »Denk an
die Signa-Pleite, die größte Pleite in der Geschichte Österreichs. Auch da hat der Schein ein anderes Bild abgegeben, in Wirklichkeit war es ganz anders um das Unternehmen bestellt. In der Bau- und Immobilienbranche kriselt
es eben.«

»Glaubst du, dass der Kaimper deswegen hat sterben
müssen? Wegen Geld, das er nicht gehabt hat?«

»Keine Ahnung.« Lotta legte den Plastikbeutel mit dem
Gewand des Opfers auf die Rückbank, stieg in den Passat und hielt sich am Lenkrad fest. Sie musste nachdenken.
»Ein Baumeister und ein Anwalt … Was, wenn der Anwalt
den Baumeister verklagt hat? Das Stadthaus in Kirchdorf,
in dem der Molov mit seiner Frau gelebt hat, ist zwar alt
und sicher nicht von Kaimper errichtet worden, aber vielleicht hat er es renoviert und dabei gepfuscht? Was weiß

ich, möglicherweise war das Dach undicht und dadurch sind große Schäden am Dachstuhl entstanden, so etwas in der Art. Das wäre doch möglich, oder?«, sagte sie, als Prischko neben ihr im Wagen Platz genommen hatte.

»Das prüfen wir sofort nach.« Der Gruppeninspektor holte sein Handy aus der Tasche. »Ich rufe die Sekretärin von Molov an, die soll die Akten durchsuchen …«

»Die Unterlagen und der Computer sind bei uns auf der Dienststelle«, erinnerte Lotta ihn.

»Ah ja, dann ruf ich dort an.«

»Und wenn es eine Anzeige gegeben hat, müsste die ebenfalls in unserer Datenbank zu finden sein«, ergänzte Lotta.

Während Prischko telefonierte, dachte sie über weitere mögliche Verbindungen zwischen den Opfern nach. Aber außer dass der Anwalt den Baumeister verklagt oder in einer anderen Sache vertreten und der Baumeister für den Anwalt etwas gebaut oder renoviert haben könnte, fiel ihr nichts ein. Und wenn die Männer dabei aneinandergeraten wären, wäre doch nur einer von ihnen tot und nicht beide. Demnach musste noch jemand in die Sache involviert sein.

»Nichts!«, stieß Prischko frustriert aus. »In den Unterlagen von Molov befindet sich keine Akte mit dem Namen Kaimper und in unserer Datenbank existiert keine Anzeige.«

»Dann bitten wir die Witwe vom Baumeister, nachzusehen, ob es wirklich kein Bauprojekt mit Molov gegeben hat. Vielleicht erinnern sich Mutter und Sohn deshalb nicht daran, weil die Mutter in der Buchhaltung arbeitet und der Sohn noch nicht lange genug in der Firma ist«, spekulierte Lotta und öffnete die Wagentür. Bevor sie wieder ausstieg, trug sie Prischko auf, die Rufliste von Kaimpers

Handy beim Handybetreiber anzufordern, da auch dieses Gerät nicht auffindbar war. Danach ging sie zurück zum Haus und läutete.

Als die Tür aufging, stand die Frau mit geröteten Augen vor ihr.

Lotta trug ihr Anliegen vor.

Die Witwe nickte. »Ja, ich kümmere mich darum.«

Die Chefinspektorin reichte ihr eine Visitenkarte. »Rufen Sie mich an, wenn Sie mehr wissen.«

»Natürlich.« Die Frau nahm die Karte entgegen und fragte: »Wann kann ich meinen Alois denn nun beerdigen?«

Darauf wusste Lotta keine Antwort.

# 14. KAPITEL

Die Kriminalbeamten fuhren von Eferding zurück nach Linz. Lotta hatte das Gefühl, dass sie bei den Ermittlungen keinen Schritt vorankamen, stattdessen häuften sich die offenen Fragen. Bei einem Großteil der Mordfälle waren die Täter im Umkreis der Opfer zu finden, doch dies schien hier anders zu sein. Es gab keine ersichtlichen Verdächtigen, ebenso keine Spuren, die Ermittler konnten nur Theorien anstellen. Lotta hasste es, wenn sie im Trüben fischten.

»Weißt du was? Jetzt fahren wir zu der Zeitung, die die Anzeigen mit den Sprichwörtern gedruckt hat. Ich will wissen, wie sie die Texte bekommen und warum sie sie unter den Todesanzeigen geschalten haben«, sagte Lotta auf halber Strecke.

»Das war das OÖ Tagblatt. Ich schau mal, wo die ihren Sitz haben.« Prischko suchte mit seinem Handy im Internet danach. »Hier, in Linz in der Industriezeile.« Umgehend gab er die Adresse ins Navigationsgerät ein.

Eine Viertelstunde später erreichten sie ihr Ziel und stiegen vor einem großen grauen Gebäudekomplex mit dem Zeitungsnamen in Leuchtreklame auf dem Dach aus dem Wagen. Dem Portier teilten sie mit, dass sie mit jemandem aus der Anzeigenabteilung sprechen wollten. Kurz darauf trat eine Frau Mitte 40 aus dem Aufzug und stellte sich ihnen als Susanne Ross, Leiterin der Abteilung für Anzeigen, vor.

»Was kann ich für die Polizei tun?«, fragte Ross. Sie trug ein hellblaues Kostüm und Schuhe mit hohen Absätzen.

Lotta überlegte, wie die Frau das den ganzen Tag über aushielt, da sie selbst flache Schuhe bevorzugte. Schon beim Hinschauen taten ihr die Füße weh. »Sie haben in zwei Zeitungsausgaben jeweils ein Sprichwort unter den Todesanzeigen abgedruckt. Wir müssen wissen, wer das beauftragt hat«, erklärte die Chefinspektorin ihren Besuch.

»Folgen Sie mir bitte in mein Büro, dort kann ich in meinem Computer nachschauen«, antwortete Ross und führte die Inspektoren zum Lift. Damit ging es in den ersten Stock hinauf. In einem Raum ähnlich der Größe von Lottas und Prischkos Büro bot sie ihnen an einem runden Besprechungstisch mit vier grau gepolsterten Stühlen Platz an und fragte, wann besagte Anzeigen erschienen seien.

Lotta nannte ihr die Daten.

»Ah, da haben wir sie. Einmal ›Wer anderen eine Grube gräbt, fällt selbst hinein‹ und ›Lügen haben kurze Beine‹. Die Anzeigen sind anonym, da kann ich Ihnen leider keinen Namen nennen.« Ross schaute von ihrem Monitor hoch.

»Wie haben Sie den Auftrag dazu erhalten?«, fragte die Chefinspektorin.

»Die meisten Anzeigen werden heutzutage online gebucht. Das geht ganz einfach und ist schnell erledigt. Die Kunden schätzen das. Doch in diesem Fall scheint es nicht so gewesen zu sein.« Die Frau machte ein paar Mausklicks und griff zum Hörer. »Ich frag mal den Kollegen, der das bearbeitet hat.« Kurz darauf erklärte sie diesem den Grund ihres Anrufes und hörte anschließend zu. »Ah ja … Ach so … Danke, Christoph.« Sie legte auf und informierte die Kriminalbeamten. »Die Texte für die

Anzeigen sind mit der Post eingelangt. In dem Brief war auch das Geld, das die Inserate gekostet haben.«

»Beide Male?«, hakte Lotta nach.

»Ja.«

»Kommt es häufig vor, dass Ihnen jemand seinen Textwunsch mit der Post schickt?«, fragte Prischko.

»Eigentlich nicht. Das machen vielleicht noch eine Handvoll Leute, vorwiegend ältere Menschen, die keinen Online-Zugang oder niemanden in ihrem Umfeld haben, der das für sie übernehmen könnte. Viele erledigen das aber auch direkt bei uns an einem Schalter mit unseren Mitarbeitern. Bei Firmenkunden sieht das natürlich anders aus, da haben wir eigene Berater, die eng mit ihnen zusammenarbeiten. Aber auch hier erfolgen schon seit Jahren die Aufträge elektronisch«, berichtete die Abteilungsleiterin.

»Haben Sie den Brief noch?«, fragte Lotta hoffnungsvoll.

»Da muss ich mich erkundigen.« Wieder griff die Frau zum Telefon.

»Können wir mit demjenigen, der den Vorgang bearbeitet hat, nicht selber reden?«, fragte Lotta rasch. »Dann geht alles viel schneller.«

Ross legte den Hörer auf. »Natürlich, kommen Sie.«

Susanne Ross führte die Kriminalbeamten in ein Großraumbüro, in dem an die 15 Mitarbeiter vor Monitoren saßen, telefonierten oder etwas in ihre Computer eintippten. Vor einem jungen Mann um die 20 mit mehreren Piercings in Nase und Augenbraue blieben sie stehen und warteten, bis er sein Telefonat beendet hatte und das Headset abnahm.

»Christoph Kratzer, er studiert Journalismus und Medienmanagement in Wien und macht gerade ein Praktikum bei uns. Er bearbeitet die postalischen Inserate«, stellte Ross den Mitarbeiter vor. »Christoph, die beiden Herrschaften sind von der Kriminalpolizei. Erzähl ihnen bitte alles, was du über die Briefe mit diesen Sprichwörtern, die wir in unserer Zeitung geschalten haben, weißt.«

Der Angesprochene betrachtete die Kriminalbeamten neugierig. »Wieso? Stimmt damit etwas nicht?«

»Es kann sein, dass die Inserate mit einem Fall zusammenhängen, den wir gerade bearbeiten«, antwortete Lotta ausweichend. Sie wollte nicht zu viel verraten, was dann eventuell in den sozialen Netzwerken landen könnte.

»Welcher Fall? Etwa ein Mordfall?« Die Aufregung darüber war dem jungen Mann deutlich anzusehen.

»Was stand denn alles in den Briefen?«, ignorierte Lotta seine Frage. »Und wieso haben Sie die Sprichwörter unter den Todesanzeigen geschalten?«

»Weil der Absender das so wollte«, erklärte Christoph Kratzer.

»Hat der Absender seinen Namen und die Adresse auf dem Kuvert angegeben?«, fragte Lotta.

»Nein, das war anonym. Aber da das Geld dabei gewesen ist, hab ich gedacht, das passt so.« Der Student warf der Abteilungsleiterin einen unsicheren Blick zu.

»Das ist schon in Ordnung, Christoph«, beruhigte Susanne Ross ihn. »Unsere Kunden müssen sich nicht legitimieren, wenn sie bloß eine Annonce aufgeben wollen, die gegen kein Gesetz verstößt. Und das tun die Sprichwörter ja nicht. Auch schalten wir keine Inserate mit antisemitischen, rassistischen oder hetzerischen Inhalten, das versteht sich von selbst«, informierte sie die Kriminalbeamten.

»Alles klar. Was beinhalteten denn nun die Briefe?«, wiederholte die Chefinspektorin ihre Frage.

»Also, in den Briefen haben nicht nur die Sprichwörter gestanden, die wir drucken sollten, sondern auch die Rubrik, in der sie stehen sollten. Beide Male unter den Todesanzeigen. Und das Geld war aufgerundet, weil derjenige nur Scheine in das Kuvert gesteckt hat. Wahrscheinlich, damit bei der Post niemand merkt, dass da Geld drinnen ist, und den Brief dann aufmacht oder gar verschwinden lässt. Man hört ja so einiges …« Christoph Kratzer zuckte mit den Schultern.

»Haben Sie die Briefe und die Kuverts noch?«, fragte Lotta. Denn dann bestünde die Chance, Fingerabdrücke oder gar DNA des Absenders sicherzustellen.

»Ich hab alles weggeschmissen.« Christoph Kratzer wirkte ein wenig betreten.

»Wohin?«, hakte Prischko nach.

»In den Mistkübel.« Der Student deutete unter seinen Schreibtisch.

»Die Mistkübel werden jeden Tag geleert. Alles von den Büros landet in Containern, die von einem Entsorgungsunternehmen abgeholt werden, sobald sie voll sind«, ergänzte Susanne Ross.

So nah waren die Kriminalbeamten dem Täter noch nie gekommen. Denn dass der Absender der Briefe etwas mit den Todesfällen zu tun hatte, stand außer Zweifel. Diese Briefe waren eine heiße Spur. Und nun sollten sie weg sein? In den Müll geworfen?

Das konnte doch nicht sein!

»Und wo ist das Geld?«, fragte Lotta. Auch darauf könnten sich Fingerabdrücke befinden – die des Täters und jene von vielen anderen.

»Das hab ich in die Hauptkassa weitergeleitet. So, wie es Vorschrift ist.« Wieder warf Christoph Kratzer seiner Chefin einen unsicheren Blick zu.

»Du hast völlig richtig gehandelt«, bestätigte diese.

Darüber schien der Mitarbeiter erleichtert zu sein.

Nicht so die Kriminalbeamten.

»Wir haben also nichts, was wir auf Fingerabdrücke untersuchen können«, brachte Prischko es frustriert auf den Punkt.

Lotta ließ sich ihre Enttäuschung nicht anmerken, immerhin konnte der Praktikant nichts dafür, dass er unwissentlich potenzielles Beweismaterial weggeworfen hatte.

»Äh ...« Christoph Kratzer schien noch etwas sagen zu wollen, traute sich aber offenbar nicht.

»Ja?«, forderte Lotta ihn auf, auszusprechen, was ihm auf der Zunge lag.

»Es gibt noch so eine Anzeige ...«

»Was? Wann?« Hoffnung keimte in Lotta auf.

»Sie ist heute erschienen ...«

»Heute? Und wie lautet das Sprichwort?«, fragte Prischko.

»Wer im Glashaus sitzt, soll nicht mit Steinen werfen«, wusste der Praktikant, ohne nachschauen zu müssen.

»Und die steht wieder unter den Todesanzeigen?«, wollte Lotta auch dieses Detail geklärt haben.

»Ja.« Christoph Kratzer nickte eifrig. »So, wie es der Absender gewünscht hat.«

»Und wo sind dieser Brief und das Kuvert?« Prischko deutete auf den Mistkübel, der leer war.

»Die hab ich gestern weggeschmissen ... und das Geld in die Hauptkasse gebracht ... auch gestern.«

»Und wo ist der Müll aus den Mistkübeln jetzt?«, bohrte Lotta nach.

»Wenn wir Glück haben, noch in einem der Container. Außer die wurden seither geleert«, antwortete Susanne

Ross und griff zum Telefonapparat ihres Mitarbeiters. Sie tippte eine dreistellige Zahlenfolge ein und fragte: »Wann werden die Papiercontainer geleert? ... Jetzt gerade!«

»Aufhalten!«, rief Lotta.

»Aufhalten!«, wiederholte Susanne Ross wie ein Echo.

»Wo befinden sich die Container?«, fragte die Chefinspektorin aufgepeitscht.

»Ich zeig es Ihnen«, bot sich die Abteilungsleiterin an.

»Und wir beide gehen in die Hauptkassa.« Prischko deutete auf Christoph Kratzer, der ebenfalls aufgeregt wirkte. Bestimmt brachten die Ereignisse eine gehörige Abwechslung in seinen Berufsalltag.

Während Prischko und Kratzer mit dem Lift nach oben fuhren, ging es für Lotta und Susanne Ross ins Erdgeschoss hinab und von dort weiter durch einen Gang bis zu einer angrenzenden Halle. Die Abteilungsleiterin marschierte in ihren Stöckelschuhen derart rasant voran, dass Lotta Mühe hatte, Schritt zu halten. Das Klackern der Absätze auf dem Boden war dabei gut zu hören.

Als sich die Türen zur Halle automatisch öffneten, gaben sie den Blick auf geschäftiges Treiben frei. Auch war es plötzlich um einiges lauter geworden, obwohl eine Wand mit durchgängigem Sichtfenster den Lärm der Maschine, die sich dahinter befand, zum Großteil abschirmte. Dort drinnen wurden wohl die Zeitungen produziert, dachte Lotta und bestaunte im Vorbeigehen, wie Förderbänder eine hohe Anzahl von gedruckten Nachrichten von A nach B transportierten. In der Luft hing der Geruch nach Papier und Druckerfarbe. Susanne Ross steuerte aufs andere Ende der Halle zu und führte die Chefinspektorin erneut durch eine sich automatisch öffnende Tür. Umgehend wurde es leiser, und als sich die Pforte schloss, war es beinahe ruhig.

Ein Lkw stand wie eingefroren in der rückseitigen Zufahrt des Gebäudes. Ein Container, den er gerade hatte entleeren wollen, hing in der dafür vorhandenen Vorrichtung des Lastkraftwagens. Bestimmt wollte der Fahrer wissen, was die Ursache für die ungeplante Pause war und wie es nun weiterging.

»Haben Sie schon alle Papiercontainer vom OÖ Tagblatt entleert?«, rief Lotta dem Mann zu.

»Ja, bis auf die beiden da.« Der Angesprochene deutete zuerst auf einen Behälter am Boden, der noch mit Papierabfällen gefüllt war, und danach auf jenen, den er am Lkw hängen hatte. Lotta warf einen Blick in den ersten hinein, darin befanden sich Ausdrucke von Texten, Tabellen, Grafiken, zusammengeknülltes Papier, kleine Kartons, wie sie in einem Büro anfielen. Das könnte der Container sein, in den die Mitarbeiter der Reinigungsfirma besagten Papiermüll warfen.

»Haben die anderen Container auch so ausgesehen?«, fragte Lotta.

»Wie meinen Sie das?«, fragte der Lkw-Fahrer zurück. »Die schauen doch alle gleich aus.«

»Ich rede vom Inhalt. Hat der Inhalt von den Containern, die Sie bereits entleert haben, so ausgeschaut wie der von dem Container hier? Mit Papieren wie von einem Büro? Oder waren da Schachteln und Kartons drinnen? Oder Zeitungen, die nicht verkauft werden konnten?« Lotta hoffte, dass der Mann dies wusste.

»Keine Ahnung, ich überprüf das nicht. Wenn Papier draufsteht, gehe ich davon aus, dass die Leute genügend in der Birne haben und nur Papier reinschmeißen.«

»Scheiße!«, fluchte Lotta. Sie brauchte unbedingt den Brief oder das Kuvert, auch wenn nicht sicher war, dass sie damit einen Treffer landen würden. Wenn sie keine Fingerabdrücke oder DNA fanden, konnten sie möglicherweise aus der Art, wie und womit die Zeilen geschrieben worden waren, hilfreiche Rückschlüsse ziehen. Außerdem war nicht gewährleistet, dass sich das Gesuchte überhaupt in einem dieser Container oder im Bauch des Lastkraftwagens befand und nicht vielleicht gestern schon den Weg zur Wiederverwertung angetreten hatte.

Was sollte sie tun?

Kurzerhand fällte sie eine Entscheidung. »Ich beschlagnahme den Inhalt von diesem Lkw und von den beiden Containern, die noch mit Papiermüll gefüllt sind. Bringen Sie bitte alles ins Landeskriminalamt!«

»Im Ernst?« Der Fahrer war überrascht.

»Es ist eine Chance, wenn auch nur eine kleine«, sagte Lotta mehr zu sich selbst.

»Wenn Sie das so wollen.« Dem Mann schien es egal zu sein, wohin er den Papiermüll brachte.

»Melden Sie sich bitte bei Oberst Schmettenthaler, ich gebe ihm Bescheid, dass Sie kommen werden. Er wird Ihnen sagen, wo Sie das abladen können.« Lotta wählte die Nummer ihres Chefs, doch der hob nicht ab. Sie würde es später noch einmal probieren, steckte das Handy wieder weg und sagte zu Susanne Ross: »Wir beide gehen jetzt zu Prischko und Ihrem Praktikanten in die Hauptkassa und hoffen, dass das Geld noch nicht auf die Bank gebracht wurde. Ich nehme an, dass davon aber eh nicht so viel da ist wie von dem Papiermüll, den ich gerade ins Landeskriminalamt geschickt habe.«

»Kommen Sie!« Die Frau in dem hellblauen Kostüm führte Lotta durch die Produktionshalle zurück zum Lift und drückte auf die Taste für den dritten Stock. Dort befand sich neben der Hauptkassa ebenso die Geschäftsführung. Als der Aufzug kam und sich dessen Türen öffneten, standen Prischko und der Mitarbeiter aus der Anzeigenabteilung darin, Ersterer trug ein Papiersackerl in der Hand.

»Seid ihr erfolgreich gewesen?«, fragte Lotta hoffnungsvoll und deutete auf das Sackerl.

Prischko grinste und machte wie Christoph Kratzer ein wenig Platz, damit die Frauen einsteigen konnten. »Ja, waren wir. Gott sei Dank bezahlt heutzutage fast jeder mittels Banküberweisung, PayPal, Kreditkarte oder sonst irgendwie elektronisch, sodass nicht mehr jeden Tag das Bargeld auf die Bank gebracht werden muss, weil gar nicht so viel zusammenkommt.« Der Gruppeninspektor öffnete das Sackerl und ließ seine Vorgesetzte einen Blick hineinwerfen. Nur wenige Scheine befanden sich darin, und da der Täter keine Münzen geschickt hatte, mussten die auch nicht spurentechnisch untersucht werden.

»Das sieht ja schon mal vielversprechender aus als der Papiermüll«, sagte Lotta. »Davon haben wir nämlich einen ganzen Lkw voll, und der ist gerade unterwegs zur Dienststelle, wo wir jetzt ebenso schleunigst hinsollten.«

Prischko lachte. »Da wird sich der Schmettenthaler aber freuen. Lässt du den Müll auch auf seinem Parkplatz abkippen?«

»Ach herrje, dem wollte ich ja Bescheid geben ...«

Lottas Handy läutete. »Papa« stand auf dem Display. Ihr Vater hatte wirklich ein Gespür dafür, in den unpassendsten Momenten anzurufen. Nicht ranzugehen wagte die Chefinspektorin jedoch nicht, vielleicht war er wieder gestürzt und brauchte Hilfe. »Ja?«, meldete sie sich verhalten wegen der engen Aufzugskabine.

»Lotta?«, rief Gustav am anderen Ende der Leitung.

»Ja, Papa. Ich bin dran. Was gibt es denn?«, fragte sie mit gedämpfter Stimme, was sinnlos war, da sowieso alle Umstehenden jedes Wort verstanden, auch wenn sie geflüstert hätte.

»Ich hab wieder ein Sprichwort im Tagblatt entdeckt! Wer im Glashaus sitzt, soll nicht mit Steinen werfen«, schrie ihr Vater in den Hörer. Offenbar glaubte er, dass eine schlechte Verbindung der Grund dafür war, warum er seine Tochter schwer verstand.

»Ich weiß, Papa. Wir haben gerade davon erfahren …«

»Dann weißt du sicher auch, was das bedeutet«, unterbrach Gustav seine Tochter schreiend, sodass Lotta das Handy ein wenig von ihrem Ohr weghielt und seine Stimme gut in der Liftkabine zu hören war. »Schon bald wird wieder jemand ermordet!«

# 15. KAPITEL

Lotta Meinich und Daniel Prischko rasten mit Blaulicht und Sirene ins Landeskriminalamt. Sie mussten unbedingt verhindern, dass noch ein Mensch umgebracht wurde. Doch sie sahen die Zusammenhänge zwischen dem Mord an dem Baumeister und jenem an dem Anwalt nicht, die Opfer schienen sich nicht gekannt zu haben. Auch waren die Ermittler bislang auf keine anderen Verbindungen zwischen den toten Männern gestoßen. Der eine war ein erfolgreicher Anwalt gewesen und der andere ein nicht minder angesehener Baumeister. Lediglich Spekulationen stellten die Kriminalbeamten an, was die Ursache für die Taten sein könnte, aber mit denen würde es ihnen nicht gelingen, einen weiteren Mord zu vereiteln.

Ihnen lief die Zeit davon!

Mit einer Vollbremsung hielt der VW Passat vorm LKA. Prischko hatte während der Fahrt im Labor Bescheid gegeben, dass die Untersuchung der Geldscheine höchste Priorität habe, weil dadurch vielleicht ein Menschenleben gerettet werden könne. Auch wenn darauf gewiss viele Fingerabdrücke zu finden waren, mussten sie die geringe Chance, einen Treffer in der Polizeidatenbank zu erzielen, ergreifen. Gleichzeitig durchsuchte ein Team der Tatortgruppe die Papierladung des Lkws, der mittlerweile im Hof des Gebäudekomplexes stand, systematisch nach dem Brief. Das Auffinden des Kuverts würde sich schwierig gestalten, da sämtliche Umschläge ohne Fenster, mit einem Aufkleber adressiert und im DIN-lang-Format kontrolliert werden mussten. So hatte der OÖ Tagblatt-Mitarbeiter das Kuvert beschrieben.

Lotta sprang aus dem Wagen und überreichte einem Kollegen, der bereits auf sie wartete, das Sackerl mit dem Geld, als übergäbe sie ihm als letztem Läufer den Stab eines Staffellaufes. Die Angst, nicht rechtzeitig hinter die Identität des Mörders zu kommen, saß ihr im Nacken.

Die nächsten Stunden waren kaum auszuhalten. Während die Kriminalbeamten auf einen Anruf aus dem Labor warteten und die Telefone nicht aus den Augen ließen, gingen sie halbherzig die noch offenen Punkte durch, jederzeit bereit, beim ersten Läuten den Hörer abzuheben.

»Die Handybetreiber von Molov und Kaimper haben die Anruflisten geschickt«, teilte Prischko seiner Chefin mit. »Ich hab sie mir angeschaut und mit den meisten Leuten geredet, mit denen sie in den letzten Tagen vor ihrer Ermordung Kontakt hatten.«

»Und?«

»Hat nichts ergeben.«

»Wurden sie von einer uns unbekannten Nummer angerufen?«, gab Lotta noch nicht auf.

»Leider nicht«, vernichtete Prischko ihre Hoffnung.

»Hatten die beiden vielleicht mal Kontakt? Der Molov und der Kaimper?«

»Nicht in den letzten vier Wochen, weiter zurück reichen die Anruflisten nicht.«

»Wissen wir inzwischen, was die Abkürzung A. S. in Molovs Terminkalender bedeutet?«

»Nein, auch nicht. Die Kollegen gehen immer noch seine Fälle durch, aber bislang war kein Name dabei, der sich mit A. S. abkürzen ließe«, wusste Prischko.

Lotta starrte auf das Telefon, es läutete nicht. Anschließend prüfte sie das Display ihres Handys und stellte enttäuscht fest, dass keine entgangenen Anrufe verzeichnet waren, die sie vielleicht überhört hatte. Die Ungewissheit blieb also weiterhin bestehen. Sie richtete ihre Aufmerksamkeit auf ihr Postfach im Computer. Ein neues Mail war eingelangt, mit einem Doppelklick öffnete sie es.

»Die Kollegen von der Tatortgruppe haben weitere Ergebnisse vom Tatort am Traunseeufer geschickt«, teilte sie Prischko mit.

»Und?« Der Gruppeninspektor stand auf und kam auf ihre Seite herüber. Hinter ihr stehend, beugte er sich nach vorne und schaute ihr über die Schulter.

Lotta war froh, dass sie in der augenblicklichen Situation nicht alleine war. Dass sich die Last, nichts tun zu können und zum Warten verdammt zu sein, auf mehrere Schultern verteilte. Auch wenn das halbe Landeskriminalamt in diesem Zustand verharrte. Die andere Hälfte suchte nach Spuren. Doch Daniel Prischko war bei ihr, stand dicht hinter ihr, sie hörte seinen Atem, sodass sie seine Anwesenheit auch körperlich spürte. Ihr Vater hatte recht, sie war schon so lange alleine …

»Keine Fingerabdrücke auf dem Zettel mit dem Sprichwort, keine Tatwaffe, keine fremde DNA. Nur ein paar Fasern auf seiner Kleidung, die sie nicht zuordnen können. Quasi nichts!«, stieß Prischko frustriert aus und richtete sich wieder auf.

»Auch sein Auto ist sauber. Da sind nur Spuren von ihm und seiner Frau gewesen«, las Lotta weiter.

»Ich brauch einen Kaffee.« Prischko ging zur Tür. »Magst du auch einen?«

»Ja, bitte«, antwortete Lotta, weiterhin auf den Bericht

konzentriert. Der Zettel, den sie in der Brusttasche des Opfers gefunden hatten, sei normales Druckerpapier, 80 Gramm pro Quadratmeter schwer und weiß. Das Sprichwort sei mit einem Tintenstrahldrucker aufgetragen worden, die Tinte lasse sich auf die Schnelle keiner speziellen Marke zuordnen. Was ohnehin keine Rolle spielte, da in der Kürze die Käufe von Druckerpatronen nicht überprüft werden konnten. Dafür wäre Zeit notwendig, die sie nicht hatten. Das Druckbild des Druckers sei unauffällig, lediglich die genutzte Schrift könnte für eine Identifizierung hilfreich sein. Man habe die Schrift »Freestyle Script« in der Schriftgröße 72 und fett gedruckt verwendet, um eine handschriftlich verfasste Notiz nachzuahmen. Dieser Schrifttyp werde nicht so häufig angewandt, da die meisten Menschen eher klare Linien und Strukturen bevorzugten. Aus Erfahrung wisse man, dass manche Personen eine Lieblingsschrift hätten und diese dann oftmals überall benutzten. »Das ist interessant, Daniel, schau mal …«, wollte Lotta den Kollegen davon berichten, doch der war nicht mehr da.

Lotta öffnete ihr Schreibprogramm und tippte »Lügen haben kurze Beine« ein. Dann suchte sie die Schriftart »Freestyle Script«, machte den Satz fett, passte die Größe an und starrte auf den Bildschirm. Wie erwartet sah der Text nun genauso aus wie die Nachricht, die der Täter bei dem Opfer hinterlassen hatte.

Lottas Herz pochte heftig. Sie spürte, dass sie dem Mörder einen Schritt näher gekommen war, und schrieb die beiden anderen Sprichwörter auch in das Dokument, anschließend wählte sie die Nummer des OÖ Tagblattes. Von der Zentrale ließ sie sich mit Christoph Kratzer verbinden.

»Chefinspektorin Lotta Meinich hier…«

»Sie waren heute bei mir wegen dieser grauslichen Mordfälle«, klingelte es bei dem Studenten sofort, als er ihren Namen hörte. »Ich hab das mittlerweile gegoogelt und weiß Bescheid.«

»Ja, richtig«, bestätigte Lotta, ohne genauer darauf einzugehen. »Ich maile Ihnen jetzt ein Dokument und Sie sagen mir bitte, ob die Briefe, die Sie mit den Sprichwörtern erhalten haben, in derselben Schrift verfasst waren wie der Text, den Sie gleich von mir bekommen werden. Geben Sie mir bitte Ihre Mailadresse.«

Der Angesprochene spulte die Adresse herunter und Lotta gab sie in ihr Programm ein. Anschließend drückte sie auf Senden.

»Sie müssten die Nachricht jetzt erhalten«, sagte sie.

»Hab sie«, hallte es aus dem Hörer. Danach folgte eine kurze Pause, in der der junge Mann die Datei bestimmt öffnete und die Schriftprobe betrachtete. »Ja, genauso haben die Briefe ausgesehen.«

»Und die Adresse auf den Umschlägen?«

»Auch die.«

»Danke!«

»Hab ich Ihnen jetzt geholfen?«

»Ja, das haben Sie. Aber behalten Sie es erst mal für sich. Sobald wir den Täter gefasst haben, dürfen Sie jedem davon erzählen.«

»Echt?«

»Versprochen. Ich muss jetzt …«

»Können wir dann ein Selfie machen? Ich komm auch zu Ihnen, Sie müssen nicht extra herfahren.«

Lotta verdrehte die Augen. Die jungen Leute heutzutage wollten immer alles in Bildern festhalten und in den sozialen Netzwerken posten. Doch der Student war bislang hilfsbereit gewesen, und vielleicht war sie später noch mal auf ihn angewiesen. »Klar«, willigte sie ein.

Lotta beendete das Telefonat und suchte die Adresse des OÖ Tagblattes im Internet heraus, kopierte sie in das Schreibprogramm und verwendete dieselbe Schrift wie bei dem zuvor eingetippten Sprichwort. Diese Seite druckte sie 20-mal aus und lief damit hinaus in den Hof, wo die Kollegen den Papiermüll durchwühlten. »Hier! Nach einem Kuvert und einem Brief mit dieser Schrift müsst ihr suchen!«, rief sie den Frauen und Männern zu und verteilte die Ausdrucke.

»Die hab ich schon mal gesehen«, erinnerte sich eine junge Kollegin und eilte zu einer Box, in die sie die infrage kommenden Papiere geworfen hatte.

»Ja?« Lotta folgte ihr.

Die Frau durchwühlte die Kiste mit den Umschlägen, die sie bereits aus dem Bauch des Lkws aussortiert hatte. Es dauerte nicht lange und sie streckte der Chefinspektorin ein Kuvert mit ihren behandschuhten Händen entgegen. »Das ist es.«

Tatsächlich! Es war dieselbe Schrift.

»Wenn wir Glück haben, ist das kein selbstklebendes Kuvert und der Täter hat seine DNA darauf hinterlassen, als er es abgeleckt hat, um es zu schließen. In einen Asservatenbeutel damit und dann sofort ins Labor. Die sollen es auf Fingerabdrücke und Speichel checken«, befehligte Lotta und schaute auf die Uhr. Es war kurz vor fünf. Das würde eine lange Nacht werden.

Während die Kollegen weiter nach dem Brief suchten, um ihre Chance, einen Treffer zu landen, zu erhöhen, ging Lotta zurück in ihr Büro.

»Wo bist du gewesen?«, fragte Prischko. »Dein Kaffee ist sicher schon kalt.«

»Wir haben das Kuvert von dem letzten Inserat«, teilte Lotta ihm mit. »Es ist auf dem Weg ins Labor.« Sie nahm das Häferl in die Hand und trank einen Schluck. Die braune Brühe war nur noch lauwarm.

»Echt? Hoffentlich finden wir darauf etwas.« Der Gruppeninspektor lehnte sich in seinem Stuhl nach hinten. »Der Bericht wegen der Betonwand ist inzwischen eingelangt. Die Sprühfarbe, mit der das Sprichwort aufgetragen worden ist, ist ganz normale Lackfarbe, wie man sie in jedem Baumarkt kaufen kann. Das bringt uns also nicht weiter.«

»Sonst war nichts darauf?«, fragte Lotta.

Prischko schüttelte den Kopf. »Nein, leider. Der Täter brauchte das Teil ja nicht einmal anzufassen, weil er das Sprichwort aus der Distanz aufsprühen konnte.«

»Ich hab es befürchtet.«

»Was tun wir jetzt damit?«

Lotta zuckte mit den Schultern und legte das Brusthalfter mit ihrer Glock ab. Dann atmete sie tief durch. »In die Asservatenkammer kann das Ding nicht, aber vom Parkplatz muss es weg. Gib den Kollegen Bescheid, die sollen sich darum kümmern. Denen fällt sicher etwas ein.«

»Die werden eine Freude haben.« Prischko seufzte.

»Was ist mit den Booten am Traunsee? Haben wir da schon eine Rückmeldung erhalten?«, fragte Lotta und trank erneut von ihrem Kaffee. Sie hoffte, dass dieser ihre erschöpften Lebensgeister wieder wecken würde.

»Noch nicht. Es sind aber auch eine Menge Boote, die durchsucht werden müssen. Das dauert eben.«

Warten war noch nie Lottas Stärke gewesen. Doch im Augenblick konnte sie nichts anderes tun. Wenn sie Glück hatten, fanden sie entweder auf dem Geld oder auf dem Kuvert Fingerabdrücke oder eine DNA, was beides allerdings wertlos wäre, wenn der Täter nicht in der Datenbank registriert war. Dann würden sie von dem beteiligten Personenkreis entsprechendes Vergleichsmaterial einholen müssen. Doch noch hatten sie keine wirklichen Verdächtigen.

»A. S.«, sagte Lotta und überlegte gleichzeitig, was sich hinter dieser Abkürzung verbergen könnte. »Das A könnte für Alois stehen, aber das S?«

»Vielleicht hatte der Alois Kaimper einen zweiten Vornamen?«, spekulierte Prischko.

»Kannst du das bitte beim Zentralen Personenstandsregister erfragen?«, bat Lotta.

»Oder ich ruf seine Ehefrau an, das geht schneller.« Prischko wählte wie immer den unbürokratischen Weg.

»Einverstanden. Dann frag sie bitte auch gleich, ob ihr Sohn in den alten Firmenunterlagen fündig geworden ist und es einen Bau- oder Sanierungsauftrag unter Molovs Namen gegeben hat«, erinnerte Lotta den Kollegen.

Der Gruppeninspektor reckte den Daumen nach oben, da am anderen Ende der Leitung offenbar bereits abgenommen worden war.

Das Klingeln ihres eigenen Handys schreckte Lotta hoch. Es war eine interne Nummer vom LKA. Umgehend hob sie ab. »Ja?«

»Wir haben den Brief mit dem letzten Sprichwort gefunden, der an das Tagblatt geschickt wurde. Wir bringen ihn sofort ins Labor«, teilte ihr ein Kollege mit.

»Danke.« Lotta legte auf.

In der Zwischenzeit hatte auch Prischko sein Gespräch beendet und erzählte seiner Chefin, was er erfahren hatte:

»Der Kaimper hatte keinen zweiten Vornamen, und der Sohn hat kein Bauprojekt unter dem Namen Molov gefunden. Damit fehlt uns nach wie vor eine Verbindung zwischen den beiden Toten.« Die Enttäuschung darüber war dem Gruppeninspektor anzusehen.

Für einen Augenblick herrschte Stille. Jeder versuchte, etwas zu finden, was sie weiterbrachte … Etwas, woran sie bislang nicht gedacht hatten … Das sie übersehen hatten …

»Was ist mit dem Plan von dem Gebäude in Urfahr?«, fragte Lotta.

»Was soll damit sein?«, hakte Prischko nach.

»Mein Vater glaubt, dass der Mörder ihn dem Opfer nach seinem Sturz vom Gerüst in die Hand gedrückt hat, da er es als unwahrscheinlich erachtet, dass Kaimper den Plan nicht ausgelassen hat, als er in die Tiefe gefallen ist. Es könnten Fingerabdrücke des Täters darauf sein, wenn er ihn angefasst hat. Das war sein erster Mord, vielleicht war er da noch zu aufgeregt, um an alles zu denken«, erklärte Lotta. »Möglicherweise war es nicht geplant, dass er Kaimper umbringt, und der Täter hatte keine Handschuhe dabei.«

»Haben wir den Bauplan?«, fragte Prischko.

»Ich ruf den Gsteinhauer an, das war schließlich sein Fall.« Lotta griff zum Telefon und wählte die Nummer des Kollegen.

»Du meinst: Das war sein Unfall«, sagte der Gruppeninspektor spöttisch.

»Grias dich, Michael! Ich stelle dich auf laut, der Prischko ist auch da.« Die Männer begrüßten einander. Dann kam Lotta zur Sache. »Hast du den Plan, den der Baumeister in den Händen gehalten hat, sichergestellt?«

»Nein, dazu bestand zu jener Zeit ja kein Anlass. Wir

haben doch geglaubt, dass es ein Unfall gewesen ist«, erwiderte der Kollege.

»Habt ihr wenigstens Fotos von der Leiche gemacht?«

»Natürlich, die hab ich heute schon im Ordner abgespeichert, jetzt, wo klar ist, dass es sich um einen Mordfall handelt«, gab Gsteinhauer bereitwillig Auskunft.

»Gut, die schauen wir uns gleich an«, erwiderte Lotta. »Aber wir brauchen unbedingt diesen Plan. Kannst du uns den bitte besorgen?« Immerhin war Gsteinhauer es gewesen, der die Sache vermasselt hatte.

»Jetzt noch? Es ist schon nach acht, da ist gar keiner mehr auf der Baustelle«, zeigte sich der Kollege wenig optimistisch.

»Es ist dringend, Michael! Wir haben eine neue Botschaft vom Täter erhalten.« Lotta brachte den Gruppeninspektor auf den aktuellen Stand. »Wenn wir ihn rechtzeitig identifizieren, können wir vielleicht einen weiteren Mord verhindern.«

»Den Plan haben in der Zwischenzeit doch hundert andere Leute angefasst. Auf der Baustelle wird schließlich weitergearbeitet, die brauchen die Pläne«, argumentierte Gsteinhauer.

»Es gibt doch sicher mehrere Pläne als bloß einen«, konterte Prischko. »Vielleicht wurde jener vom Chef zur Seite gelegt, weil die anderen eh mit eigenen versorgt sind.«

»Scheiße!«, fluchte Gsteinhauer am anderen Ende der Leitung. »Ich hab mir gerade eine Pizza bestellt.«

»Daraus wird jetzt leider nichts«, blieb Prischko hart.

»Lass sie dir einpacken und nimm sie mit«, schlug Lotta dem Kollegen vor.

»Ich schau, was ich machen kann«, knurrte Gsteinhauer hörbar verärgert und legte auf.

»Was meint er nun? Die Pizza oder den Plan?«, fragte Prischko.

»Ich hoffe doch, dass er von Letzterem geredet hat.« Lotta warf einen Blick auf die Uhr. Die Zeit schritt unbarmherzig voran. Es war 20:37 Uhr und sie hatten noch keinen Hinweis auf die Identität des Täters.

»Die Fotos«, erinnerte Prischko sie und klickte sich in seinem Computer durch mehrere Ordner. »Da sind sie.« Nun stellte sich Lotta hinter ihren Kollegen und sah ihm über die Schulter. Prischko öffnete die erste Datei. Der Tote lag auf dem Rücken, Blut war aus seinem Mund geflossen, ebenso aus seinen Ohren. Der Plan steckte zwischen seinen Fingern und bedeckte seine Brust. Das nächste Foto zeigte die gleiche Situation aus einer anderen Perspektive.

»Ich sehe nichts Auffälliges«, meinte Prischko. »Wenn ich am Tatort gewesen wäre, hätte ich vielleicht denselben Schluss wie Gsteinhauer gezogen: dass es ein Unfall gewesen ist.«

Lotta atmete tief durch. Prischko hatte recht. Aber das brachte sie verdammt noch mal nicht weiter!

*

Um 00:21 Uhr schreckte Lotta aus dem Schlaf hoch. Sie war am Schreibtisch eingenickt und hatte geträumt, dass Alois Kaimper vor ihren Augen von dem Gerüst in die Tiefe gestürzt war. Sie hatte ihn angefleht, ihr zu sagen, wer sein Mörder sei, doch er hatte lediglich den Kopf geschüttelt und sich nach hinten fallen lassen, als schiede er freiwillig aus dem Leben.

Ob das etwas zu bedeuten hatte?

Jetzt erinnerte sie sich daran, dass sie seine Kleidung im Auto vergessen hatte, die sie von seiner Frau mitgenommen hatte. Schuld war ihr Besuch beim OÖ Tagblatt gewesen und das, was sie dort entdeckt hatten. Die Sachen mussten schleunigst ins Labor. Erschöpft stemmte sie sich vom Schreibtisch hoch und streckte den Rücken durch. Prischko schlief mit den Füßen auf dem Tisch in seinem Bürostuhl und schnarchte. Bevor Lotta zu ihrem Wagen ging, überprüfte sie sämtliche Telefone auf entgangene Anrufe. Nichts! Die Kollegen im Labor hatten demnach noch keine Ergebnisse, die ihnen weiterhalfen. Auch hatte sich Gsteinhauer wegen des Bauplans nicht gemeldet.

Lotta ging durchs Landeskriminalamt, in einigen Räumen und in der Leitzentrale brannte Licht. Die meisten Kollegen von der Nachtschicht waren jedoch draußen auf den Straßen unterwegs und sorgten dafür, dass die Landeshauptstadt in der Nacht ein bisschen sicherer war.

Im Hof des Landeskriminalamtes empfing Lotta Dunkelheit. Der Himmel war sternenklar und die Temperaturen lagen rund um den Gefrierpunkt, was zu dieser Jahreszeit keine Seltenheit darstellte. Ihr Dienstwagen parkte neben einigen anderen Autos im Hof, wo die Kollegen den Papiermüll vom OÖ Tagblatt durchsucht hatten. Nun standen nur noch der Lkw sowie Säcke und Boxen mit aussortierten Umschlägen herum und erinnerten an die Suchaktion. Die Kollegen hatten, nachdem sie sowohl den Brief als auch das Kuvert gefunden hatten, aufgrund der ohnehin geleisteten Überstunden nicht mehr aufgeräumt. Das würde wohl die Tagschicht übernehmen.

Die Chefinspektorin drückte auf die Fernbedienung, die Blinker ihres Passats leuchteten auf. Sie öffnete die hintere Tür auf der Fahrerseite, wo auf der Rückbank der Asservatenbeutel mit Kaimpers Kleidung lag.

Gong! Ein metallisches Klopfen ließ sie herumfahren.

Was war das?

Lotta lauschte und suchte nach der Ursache des Geräusches. Doch es war zu finster, sie konnte nicht viel erkennen, nur unterschiedliche dunkle Konturen in sämtlichen Richtungen. Stünde sie nicht mitten im Landeskriminalamt, hätte ihr die Situation wohl Angst eingejagt. Selbst Bäume und Sträucher wurden durch die Finsternis und das fahle Licht der Stadt zu wilden Kreaturen.

Wieder klopfte es … Metall auf Metall …

Wo kam das her?

Die Chefinspektorin warf die Autotür zu, trat hinter dem Wagen hervor und sah sich um. Am Gittertor der Einfahrt stand jemand. Bewegte sich nicht. Starrte zu ihr herüber. Wie eine Figur aus einem Schattentheater. Nun hob die Gestalt die Hand und schlug mit einem Gegenstand gegen das Tor.

Gong!

»Hey! Wer sind Sie?«, rief Lotta. Was sollte das Ganze?

Gong! Gong! Gong!

»Wieso tun Sie das?« Lotta ging auf das Gittertor zu, ihre Hand suchte nach der Dienstwaffe. Doch sie hatte das Brusthalfter abgenommen, es lag mitsamt der Glock auf ihrem Schreibtisch.

Mist, fluchte Lotta innerlich. Mit der Pistole hätte sie sich wohler gefühlt.

Gong! Gong!

Lotta ging weiter. Sie wusste, dass das Tor verschlossen war und die Gestalt, die gänzlich in Schwarz gekleidet war und eine Kapuze über den Kopf gezogen hatte, nicht hereingelangen konnte. Andererseits würde sie selbst nicht nach draußen kommen, wenn sie das wollte.

Doch wieso sollte sie das wollen?

Und wer war diese Person?

Die Kamera fiel Lotta ein. Ob sie die Gestalt am Tor erfasste? Wohl eher nicht, dort, wo sie sich gerade befand. Und wenn doch, wäre das Gesicht aufgrund der Kapuze wohl nicht zu erkennen.

Gong! Gong!

Die Schattenfigur trat zurück, entfernte sich von der Absperrung. Wollte wahrscheinlich verhindern, dass die Chefinspektorin ihr zu nahe kam. Damit sie sie nicht erkannte. Weil sie möglicherweise etwas mit den Mordfällen zu tun hatte ...

Lotta rannte los. Auf das Gittertor zu.

Die Person eilte auf dessen anderer Seite davon, etwas ungelenk, wie Lotta schien. Im nächsten Moment bog sie um die Ecke des Gebäudes.

Lotta sah sie nicht mehr. Erreichte die Gitterstäbe, rüttelte daran, wie erwartet gaben sie den Weg nicht frei. Dann trat sie in den Aufnahmefokus der Kamera und deutete dem Diensthabenden, er möge das Tor öffnen.

Ein Surren erklang. Das Gitter schob sich viel zu langsam zur Seite.

»Komm schon«, drängelte Lotta und zwängte sich durch den immer größer werdenden Spalt hindurch. Lief wieder los, bog um dieselbe Ecke wie zuvor die Gestalt. Schaute sich um, entdeckte die Person aber nicht. Entdeckte niemanden. Um diese Uhrzeit war keiner unterwegs. Nicht in dieser Straße ...

Weiter vorne startete der Motor eines Wagens.

Lotta sprintete los, querte den Parkplatz vorm Landeskriminalamt. Bemerkte rote Rücklichter in der Reihe der abgestellten Fahrzeuge entlang der Nietzschestraße.

Ein Wagen scherte aus. Der Lenker gab Gas. Der Motor heulte auf, und das Auto jagte die Nietzschestraße hinunter. Lotta sah nur noch die roten Rücklichter, wie sie sich entfernten. Konnte das Nummernschild nicht lesen. Erkannte den Wagen nicht. Schwarz war er gewesen. Wahrscheinlich. Aber auch da war sie sich nicht sicher.

Alles wirkte schwarz in einer Nacht wie dieser.

# 16. KAPITEL

Lotta hatte Daniel Prischko geweckt. Gemeinsam schauten sie sich die Aufzeichnung der Überwachungskamera vom Tor des Landeskriminalamtes an, bei der eine dunkel gekleidete Gestalt kurz im Bild zu sehen war. Sie tauchte rechts im Aufnahmebereich auf und verließ ihn wenige Augenblicke später auf der anderen Seite, das Gesicht stets von der Kamera abgewandt.

»Er hat gewusst, wo die Kamera ist. Ansonsten wäre er mitten auf der Zufahrt stehen geblieben. Das würde jeder machen. Aber er hat sich nahe an der Wand gehalten, damit ihn die Kamera nicht erfasst«, sagte der für die Gebäudesicherheit zuständige Diensthabende, als er den Videomitschnitt an jener Stelle stoppte, an der sich Lotta durch den Spalt des sich öffnenden Tors geschoben und die Verfolgung aufgenommen hatte.

»Können wir die Aufnahme bitte noch einmal sehen«, fragte Lotta. Das Bild der schwarz gekleideten Gestalt tauchte vor ihrem geistigen Auge auf. Der Fremde hatte versucht, ihr Angst einzujagen. Ein wenig war ihm das tatsächlich gelungen, aber das würde sie vor den Kollegen nicht zugeben.

Der Diensthabende sprang in dem Video zurück und startete es erneut, kurz bevor die Gestalt im Bild auftauchte.

»Langsam bitte.« Die Chefinspektorin wollte alles genau sehen. Vielleicht entdeckte sie einen Hinweis auf den Täter. Markante Schuhe möglicherweise. Oder ein Emblem auf der Kleidung. Irgendetwas, das half, ihn zu identifizieren.

Die Videoaufnahme lief in Zeitlupe ab.

»Da ist der Kerl«, murmelte Prischko, als der Schwarzgekleidete ins Bild trat. Offenbar ging er von einem Mann aus. »Man erkennt nicht viel, er ist ganz dunkel angezogen, wahrscheinlich ist das eine Jacke mit einer Kapuze. Oder er trägt so ein Kapuzenshirt unter der Jacke. Es kann sein, dass diese Aktion gar nichts mit unseren Mordfällen zu tun hat, sondern dass das irgend so ein Typ ist, dem bloß langweilig gewesen ist, der sich in der Stadt herumgetrieben hat und dich zum Auto hat gehen sehen. Vielleicht wollte er dich erschrecken und kam sich dabei cool vor.«

»Kann sein«, erwiderte Lotta. Doch sicher war sie sich nicht. Was, wenn der Mörder sie beobachtete?

Aber warum sollte er das tun?

Das wäre ziemlich leichtsinnig, immerhin war sie Polizistin und darauf geschult, verdächtige Personen auszumachen.

Prischko bemerkte offenbar ihre Zweifel. »Die Aufnahmen sind jedenfalls wertlos, darauf ist nichts zu sehen, was uns weiterbringt. So eine Jacke mit Kapuze oder einen Hoodie hat heutzutage fast jeder, sogar ich«, fasste er zusammen. »Und wieso sollte der Täter überhaupt ein derartiges Risiko eingehen und hier auftauchen? Die Gefahr, dass wir ihn erwischen, ist doch hoch. Es hätte nur jemand von unseren Leuten auf der anderen Seite des Tors sein müssen, dann hätten wir ihn jetzt. Oder eine Streife kommt zufällig vorbei und beobachtet das Ganze.«

»Vielleicht spielt er tatsächlich mit uns«, griff Lotta den Gedanken ihres Vaters auf. Der Chefinspektor im Ruhestand hatte diesen Verdacht geäußert, als er das Sprichwort, das zu dem Toten am Traunsee passte, in der Zeitung entdeckt hatte.

»Du glaubst, dass ihm der Nervenkitzel, wenn er jemanden umbringt, nicht groß genug ist?« Prischko verschränkte die Arme vor der Brust.

»Möglich wäre es, oder?«

»Da müsste er aber schon ziemlich dreist sein.« Der Gruppeninspektor schien an dieser These ernsthafte Zweifel zu hegen. »Ich glaube vielmehr, dass sich da einer spontan zu der Aktion verleiten lassen hat und jemandem von der Polizei Angst einjagen wollte, und das warst halt zufällig du. Das war irgend so ein Kleinganove, der mal schlechte Erfahrung mit der Polizei gemacht und sich nun dafür gerächt hat.«

»Oder der Mörder will gefasst werden«, zeigte Lotta eine weitere Möglichkeit auf.

»Und wieso läuft er dann davon, wenn er eh gefasst werden möchte?«

»Weil wir uns schon auch anstrengen sollen. Was weiß ich?« Lotta zuckte mit den Schultern. »Wieso bringt er Menschen um?«

»Weil er ein Psychopath ist?« Prischko seufzte. Offenbar missfiel es ihm, dass seine Chefin nicht von ihrer These abrücken wollte.

»Nicht jeder, der jemanden umbringt, ist ein Psychopath, Daniel.« Lotta wusste aus Erfahrung, dass es nicht so einfach festzustellen war, warum jemand zum Mörder wurde.

»Also gut«, gab Prischko klein bei. »Gehen wir alles noch einmal durch. Ist dir an der Person irgendetwas aufgefallen?«

Lotta stieß die Luft aus, bevor sie antwortete. »Er war

mittelgroß und von der Statur her auch eher mittel … Ich kann ihn nicht beschreiben, Daniel, ich bin erst zu weit weg gewesen und nachher ist alles so schnell gegangen.«

»Aber es war sicher ein Mann«, schloss Prischko aus dem Gehörten.

»Das weiß ich nicht, es kann auch eine Frau gewesen sein.« Lotta beugte sich nach vorne, stützte ihre Hände auf den Oberschenkeln ab und schloss für einen Augenblick die Augen. Sie war müde und konnte sich nur schlecht konzentrieren.

»Ich schlage vor, wir machen eine Pause und …«

»Warte!« Lotta richtete sich wieder auf und spulte ihre Erinnerung ein weiteres Mal gedanklich ab. Zurück zu der Stelle, wo sich die dunkle Gestalt von dem Tor entfernt hatte. »Ich glaube, die Person hinkt ein wenig.«

»Das ist gut«, sagte Prischko. »Ist uns bei den Ermittlungen jemand aufgefallen, der hinkt?«

Lotta überlegte. »Nein. Zumindest nicht bei denen, die wir befragt haben.«

Prischko presste die Lippen zusammen und schüttelte den Kopf.

»Was?« Lotta schaute ihn irritiert an.

»Du willst das Offensichtliche nicht sehen«, sagte der Gruppeninspektor.

»Wie? Was meinst du?«

»Dein Vater hinkt, seit er …«

»Spinnst du?«, fuhr Lotta ihn an. Dass der für die Gebäudesicherung zuständige Diensthabende alles mitbekam, war ihr egal.

»Ruf dir die Gestalt am Tor in Erinnerung und überlege, ob sie von der Statur her dein Vater gewesen sein könnte«, forderte Prischko seine Chefin auf.

Lotta schnaubte. Sie war wütend auf ihren Kollegen. Und sie war wütend auf sich selbst, weil ihr das mit dem Hinken überhaupt aufgefallen war.

»Mein Vater? So ein Schwachsinn!«, fauchte sie.

»Überleg mal, nur ein einziges Mal«, verlangte Prischko. »Könnte er es gewesen sein? Passt die Größe? Die Statur?«

»Vergiss es!« Zorn stieg in Lotta auf. Dennoch konnte sie nicht verhindern, dass die Szene noch einmal vor ihrem geistigen Auge ablief und sie die Gestalt am Tor mit ihrem Vater verglich. Beide waren ähnlich groß, doch das waren viele Menschen. Die Statur könnte passen, ebenso die Haltung. Auch wie der Fremde sich bewegt hatte, das Hinken. Die Knieverletzung ihres Vaters. Als ehemaliger Chefinspektor vom Landeskriminalamt wusste ihr Vater, wo die Kameras angebracht waren. Ein harmlos aussehender alter Mann fiel Passanten nicht auf, wenn er vor der Polizeidienststelle stand ...

Lotta erschrak über sich selbst. Wie konnte sie nur so etwas denken? Sie war offensichtlich völlig übermüdet und dadurch unfähig, einen klaren Gedanken zu fassen.

»Bist du dir sicher, dass du nicht darüber nachdenken willst?«, fragte Prischko und stellte damit vor dem Kollegen ihre Autorität infrage.

»Glaub mir, Daniel, mein Vater hat nichts mit der Sache zu tun!« Aufgebracht wandte sich Lotta ab und lief zur Tür.

»Was macht dich so sicher?«, rief Prischko ihr hinterher und folgte ihr den Flur entlang bis zu ihrem Büro.

Lotta ließ sich erschöpft auf ihren Stuhl fallen und schlug die Hände vors Gesicht. Sie musste sich beruhigen. Musste einen kühlen Kopf bewahren. »Ich weiß es einfach.«

»Aber ...«

»Kein Aber, Daniel. Mein Vater war es nicht«, beharrte Lotta.

Schweigen breitete sich für einen Moment aus. Die Stille wog schwer. Würde sie explodieren und der Streit zwischen Prischko und ihr eskalieren?

»Du verlangst viel von mir, wenn wir das nicht weiterverfolgen sollen, ist dir das klar?«, ergriff Prischko als Erster das Wort.

»Nein, absolut nicht. Was du behauptest, ist absurd. Deine Indizien sind an den Haaren herbeigezogen.«

»Er ist unser Hauptverdächtiger. Wir haben schlicht keinen anderen.«

»Ich weiß, dass wir keinen Verdächtigen haben, aber das macht meinen Vater noch lange nicht zum Täter!« Lotta atmete tief durch. »Lass uns damit aufhören. Das bringt uns im Moment nicht weiter. Sollte ich unrecht haben, werde ich mich irgendwie revanchieren.« Lotta hoffte, dass Prischko ihr Friedensangebot annahm. Sie wüsste nicht, was sie täte, wenn er darauf bestünde, ihren Vater auf der Stelle herholen zu lassen.

Der Gruppeninspektor sog tief die Luft ein. »Okay. Ich hoffe nur, du weißt, was du tust.«

Das hoffte Lotta auch.

# 17. KAPITEL

Es war halb drei Uhr morgens. Mit dem Hinweis, ein paar Stunden schlafen zu müssen, verließ Lotta die Dienststelle und trat hinaus in den Hof des Landeskriminalamtes. Als sie den Platz querte, schaute sie sich nach allen Seiten um. Das Gittertor unterzog sie einer besonders genauen Prüfung. Aber da war niemand. Keiner, der ihr Angst einjagen wollte oder etwas anderes im Schilde führte. Und trotzdem begleitete sie ein mulmiges Gefühl, weil die Dunkelheit der Nacht so viele Verstecke für finstere Seelen bot.

Sie stieg in ihren VW Passat und fuhr bis zum Tor vor, das sich aufgrund einer Nummernschilderkennung automatisch öffnete. Als sie es passiert hatte, schaltete sie das Radio an. »Perfect« von Ed Sheeran füllte den Innenraum ihres Wagens. Für diesen Song war sie nicht in der richtigen Stimmung, denn perfekt war in ihrem Leben im Augenblick so gut wie gar nichts. Sie mochte es lieber, wenn es jetzt ruhig war, also drehte sie das Radio wieder ab. Die Stille passte viel besser zu den leeren Straßen der oberösterreichischen Landeshauptstadt. Kaum ein Auto war um diese Zeit unterwegs. Die Menschen schliefen tief und fest in ihren weichen, warmen Betten.

In der Lederergasse lenkte Lotta den Wagen in die Tiefgarage, nahm den Lift in den dritten Stock und sperrte ihre Wohnungstür auf. An dem Haken im Flur hing der Schlüssel zum Haus ihres Vaters.

Sie starrte ihn an.

Prischko hatte so vieles über ihren Vater gesagt, was sie verletzt hatte. Doch ihr Vater würde ihr so etwas doch niemals antun! Sie beobachten und ihr Angst einjagen …

Ihr Herz pochte wild.

Andererseits war er am Tatort am Traunseeufer gewesen.

Ihre Finger zitterten, als sie den Schlüssel herunternahm und damit die Wohnung verließ. Die Ermittlerin in ihr hatte gewonnen, die Tochter verloren.

Auf dem Weg nach Steyregg versuchte sie, nicht darüber nachzudenken, was sie vorhatte. Sie wusste, dass ihr Vater es als Verrat ansehen würde, wenn er dahinterkäme. Und was vielleicht noch schlimmer wog: Sie selbst empfand es als Verrat.

Dafür hasste sie sich!

Und deshalb musste sie es auch alleine tun.

Vor dem Haus in Steyregg hielt Lotta ihren Dienstwagen an. In dem Gebäude brannte kein Licht. In keinem der umliegenden Häuser schien jemand wach zu sein, alles verharrte in absoluter Dunkelheit. Im Lichtstrahl der Scheinwerfer sah Lotta in der Einfahrt den Wagen ihres Vaters stehen: einen schwarzen Škoda.

Die Farbe passte.

Lotta stellte den Motor ihres Passats ab und schloss für einen Augenblick die Augen. Dann stieg sie aus, ging die Einfahrt entlang, blieb vor dem Škoda stehen und legte die Hand auf die Motorhaube, sie war kalt.

Gott sei Dank!

Auf der anderen Seite bedeutete das nicht viel, immerhin lag der Vorfall am Tor schon eine Weile zurück, der Motor wäre indessen bestimmt abgekühlt, vorausgesetzt, ihr Vater wäre anschließend sofort hierher zurückgekehrt.

*Dein Vater könnte auch mit einem anderen Auto gefahren sein, vielleicht sogar mit einem Taxi*, hörte sie die Stimme von Daniel Prischko in ihrem Kopf. Dass es ein Taxi gewesen war, fand Lotta zwar unwahrscheinlich, da sie den Wagen, der vorm Landeskriminalamt vor ihr davongefahren war, nicht als solches erkannt hatte, aber ausschließen konnte sie es nicht.

Sie ging weiter zur Haustür, steckte den Schlüssel ins Schloss und drehte ihn um. Was ihr Vater und sie damals vereinbart hatten, als sie die Schlüssel ausgetauscht hatten, fiel ihr ein. Dass sie sie nur im Notfall benutzen würden …

Und das hier war kein Notfall.

Es war ein Vertrauensbruch.

Trotzdem musste Lotta es tun und drückte die Tür nach innen auf. Als sie im Vorraum stand, zog sie sie leise hinter sich zu. Sie kannte sich in dem Haus aus, war hier aufgewachsen, jetzt schlich sie den Flur entlang bis zum Schlafzimmer ihres Vaters. Die Tür stand halb offen. Natürlich, Gustav Meinich lebte alleine, da war es nicht notwendig, sie zu schließen. Sie hörte seine regelmäßigen Atemzüge. Ihr Vater schlief. Tief und fest.

Lotta war erleichtert, auch wenn der Anblick des alten Mannes im Bett kein Beweis dafür war, dass er nicht vor gut einer Stunde in Linz gewesen war. Doch für sie reichte es. Sie wandte sich ab und trat leise den Rückzug an. Ihr Vater durfte von dieser Aktion nie etwas erfahren.

Plötzlich ging das Licht an.

Die Chefinspektorin erstarrte.

»Lotta?«, erklang Gustavs Stimme in ihrem Rücken.

Die Angesprochene wandte sich um.

Ihr Vater stand im Pyjama und mit zerzausten Haaren vor ihr und blinzelte sie an. Offenbar mussten sich seine

Augen erst an die Helligkeit gewöhnen. »Was machst du hier?«

»Wieso bist du wach?«, fragte Lotta in der Hoffnung, ein wenig Zeit zu gewinnen, um sich eine glaubwürdige Ausrede einfallen zu lassen.

»Ich muss aufs Klo«, sagte Gustav harsch. »Ich hab dir doch erzählt, wie das mit dem Älterwerden ist. Das erklärt aber nicht, weshalb du hier bist … Um diese Uhrzeit!«

»Das ist eine lange Geschichte«, wich Lotta einer klaren Antwort aus.

»Wenn ich auf der Toilette gewesen bin, hab ich Zeit.« In Pantoffeln schlurfte Gustav an seiner Tochter vorbei zum besagten Örtchen. Es dauerte nicht lange und er kam zu ihr in die Essküche, wo Lotta inzwischen auf der langen Seite der Ecksitzbank Platz genommen hatte und ihre Hände nervös knetete.

Gustav musterte sie. »Du schaust aus, als wenn du einen Tee vertragen könntest.« Ohne eine Antwort abzuwarten, füllte er den Wasserkocher auf.

Lotta lächelte. »Wie in alten Zeiten. Wenn ich nicht schlafen konnte, hast du mir Kamillentee gemacht und mir ein Stück Schokolade in den Mund gesteckt.«

»Bist du für Schokolade schon zu alt?«

»Dafür ist man doch nie zu alt, oder?«

»Nein. Sonst müsste ich es ja wissen.« Gustav lachte und öffnete ein Küchenkasterl. Daraus holte er eine Blechdose mit kleinen Schokoladentäfelchen. »Das ist mein Vorrat für solche Fälle.« Er hob den Deckel ab und hielt den Behälter seiner Tochter hin.

»Danke.« Lotta nahm ein Täfelchen heraus, entfernte das Papier und steckte sich die Schokolade in den Mund.

Gustav schob die Dose zurück in den Schrank, goss den Tee auf und kam damit an den Tisch. Das Häferl stellte er vor seiner Tochter ab. »Jetzt erzähl, warum du hier bist.«

Der fürsorgliche Blick ihres Vaters traf Lotta mitten ins Herz und löste in ihr ein schlechtes Gewissen aus. Tränen traten ihr in die Augen, und als diese sie nicht mehr fassen konnten, liefen sie ihr über die Wangen. Sie entschied sich, ihrem Vater von dem heutigen Tag zu berichten, wie sie und Prischko zur Familie des Baumeisters gefahren waren, was sie beim OÖ Tagblatt herausgefunden hatten und wie die halbe Dienststelle den Papiermüll durchwühlen musste. Dass das Labor noch immer fieberhaft nach Spuren auf den wenigen Beweisstücken suchte, damit endlich die Identität des Täters geklärt und ein dritter Mord verhindert werden konnte. All das erzählte sie ihm. Nur das mit der Gestalt am Gittertor behielt sie für sich.

»Das ist ja jede Menge für einen Tag, Kind. Kein Wunder, dass du so aufgekratzt bist«, zeigte Gustav Verständnis für ihren Zustand.

»Was würdest du an meiner Stelle machen?«, fragte Lotta.

»Ich würde erst mal versuchen, ein wenig zu schlafen. So wie du beisammen bist, kannst du nicht klar denken, Lotta. Aber das ist wichtig. Nur mit einem scharfen Verstand kannst du den Mörder fassen.«

»Ich weiß, Papa.« Lotta nahm einen Schluck, der Kamillentee lief ihre Speiseröhre hinunter und wärmte sie von innen. Das tat gut. Beinahe wie früher, als sie noch klein gewesen war. Da war die selbst gepflückte Kamille ihrer Großmutter bei jeder Gelegenheit aus dem Schrank geholt und mit heißem Wasser aufgebrüht worden, um Lottas Schmerzen verschwinden zu lassen. Die körperlichen und die seelischen. »Kann ich heute Nacht bei dir bleiben?«, fragte sie.

»Sicher. Ich lege mich auf das Sofa.«

»Nein, Papa! Das nehme ich«, sagte Lotta entschieden. Sie wollte nicht, dass ihr alter Vater ihretwegen nicht in seinem Bett schlafen konnte. Noch dazu nach seinem Unfall.

Gustav nickte.

»Wie geht es deinem Kopf und dem Knie?«, erkundigte sie sich nach seinem Befinden, was eigentlich ganz normal sein sollte. Doch durch den Vorfall am Tor fühlte es sich für sie so an, als wollte sie herausfinden, ob ihr Vater überhaupt körperlich in der Lage gewesen wäre, dort aufzutauchen.

»Und dem Finger«, ergänzte Gustav.

»Natürlich, und dem Finger.«

»Ist beinahe alles so gut wie neu, nur das Knie tut noch ein bisschen weh, aber sonst bin ich schon fast wieder der Alte.« Gustav lächelte seine Tochter an.

Lotta schluckte. Der Hinweis auf die Knieverletzung ihres Vaters war wie das Auflodern eines Feuers in ihrer Brust. Sie spürte, wie es sie innerlich verbrannte.

»Ich geh wieder ins Bett.« Gustav stand auf und schlurfte aus der Küche.

Lotta schaute ihm hinterher. Sie wollte jetzt nicht darüber nachdenken, was sein konnte und was nicht. Sie brauchte unbedingt ein paar Stunden Schlaf. Mit einer Decke legte sie sich auf die Couch.

*

Lottas Handy vibrierte. Sofort war sie hellwach. Sie lag im Wohnzimmer ihres Vaters auf dem Sofa und hatte das

Smartphone in der Hand behalten. Gustav Meinich saß im Pyjama ihr gegenüber in einem Fauteuil und schlief. Die Decke war ihm vom Schoß gerutscht und zu Boden gefallen. Wenn Lotta als Kind krank gewesen war, hatte er die Nächte auf einem Stuhl sitzend neben ihrem Bett verbracht. Lotta lächelte. Irgendwann nachdem sie eingeschlafen war, war er wohl zurückgekehrt und hatte ein Auge auf sie gehabt, falls sie ihn brauchte. Sie stand auf und deckte ihn zu. Dann verließ sie das Wohnzimmer.

»Ja, Daniel? Was gibt's?«, flüsterte sie im Flur in ihr Handy.

»Wieso redest du so leise?«, wollte Prischko erfahren.

»Ich bin bei meinem Vater, er schläft«, erklärte Lotta.

»Jetzt noch? Es ist halb neun.«

»Es war eine lange Nacht.«

Ihr Kollege schwieg, und Lotta wusste, was er sich in seinem Kopf zusammenreimte.

»Nicht, was du denkst«, sagte sie.

»Was denke ich denn?«

»Dass er die Gestalt bei der Dienststelle gewesen ist und deshalb noch schläft.«

»Und? War er es? Das hast du doch überprüft, deshalb bist du zu ihm gefahren.«

Lotta hasste es, wenn ihr Kollege den Finger in ihre offene Wunde legte. »Nein, er war es nicht. Der Motor vom Auto war kalt und er hat tief und fest geschlafen.«

Stille.

»Daniel?«

»Ja?«

»Weshalb hast du angerufen?«

»Die Ergebnisse vom Labor sind eingetroffen.«

»Und? Haben sie etwas gefunden?«

»Nein, die Sachen sind sauber, sowohl der Brief als auch der Umschlag. Weder konnten darauf verwertbare Fingerabdrücke noch Speichel festgestellt werden. Der Täter hat das Kuvert mit Wasser befeuchtet und nicht abgeleckt. Der kennt sich aus! Und der Gsteinhauer hat in der Nacht tatsächlich den Bauplan des Baumeisters aufgetrieben.«

»Wo ist er gewesen?«

»In einem Baucontainer vor Ort. Einer der Arbeiter hat ihn nach dem Unfall dort hineingelegt, da niemand einen Plan benutzen wollte, den der Chef zum Zeitpunkt seines Todes in der Hand gehalten hat. Seither hat ihn keiner mehr angerührt.«

»Das hört sich vielversprechend an. Wo ist der Bauplan jetzt?«

»Im Labor. Aber erwarte nicht zu viel. Ich bin mir sicher, dass unser Täter den auch nur mit Handschuhen angefasst hat, wenn er ihn dem Opfer tatsächlich in die Hand gedrückt hat.«

»Wahrscheinlich hast du recht. Danke, Daniel!«

»Da ist noch etwas …«

»Ja? Was denn?«

»Die Taucher haben den See in der Nähe vom Tatort nach einer Säge abgesucht, aber nichts gefunden.«

»Das wundert mich nicht. Wenn der Täter mit einem Boot rausgefahren ist, hat er die Tatwaffe bestimmt mitten im See ins Wasser geworfen, dort, wo der Traunsee am tiefsten ist«, meinte Lotta. »Was ist mit den Booten? Haben wir da schon eine Rückmeldung erhalten?«

»Ja, die Kollegen sind damit fertig und haben in keinem einzigen Boot Spuren entdeckt, die etwas mit unserem Mordfall zu tun haben könnten. Weder das Handy noch die Schlüssel von Molov und auch kein Blut.«

»Was ist mit dem Gewand von Kaimper?«

»Warte …« Prischko las offenbar den Rest vom Bericht durch. »Davon steht hier nichts.«

Mist! Lotta erinnerte sich, dass sie den Asservatenbeutel mit der Kleidung des Baumeisters aus ihrem Dienstwagen hatte holen wollen, bevor sie die unheimliche Begegnung an dem Einfahrtstor gehabt hatte. Der Beutel lag noch immer auf ihrer Rückbank. »Ich komme gleich, Daniel. Ich mach mich nur schnell frisch.«

»Die Zeit läuft, Lotta«, erinnerte Prischko seine Vorgesetzte daran, dass schon bald wahrscheinlich ein weiterer Mord verübt werden würde, wenn der Täter dem bisherigen Ablauf mit den Zeitungsanzeigen treu blieb.

Doch das war überflüssig. Lotta hatte das natürlich nicht vergessen und ärgerte sich über den Hinweis. »Ich weiß«, sagte sie und legte auf.

»Der Kerl verarscht euch«, sagte Gustav, der plötzlich hinter ihr stand.

Lotta fuhr herum. »Papa! Hast du mich erschreckt! Bitte schleich dich nicht so an.«

»Das ist mein Haus. In dem schleich ich, so viel ich will«, murrte Gustav.

»Seit wann stehst du hier schon?«

»Willst du einen Kaffee, bevor du auf die Dienststelle fährst?« Gustav drückte sich an seiner Tochter vorbei in die Küche.

»Ja … nein. Ich muss gleich los.« Lotta fühlte sich unwohl, weil sie nicht wusste, wie viel ihr Vater von dem Gespräch mitgehört hatte. Aber er schien nicht sauer zu sein. Vielleicht hatte er jenen Teil, in dem es um ihn gegangen war, ja nicht mitbekommen.

»Das sind keine Morde, die einer begeht, weil er Spaß

daran hat. Der Mörder hat einen Grund, warum diese Menschen sterben mussten«, redete Gustav weiter, während er den Kaffee zubereitete.

»Und welchen?«, hakte Lotta nach.

»Er will ein erlittenes Unrecht durch Vergeltung ausgleichen. Seine Taten sind ein Schrei nach Gerechtigkeit.« Gustav holte zwei Tassen aus dem Schrank. Dass Lotta vorhin den Kaffee abgelehnt hatte, schien er zu ignorieren.

»Wie kommst du darauf?« Lotta schaute ihrem Vater dabei zu, wie er aus dem Tiefkühlfach mehrere Scheiben Brot herausnahm und sie in der Mikrowelle auftaute. Butter und Honig stellte er auf den Tisch.

»Das sagt mir meine Intuition«, behauptete er.

»Vielleicht hast du recht. Aber solange wir keine Beweise haben …«

»Ich brauche keine Beweise, ich bin im Ruhestand. Du und dein Kollege, ihr müsst Beweise ranschaffen.«

»Papa, ich kann nicht zum Frühstück bleiben, ich muss gleich los.« Lotta verschwand auf die Toilette.

»Nimm wenigstens einen Schluck Kaffee«, rief Gustav ihr hinterher und schenkte den frisch aufgebrühten Muntermacher in die Häferl ein.

Als Lotta vom Bad zurückkam, saß ihr Vater bereits an dem für zwei gedeckten Tisch und strich Butter auf sein Brot. Lotta trank hastig aus ihrem Kaffeehäferl. Sie würde gerne noch bleiben, aber es ging nicht. Nicht heute. »Danke, Papa! Pfiat dich!« Eilig verließ sie das Haus in Steyregg und fuhr auf die Dienststelle.

# 18. KAPITEL

»Du hast deinen Vater überprüft, obwohl du mich vorher angeschnauzt hast, dass ich die Finger davon lassen soll?«, empfing Prischko seine Chefin in ihrem gemeinsamen Büro mit einem Vorwurf anstelle eines Grußes.

»Dir auch einen schönen guten Morgen«, erwiderte Lotta und legte ihre Lederjacke ab.

»Echt, Lotta, manchmal werde ich aus dir nicht schlau«, war der Gruppeninspektor nicht bereit, das Thema ruhen zu lassen.

»Können wir ein anderes Mal darüber reden?« Lotta war aufgrund der Ereignisse der letzten Tage und der wenigen Stunden Schlaf zu erschöpft, um jetzt zu diskutieren. Vielleicht wollte sie aber auch nie darüber reden.

»Na, immerhin hast du es gemacht«, lenkte Prischko nun doch ein.

Lotta setzte sich frustriert in ihren Stuhl. »Ich war vorhin im Labor und hab die Sachen vom Kaimper abgegeben ... Es tut mir leid, ich hab das in der Aufregung total vergessen. Sie schauen sich das Gewand gleich an. Dafür haben sie mir gesagt, dass auf dem Bauplan keine verwertbaren Fingerabdrücke gewesen sind, nur die vom Opfer. Wir haben nichts, absolut gar nichts!«

»Ich hab den Kaimper und den Molov mal durch unsere Datenbanken gejagt, keiner von ihnen war vorbestraft, nur ein paar Strafzettel wegen Falschparken oder zu schnellem Fahren, mehr ist da nicht«, berichtete Prischko.

»Ich schlage vor, wir konzentrieren uns auf den Eintrag A. S. in Molovs Kalender. Irgendeinen Grund muss es geben, warum er das Kürzel verwendet und nicht wie bei den anderen Terminen den vollen Namen hingeschrieben hat. Und hat seine Sekretärin nicht gesagt, dass er um 20 Uhr ins Fitnessstudio wollte?«, erinnerte sich Lotta.

»Du klammerst dich an einen Strohhalm.«

»Irgendetwas müssen wir tun, Daniel. Wir können nicht einfach dasitzen und warten, bis es das nächste Opfer gibt. Und da bislang alle Ermittlungen ins Leere gelaufen sind, machen wir dort weiter, wo noch offene Fragen sind, und eine davon ist, wer oder was sich hinter A. S. verbirgt und ob Molov überhaupt im Fitnessstudio gewesen ist oder ob er schon vorher seinen Mörder getroffen hat.«

Lottas Telefon läutete. Es war der Dienststellenleiter. »Ja, Chef?«

»Kommen Sie bitte in mein Büro«, verlangte Schmettenthaler. »Jetzt gleich!«

»Okay.« Lotta legte auf und informierte Prischko.

»Was kann der wollen?«, fragte der Gruppeninspektor.

»Wir werden es gleich erfahren. Finde du bitte in der Zwischenzeit heraus, in welchem Fitnessstudio Molov trainiert hat.« Lotta machte sich auf den Weg zum Büro ihres Vorgesetzten. Wenn Schmettenthaler schlechte Laune hatte, verlor man besser keine Zeit.

Carla Schmitz, die Sekretärin des Dienststellenleiters, lächelte Lotta an, als sie das Vorzimmer betrat. »Grias dich, der Chef wartet schon auf dich.«

»Was will er denn?«, fragte Lotta die quirlige Mittfünfzigerin mit der braunen Mähne und den langen, rot lackierten Fingernägeln.

»Das hat er mir nicht verraten«, erwiderte Carla. »Nur, dass du gleich zu ihm kommen sollst. Ich wollte dich eh anrufen, aber er hat gesagt, dass er das selber macht.«

Die Chefinspektorin klopfte an die Tür.

»Herein!«, kam es von drinnen.

Lotta betrat das Büro des Dienststellenleiters. »Sie wollen mit mir reden?«

Schmettenthaler saß hinter seinem Schreibtisch und sah auf. Er trug einen dunkelblauen Anzug und rückte seine rot gemusterte Krawatte gerade. »Ich hab in einer halben Stunde eine Pressekonferenz. Bringen Sie mich bitte auf den aktuellen Stand in Sachen Sprichwortmörder.«

»Sprichwortmörder? Nennt man den Täter jetzt so?« Lotta war überrascht.

»Das ist eine Wortfindung der Presse, nicht meine. Also, wo stehen wir?«

Lotta berichtete ihrem Vorgesetzten von den Ermittlungsergebnissen, den Auswertungen der Spuren und dem Zwischenfall am Einfahrtstor. Schmettenthaler stellte hie und da eine Frage, ansonsten hörte er geduldig zu, bis Lotta fertig war.

»Demnach haben wir nichts«, fasste er zusammen.

»In der kurzen Zeit ist das kaum anders möglich, außer wir hätten einen Zeugen, den es aber in beiden Fällen nicht gibt. Die Morde wurden meines Erachtens organisiert und strukturiert ausgeführt, Chef. Da wurde nichts dem Zufall überlassen. Wir arbeiten rund um die Uhr an der Aufklärung«, verteidigte Lotta ihre Arbeit und die der Kollegen.

»Wir haben alles, nur keine Zeit«, sagte Schmettenthaler. »Wenn der Täter seine Vorgehensweise nicht ändert – und ich will verdammt sein, wenn er das tut –, stirbt in wenigen Stunden wieder ein Mensch. Das Sprichwort ist bereits in der Zeitung gestanden, und bei den anderen beiden Fällen wurde kurz darauf jemand ermordet.«

Das wusste Lotta natürlich.

»Was sag ich denn der Presse?« Schmettenthaler stand auf, ging zum Fenster, steckte die Hände in die Hosentaschen und schaute hinaus. Die Sonne schien, es würde wieder ein schöner Frühlingstag werden. Erneut ein Tag, an dem die Menschen da draußen nichts von den Bemühungen der Polizei mitbekamen, das Leben einer Person zu retten und das von vielen anderen in diesem Land ein wenig sicherer zu machen.

»Sagen Sie, dass wir, um die Ermittlungen nicht zu gefährden, keine Informationen rausgeben und weiterhin sämtliche Spuren verfolgen«, schlug Lotta vor.

»Die werden Fragen haben ...«

»Die wir zum jetzigen Zeitpunkt nicht beantworten, weil wir eben kein Risiko eingehen.«

Schmettenthaler seufzte.

»Aber Sie könnten die Journalistinnen und Journalisten darum bitten, einen dringenden Aufruf in ihren Medien zu bringen: Wenn jemand sachdienliche Hinweise zu den letzten Stunden unserer Opfer hat, soll er sich bei uns melden. Vielleicht hat jemand einen von den beiden gesehen oder getroffen oder auch nur etwas beobachtet, das seltsam gewesen ist. Vielleicht bringt uns das ja ein Stück weiter.« Lotta wusste, dass sie damit auch Neugierige anlockten, die bloß vorgaben, etwas zu wissen. In Wahrheit wollten solche Menschen Informationen von den Kollegen am Telefon erfahren. Doch sie durften nicht aufgeben! Sie mussten weiterhin alles versuchen, eine Spur zum Mörder zu finden und seine Identität aufzudecken.

»Gut, danke.« Schmettenthaler wandte sich vom Fenster

ab und steckte sein Handy ein, offenbar machte er sich für die Pressekonferenz bereit. »Falls sich in der Zwischenzeit etwas ergibt, rufen Sie mich an.«

»Mach ich, Chef.« Lotta verließ das Büro ihres Vorgesetzten und kehrte zurück in ihr eigenes. Dort erzählte sie Prischko von dem Gespräch.

»Vielleicht kriegt der Täter ja Angst, wenn er den Aufruf im Radio hört oder in der Zeitung liest, und beendet das sinnlose Morden«, meinte er stoisch.

»Das glaubst du doch selber nicht, oder?« Lotta sah ihren Kollegen mit in Falten gelegter Stirn an.

»Man wird sich ja noch etwas wünschen dürfen.« Prischko hob abwehrend die Hände.

»Komm, wir fahren in das Fitnessstudio, in dem Molov trainiert hat. Haben wir die Adresse?«

»Ja, es ist das Bodysoul in der Kalvarienbergstraße in Kirchdorf.« Prischko griff nach seiner Jacke und folgte seiner Chefin nach draußen.

Mit Lottas Dienstwagen fuhren die Kriminalbeamten auf der A1 Richtung Salzburg. Die Autobahn war wie immer stark frequentiert. Der rechte Fahrstreifen wurde vorwiegend von Lkws genutzt, nur hie und da scherte einer aus, was die Überholenden bremste. Die Chefinspektorin signalisierte ihnen mit der Lichthupe, die linke Fahrspur freizumachen, immerhin hatten sie es eilig.

Vor dem Bodysoul parkte Lotta den Passat, die Kriminalbeamten stiegen aus.

»Ich sollte auch mal wieder etwas für meinen Körper tun«, sagte Prischko mit Blick auf das Fitnessstudio und klopfte auf seinen Bauch, der ohnehin flach war.

»Bei der Menge, die du frühstückst, wäre das sicher nicht schlecht«, antwortete Lotta und ging voran in den modernen gläsernen Gesundheitstempel, der zu dieser Uhrzeit nur mäßig besucht war. Lediglich drei Personen machte die Chefinspektorin aus. Eine Frau schwitzte auf einem Laufband, eine weitere auf einem Rad, und ein junger Mann trainierte mit Hanteln. Rhythmische Musik flutete aus den Lautsprechern an der Decke der gläsernen Halle und sollte die Trainierenden wohl zusätzlich motivieren.

Eine Angestellte in figurbetonter pinker Trainingskleidung erkannte sofort, dass die Ankommenden mit der Örtlichkeit nicht vertraut waren, und witterte wahrscheinlich neue Kundschaft. Hüftschwingend kam sie herbeigeeilt. »Grias eich im Bodysoul! Den ersten Schritt habt ihr schon g'macht, ihr seids vom Sofa aufg'standen und herg'kommen. Was darf ich Gutes für euch tun? Ein Probetraining mit einem Shake?« Die junge Frau, die das Angebot des Fitnesstempels selbst regelmäßig zu nutzen schien, strahlte die Kriminalbeamten an.

Lotta holte ihren Dienstausweis aus der Tasche und hielt ihn ihrem Gegenüber hin. »Wir sind von der Kriminalpolizei und ermitteln in einem Mordfall. Ich bin Chefinspektorin Lotta Meinich und das ist mein Kollege Gruppeninspektor Daniel Prischko.«

»Oh!« Das Lächeln verschwand aus dem Gesicht der Frau.

»Kannten Sie einen Dr. Vincent Molov?«, begann Lotta gleich mit der Befragung. Da ohnehin nur wenige Besucher anwesend waren, mussten sie keinen abgeschiedenen Ort dafür aufsuchen.

»Ja, sicher. Ich hab auch schon g'hört, was passiert ist. Schrecklich! Der Molov hat bei uns eine Vollmitgliedschaft g'habt. Mit der kannst du immer trainieren, wann du willst«, erklärte ihr Gegenüber.

»War er letzten Freitag hier?«

»Keine Ahnung.« Die Frau zuckte mit den Schultern. »Die Leute mit der Vollmitgliedschaft kommen und gehen, wie es ihnen passt. Nur die, die sich einen Zehnerblock kaufen, müssen sich registrieren.«

»Gibt es Kameras?«, fragte Prischko.

»Ja, vorne beim Eingang.«

»Zeichnen die auch auf?«

»Klar! Bei uns ist mal eing'brochen worden, deshalb hat der Chef die installieren lassen.«

»Haben Sie die Aufnahmen vom Freitag noch?«

»Da müsst ich nachschauen.«

»Wir begleiten Sie«, sagte Lotta. »Sind Sie im Moment die einzige Angestellte vor Ort?«

»Ja, am Vormittag tut sich net viel, Sie sehen es eh selber. Erst am späten Nachmittag geht's los, und am Abend ist es dann richtig voll. Der Chef will aber, dass diejenigen, die am Vormittag Zeit haben, auch die Möglichkeit bekommen, sich fit zu halten. Deshalb kann man bei uns schon ab 10 Uhr trainieren«, erklärte die junge Frau bereitwillig, während sie die Kriminalbeamten ins Büro führte, wo auf einem Monitor der Ausschnitt vor dem Eingang gezeigt wurde. Sie machte ein paar Klicks mit der Maus. »Ja, haben wir noch. Wollt ihr euch das anschauen?«

»Wollen wir«, antwortete Prischko und lächelte die Trainerin an.

Die erwiderte das Lächeln und spielte die Aufzeichnung ab.

»Bitte erst ab dem Abend, Frau …?« Der Gruppeninspektor wartete auf eine Reaktion der Angesprochenen.

»Claudia. Nur Claudia«, säuselte sie.

»Danke, Claudia.« Prischkos Grinsen wurde breiter.

Lotta verdrehte die Augen und unterbrach den Flirt zwischen den beiden. »Zeigen Sie mir bitte, wie ich die Aufnahme schneller wiedergeben kann.«

»Sie müssen nur da draufdrücken und wieder loslassen.« Claudia deutete auf einen Button am Monitor.

Lotta probierte es aus. Das Video begann, im Zeitraffer zu laufen. »Danke.«

»Ich muss wieder nach vorne. Wollt ihr einen Shake?«

»Gerne«, sagte Prischko.

»Nein, danke«, lehnte Lotta ab, weil sie nicht wusste, was in einem Fitnessstudio in so ein Getränk alles hineingemischt wurde.

»Einen bestimmten Shake?«, fragte die junge Frau ganz auf den Gruppeninspektor fokussiert und neigte den Kopf zur Seite.

»Ich bin mir sicher, Sie wählen den richtigen für mich aus«, antwortete Prischko.

Die Trainerin kicherte und verschwand aus dem Büro.

»Die ist zu jung für dich«, zog Lotta ihren Kollegen auf und spulte die Aufnahme bis zur Zeitangabe 17 Uhr vor. Vielleicht hatte sich Molov mit A. S. hier getroffen, weil er anschließend noch trainieren wollte.

»Was? Ich bin doch bloß nett zu ihr«, verteidigte sich der Gruppeninspektor.

»Du hast eindeutig mit ihr geflirtet«, stellte Lotta klar, während das Band wieder in normalem Tempo ablief.

»Ich hab nicht mit ihr geflirtet«, beharrte Prischko. »Sie könnte meine Tochter sein.«

»Eben.« Lotta starrte auf den Monitor und beobachtete, wie Menschen den Fitnesstempel betraten und andere ihn verließen. Keiner davon ähnelte dem toten Anwalt.

Die Tür zum Büro ging auf und Claudia überreichte

Prischko ein Glas mit giftgrünem Inhalt und einem Strohhalm aus Papier inklusive einem strahlenden Lächeln, sozusagen als Draufgabe. »Hier, bitte schön! Frisch zubereitet.«

»Danke«, sagte der Gruppeninspektor nun nicht mehr im Flirtmodus und richtete seinen Blick schnell wieder auf den Monitor.

Sichtlich enttäuscht zog sich die Trainerin zurück.

Die Zeitangabe auf dem Video erreichte mittlerweile 19:37 Uhr.

»Igitt! Ist das grauslich! Was hat die denn da zusammengebraut?« Prischko verzog das Gesicht und starrte die grüne Flüssigkeit in dem Glas an.

Lotta lachte. »Aber wahrscheinlich ist es gesund.«

»So gesund kann es gar nicht sein, dass ich das trinke.« Angewidert stellte der Gruppeninspektor das Glas beiseite.

Die Passagen in dem Video, wo niemand ein und aus ging, ließ Lotta schneller abspielen. Kurz bevor der eingeblendete Timecode 20 Uhr erreichte, unterbrach Prischko die mittlerweile eingetretene Stille mit: »Jetzt wird's spannend!« Konzentriert beobachteten die Kriminalbeamten die ankommenden und weggehenden Personen. Männer mit Sporttaschen. Sich vergnügt unterhaltende Frauen. Doch Dr. Vincent Molov war nicht dabei.

»Er war gar nicht da«, stellte Lotta fest und stoppte die Aufnahme beim Timecode 21:30 Uhr.

»Dann hat das A. S. etwas zu bedeuten«, glaubte nun auch Prischko. »Vielleicht sind das die Initialen des Mörders?«

»Demnach hat Molov ihn gekannt und gewusst, dass Gefahr von ihm ausgeht, weil er nicht seinen vollen Namen in den Kalender geschrieben hat«, spann Lotta den Gedanken weiter.

»Wenn er aber befürchtet hat, dass er ihn umbringen könnte, hätte er dann nicht den vollen Namen notiert? Um der Polizei oder zumindest seiner Frau einen Hinweis zu hinterlassen, wer sein Mörder ist, falls dieser die Tat tatsächlich durchzieht?«, zeigte Prischko einen Haken an der Sache auf.

»Wahrscheinlich hat er gehofft, dass es doch anders kommt. Dass er es irgendwie abwenden kann.«

»Und dann trifft er sich mit ihm an so einer abgelegenen Stelle am Traunsee? Das glaube ich nicht.« Prischko schüttelte den Kopf und rückte danach seine Sonnenbrille wieder gerade, die in seinen Haaren steckte.

»Was müsste geschehen, damit du dich dort hinlocken lässt?«, fragte Lotta den Kollegen. »Du weißt, dass es unter Umständen gefährlich sein kann, gehst aber trotzdem zu dem vereinbarten Treffen.«

»Wenn mich jemand mit einer Sache, die ich verbockt habe, erpressen will«, antwortete Prischko.

»Genau! Jetzt müssen wir nur noch herausfinden, was das ist.« Lotta stand auf und verließ das Büro des Fitnesstempels. Prischko folgte ihr.

»Und? Habt ihr g'funden, wonach ihr g'sucht habt?«, fragte Claudia in der Trainingshalle, als sie die Kriminalbeamten aus dem Büro kommen sah. Sie zeigte gerade einer untrainiert wirkenden Frau, die etwa im selben Alter wie die Chefinspektorin war, wie sie eine Fitnessübung richtig machte.

»Leider nicht«, antwortete Lotta. »Danke, dass wir uns die Bänder ansehen durften.«

»Und danke für den Shake«, sagte Prischko.

»Das macht dann 15 Euro.« Die Trainerin ließ von der schwitzenden und keuchenden Kundin mit den Worten, dass sie gleich wieder bei ihr sei, ab und stellte sich vor den Gruppeninspektor.

»Was?« Prischko war verblüfft. Offensichtlich hatte er damit gerechnet, dass das Getränk aufs Haus ging. »Ist das nicht ein bisschen teuer?«

»Der war ganz frisch zubereitet.«

»Was war da überhaupt drin?«, maulte der Gruppeninspektor und zog seine Geldbörse aus der hinteren Hosentasche.

»Das ist ein Firmengeheimnis, sonst könnte den ja jeder machen. Aber wir verwenden nur lauter g'sunde Sachen.« Claudia streckte die Hand nach dem Geld aus, und der Gruppeninspektor zählte die entsprechende Anzahl an Münzen hinein.

*

Die Kriminalbeamten waren gerade auf dem Weg zurück nach Linz, als im Radio die Nachrichten zur vollen Stunde mit der Pressekonferenz des Landeskriminalamtes Oberösterreich zu den Mordermittlungen starteten. Sogleich drehte Lotta lauter und lauschte der Stimme des Sprechers, die in groben Zügen die Umstände der Mordfälle schilderte. Danach informierte Oberst Jusuf Schmettenthaler die Zuhörer über den aktuellen Stand der Ermittlungen und bat, dass sich jeder mit sachdienlichen Hinweisen an jegliche Polizeidienststelle des Landes wenden könne. Als von einem schweren Autounfall auf der A1 Richtung Wien berichtet wurde, drehte Lotta das Radio wieder leiser. »Hoffen wir, dass das zu einem Ergebnis führt, sonst stecken wir ziemlich in der Scheiße.«

»Bis das der Richtige hört und sich entschließt, bei uns anzurufen, vergehen Stunden – wenn wir Glück haben. Vielleicht meldet sich auch gar niemand, und es ist schon nach Mittag«, stieß Prischko frustriert aus.

»Hast du Hunger?«, fragte Lotta. Auch wenn ihnen die Zeit davonlief, mussten sie etwas essen.

»Ich könnte schon etwas vertragen, um den grauslichen Geschmack im Mund von diesem giftgrünen Fitnessgebräu loszuwerden«, erwiderte der Gruppeninspektor.

»Reicht ein Würstelstand?«

»Völlig!«

»Wir nehmen den am Schillerpark, dort gibt es die besten Käsekrainer«, entschied Lotta und fuhr von der Autobahn ab in Richtung Linzer Innenstadt.

Eine Viertelstunde später hatten die Kriminalbeamten ihre Würsteln mit reichlich Ketchup und Senf auf einem Teller. Dazu gab es entweder Brot oder Gebäck. Lotta bevorzugte ein Salzstangerl. Als sie ihre Käsekrainer aufspießte und ein Stück abschneiden wollte, läutete ihr Handy. Sie zog es aus der Tasche.

»Das Labor«, sagte sie und ging ran.

Eine Kollegin teilte ihr mit, dass sie keine Spuren auf Kaimpers Kleidung gefunden habe, die zu einem schnellen Ergebnis führten. Lediglich ein paar Fasern habe sie entdeckt, die sie nicht dem Opfer zuordnen könne. Möglicherweise seien die Fasern aber beim Waschen von anderen Kleidungsstücken übertragen worden. Sie brauche Vergleichsproben. Solange sie die nicht habe, blieben die Spuren ohne Befund. Lotta bedankte sich und legte auf.

»Und?«, fragte Prischko sofort. Er hatte in der Zwischenzeit seine Bratwürsteln zur Hälfte aufgegessen.

Lotta setzte den Kollegen in Kenntnis und stach erneut mit der Gabel in ihre Käsekrainer. Als sie das Messer in die Hand nahm, läutete ihr Handy noch einmal.

»Ah geh!«, murrte sie, da ihr Essen kalt zu werden drohte.

»Rufst halt zurück«, schmatzte Prischko kauend.

Lotta prüfte das Display. »Es ist die Dienststelle.« Wieder nahm sie das Gespräch entgegen und lauschte den Worten am anderen Ende der Leitung. Zunehmend veränderte sich ihre Körperhaltung. »Wann? … Und wo? … Danke!«

»Was?« Prischko war mit dem Essen fertig und wischte sich die Hände mit einer Serviette ab.

»Wir müssen los«, teilte Lotta ihm mit, nahm die Käsekrainer zwischen Zeigefinger und Daumen, tunkte sie in Ketchup und Senf und biss davon ab. »Es hat sisch a Scheuin g'meldet«, sagte sie mit vollem Mund, nahm das Salzstangerl und eilte Prischko voraus zum Wagen.

»Was? Ich hab kein einziges Wort verstanden«, beschwerte sich der Gruppeninspektor.

»Es hat sich eine Zeugin gemeldet«, rief Lotta ihm über die Schulter hinweg zu, als sie alles hinuntergeschluckt hatte.

»Hätte nicht geglaubt, dass das so schnell geht«, zeigte sich Prischko überrascht.

»Manchmal muss man ein wenig Glück haben.« Lotta stieg ins Auto. Mit Blaulicht und Sirene rasten sie aufs Landeskriminalamt in die Nietzschestraße.

# 19. KAPITEL

Lotta Meinich und Daniel Prischko saßen im Vernehmungsraum einer Frau mit langen blonden Haaren in einem lila Hosenanzug gegenüber. Die Blondine war nicht älter als 30 Jahre, wenn überhaupt, und hatte ihnen gerade erklärt, dass sie den Aufruf im Radio gehört habe und diesem umgehend gefolgt sei.

»Dann sagen Sie uns jetzt bitte, welche Informationen Sie für uns haben«, forderte Lotta ihr Gegenüber auf.

»Die Sache ist ein bisschen heikel«, begann die junge Frau zögerlich und schob ihre dünnrandige goldene Brille, die ihr beinahe bis zur Nasenspitze heruntergerutscht war, zurück auf ihre Position.

»Heikel?«, echote Lotta und hegte bereits einen Verdacht. Doch der Altersunterschied zwischen der Frau und Molov ließ sie noch zweifeln. »Wir versprechen Ihnen, dass wir es vertraulich behandeln, wenn es uns möglich ist.«

»Tja ... Also ... Ich bin, besser gesagt, ich war die Geliebte von Vincent Molov.« Die Frau schaute die Inspektoren erwartungsvoll an, als müsste diese Information allein schon einschlagen wie eine Bombe.

»Aha«, sagte Prischko mit einer hochgezogenen Augenbraue. Bestimmt stellte er sich die Frage, wie ein älterer Mann wie der tote Rechtsanwalt zu so einer jungen Geliebten kam.

Lotta hingegen überlegte, was eine so junge Frau an

einem 30 Jahre älteren Mann überhaupt fand, fragte aber: »Wie heißen Sie denn?«

»Anna Sauer.«

A. S.! Der Rechtsanwalt hatte seine Ehefrau mit A. S. betrogen. Wenn die dahintergekommen war, hatte sie ein Motiv. Doch wie hing das mit dem Mord an dem Baumeister zusammen? »Seit wann waren Sie ein Paar?«

»Noch nicht lange, erst seit zwei Wochen«, erklärte Anna Sauer.

Prischko und Lotta warfen einander Blicke zu. Vor etwa zwei Wochen hatte die mutmaßliche Mordserie mit dem Tod des Baumeisters begonnen.

»Kannten Sie einen Alois Kaimper?«, fragte Prischko.

Die Frau schüttelte den Kopf. »Nein, ich hab den Namen noch nie gehört.«

»Sind Sie sicher?«, hakte der Gruppeninspektor nach.

»Ganz sicher.«

»Haben Sie öfter Affären mit verheirateten Männern?«

»Wenn die Männer unglücklich in ihren Beziehungen sind, kann ich ja nichts dafür.« Anna Sauer zuckte mit den Schultern.

»Vielleicht hat Alois Kaimper einen anderen Namen verwendet. Das tun viele, wenn sie eine Affäre haben«, warf Lotta ein und holte aus der Mappe mit den Unterlagen über die Mordfälle, die vor ihnen auf dem Tisch lag, das Foto von dem Baumeister heraus und schob es Anna Sauer hin.

Die warf einen kurzen Blick darauf. »Nein, den kenne ich wirklich nicht. Warum fragen Sie nach ihm?«

»Weil er ebenso ermordet wurde«, erklärte Lotta. »Wir gehen davon aus, dass es derselbe Täter gewesen ist, der auch Ihren Geliebten umgebracht hat.«

Die Frau erschrak und Tränen traten ihr in die Augen. »Aber … ich kenne diesen Mann nicht! Was hat er mit Vincent zu tun?«

»Das wollen wir herausfinden«, antwortete Prischko. »Und dafür müssen wir hinter die Identität des Täters kommen, denn sonst haben wir bald ein drittes Opfer. Indirekt hat er angekündigt, dass er wieder töten wird.« Der Gruppeninspektor jagte der Zeugin mit dieser Aussage sichtlich noch mehr Angst ein.

»Sind Sie verheiratet, Frau Sauer?«, übernahm wieder Lotta die Befragung, ein wenig einfühlsamer als ihr Kollege, damit sich die Frau beruhigen konnte.

»Nein«, schluchzte sie.

Lotta reichte ihr ein Taschentuch.

»Danke.« Anna Sauer schnäuzte sich. »Aber der Vincent war verheiratet, wie Ihnen ja bekannt ist, deshalb haben wir uns nur bei mir getroffen. Es durfte keiner etwas von uns wissen, er hatte so eine Angst um seine Reputation. Weil er auch politisch tätig gewesen ist und gemeint hat, die Affäre könnte jemand gegen ihn verwenden, wenn sie öffentlich wird. Und ich hab eine kleine Wohnung in einem alten umgebauten Bauernhof, der liegt so abgeschieden, da kriegt keiner etwas mit.«

»Ist er letzten Freitag bei Ihnen gewesen, so gegen 18 Uhr?«

»Deshalb bin ich hier. Der Vincent war da und wir haben … Sie wissen schon. Ich musste zwischendurch mal auf die Toilette und da hat im Flur neben der Tür plötzlich ein Brief gelegen. Den muss jemand unter der Tür durchgeschoben haben, während der Vincent bei mir gewesen ist. Ich hab ihn aufgehoben, und auf dem Kuvert hat Vincents Name gestanden«, erzählte Anna Sauer wieder den

Tränen nah. »Es hat also doch wer gewusst, dass wir ...«
Sie brach ab und weinte. »Und jetzt ist er tot.«

Lotta ließ ihr kurz Zeit, um sich zu sammeln. »Was
haben Sie mit dem Brief gemacht?«

»Ich hab ihn natürlich Vincent gegeben, als ich zurück
ins Schlafzimmer gekommen bin. Er war ja an ihn gerichtet«, schluchzte Anna Sauer. »War das falsch?«

»Nein, das hätte ich an Ihrer Stelle genauso gemacht«,
beruhigte Lotta ihr Gegenüber. »Wie ging es weiter?«

»Also, er hat sich hingesetzt und den Brief aufgemacht.
Es war nur ein Zettel drin, mehr nicht. Der Vincent ist
sofort aufgestanden und hat sich angezogen. Als ich ihn
gefragt habe, was denn in dem Brief stehe, weil er so hastig
aufbricht, hat er abgewunken und gemeint, dass es irgend
so eine alte Sache sei, die endlich erledigt gehöre. Dann
ist er gegangen, was sonst eigentlich nicht seine Art war.
Nachdem wir ... kuscheln wir noch ein wenig oder trinken
ein Glaserl Wein zusammen. Das hab ich immer besonders gemocht.«

Lotta war wie elektrisiert. Dieser Brief war gewiss eine
heiße Spur. »Haben Sie den Brief noch?«

»Den hat mir der Vincent gar nicht zurückgegeben, er
hat ihn mitgenommen«, informierte die Frau sie.

»Können Sie sich vorstellen, wer den Brief bei Ihnen
unter der Tür durchgeschoben hat? Einer von den Nachbarn vielleicht?«, fragte Prischko.

»Nein, der Lukas, der wohnt rechts von mir, der war
noch gar nicht zu Hause, und die Steinmaiers haben
zwei Kinder und sicher nichts mitgekriegt. Die haben
mit ihren zwei Bälgern genug zu tun. Mehr Leute wohnen in dem alten Bauernhaus nicht, nur wir«, erzählte
Anna Sauer.

»Aber irgendwer hat von Ihrer Affäre gewusst, sonst hätte er den Brief für Molov nicht just in dem Moment unter der Tür durchgeschoben, in dem er bei Ihnen gewesen ist«, wurde Prischko ungeduldig.

»Eben«, pflichtete Anna Sauer ihm energisch bei. »Das verstehe ich ja auch nicht! Wir waren doch so vorsichtig!«

»Frau Sauer, wie war Ihre letzte Beziehung, bevor Sie das Verhältnis mit Molov eingegangen sind?«, wollte Lotta erfahren.

»Wieso ist das von Bedeutung?«, fragte die Angesprochene irritiert.

»Ich weiß nicht, ob es überhaupt eine Bedeutung hat«, gab Lotta zu. »Aber wir müssen alles in Betracht ziehen. Und vielleicht hat dem Vorgänger nicht gefallen, dass er abserviert wurde.«

»Also gut, das war der Maximilian Strauckner, der hat aber sicher nichts mit dem Tod vom Vincent zu tun. Der lebt seit drei Jahren in Amerika, deshalb haben wir uns auch getrennt. Ich wollte nicht mit nach New York, dort zu leben kann ich mir einfach nicht vorstellen«, erzählte die Frau. »Ich wollte in Österreich bleiben, und das hat der Max auch verstanden. Wir schreiben uns noch immer regelmäßig. Also, der war es gewiss nicht, der den Vincent …« Die Frau verstummte.

»Und seither hatten Sie keinen anderen Freund oder Liebhaber?«, hakte Lotta nach.

»Nein, deshalb hab ich mich ja so gefreut, dass sich der Vincent für mich interessiert hat. Ich hab schon geglaubt, ich find keinen mehr, der zu mir passt und den auch ich will. Ich war die Einzige aus meinem Freundeskreis, die noch Single gewesen ist … Und jetzt bin ich es wieder.«

Anna Sauer wischte mit dem zerknüllten Taschentuch die Tränen von ihren Wangen.

»Herr Molov war um viele Jahre älter als Sie und zudem verheiratet – haben Sie wirklich geglaubt, dass das etwas Dauerhaftes ist?«, fragte Prischko. »Dass er sich eines Tages für Sie von seiner Frau scheiden lässt?«

Lotta warf ihm einen rügenden Blick zu. Etwas mehr Fingerspitzengefühl wäre schon angebracht. Immerhin war die Frau eine Zeugin und keine Verdächtige.

Prischko erwiderte den Augenkontakt und zuckte mit den Schultern.

»Nein, das hab ich natürlich nicht gedacht, ich bin ja nicht blöd. Aber ich interessiere mich halt nicht für Männer in meinem Alter, und die meisten, die so alt sind wie der Vincent und Erfolg haben, sind verheiratet. Deshalb bin ich damit zufrieden gewesen, die Zweite zu sein. Und wer weiß, wie sich das alles eines Tages entwickelt hätte? Wie gesagt, ich war froh, dass da wieder etwas gelaufen ist«, erklärte die junge Frau ihre Beweggründe für die Affäre.

»Das ist völlig okay, Sie müssen sich vor uns nicht rechtfertigen«, sagte Lotta rasch. »Wo haben Sie sich denn überhaupt kennengelernt?«

»Beim Gericht. Ich bin Rechtsanwaltsanwärterin und verfolge immer wieder interessante Fälle, um zu lernen, wie die Profis das machen. Vincent hatte gerade den Fall gewonnen, dem ich beigewohnt habe. Er war wirklich gut.« Bei der Erinnerung daran huschte ein Lächeln über ihr Gesicht. Es war ihr anzusehen, dass sie nicht nur in den Mann verliebt gewesen war, sondern ihn auch bewundert hatte.

Lotta war es jetzt unangenehm, dass sie der Frau aufgrund des Altersunterschieds andere Motive unterstellt hatte.

»Und warum sind Sie nicht gleich zur Polizei, als Sie erfahren haben, dass Molov ermordet wurde?«, fragte Prischko und lehnte sich nach vorne.

»Ich war ja die Geliebte, das ist nichts, womit man hausieren geht. Außerdem hab ich mich davor gefürchtet, dass unsere Affäre herauskommt, und mir gedacht, wie das dann ausschaut. Ich hab geglaubt, dass ihr den Mord auch ohne mich aufklären könnt. Und die Ehefrau hat eh schon genug zu leiden, da braucht sie nicht auch noch zu erfahren, dass ihr Mann sie betrogen hat«, erklärte Anna Sauer ihre Beweggründe.

»Aber dass Sie mit ihrem Ehemann ins Bett gestiegen sind, hat Sie nicht gestört?«, fragte Prischko süffisant und übernahm damit weiterhin die Rolle des bösen Cops, was in diesem Fall aber völlig überflüssig war.

Lotta glaubte nicht, dass die Frau, die ihnen gegenübersaß, etwas mit dem Mord an Molov zu tun hatte. Immerhin hatte sie sich freiwillig bei ihnen gemeldet, und was noch viel schwerer wog: Lotta sah kein Motiv. Außerdem nahm sie ihr ab, dass sie um ihren Geliebten trauerte.

»Sie weiß es ja nicht, demnach konnte sie auch nicht darunter leiden«, rechtfertigte sich die Frau.

Lotta holte das Kuvert, das der Täter ans OÖ Tagblatt geschickt hatte und das jetzt in einem Asservatenbeutel steckte, aus den Unterlagen vor ihr heraus und zeigte es ihrem Gegenüber. »Frau Sauer, war Molovs Name auf dem Brief, der bei Ihnen unter der Tür durchgeschoben wurde, in dieser Schrift geschrieben?«

Anna Sauer schaute sich den Umschlag in dem Plastikbeutel an und zögerte keine Sekunde. »Ja! Genau die war es! ›Dr. Vincent Molov‹ hat darauf gestanden. In dieser Schrift.«

Die Chefinspektorin lehnte sich zurück. Dann atmete sie tief durch und sah ihren Kollegen an. »Das war der Mörder, mit diesem Brief hat er Molov zum Tatort gelockt«, sprach sie ihrer aller Vermutung aus.

Die Frau blickte ängstlich zwischen den Kriminalbeamten hin und her. »Bin ich jetzt in Gefahr?«

Das war eine Frage, die Lotta nicht mit Sicherheit beantworten konnte. »Ich schlage vor, Sie bleiben heute Nacht bei uns. Dann gehen wir kein Risiko ein.«

# 20. KAPITEL

Um kurz nach halb sechs am Abend kam Ilsa Vorkramer zur Tür herein, während Lotta und Prischko gerade diskutierten, wie die Aussage von Anna Sauer zu bewerten sei.

»Ich hab hier … den Obduktionsbericht von Alois Kaimper … Ich hab so schnell gemacht, wie ich konnte«, japste die Gerichtsmedizinerin außer Atem, als wäre sie die gut zwei Kilometer von der Gerichtsmedizin in der Johann-Metz-Straße ins Landeskriminalamt in der Nietzschestraße in ihren hohen Schuhen gelaufen. »Haben wir schon einen … neuen Toten? … Wenn ja, gebe ich dem Paul Bescheid, dass er Nele und Sophie alleine ins Bett bringen muss.«

»Nein, zum Glück nicht«, erwiderte Lotta. »Wie geht es den beiden denn?«

Ilsa lachte hysterisch auf. »Denen geht es wieder gut, aber nun hat der Paul die Windpocken gekriegt. Wie es ausschaut, hat er sie als Kind nie gehabt. Ihr könnt euch sicher vorstellen, was bei uns daheim gerade los ist und wer das Sagen hat – Paul ist es jedenfalls nicht.« Ilsa atmete tief durch und schüttelte bei dem Gedanken an den häuslichen Ausnahmezustand den Kopf. Dann sagte sie mit gedämpfter Stimme: »Glaubt mir, ein kranker Mann ist schlimmer als zwei kranke Kinder! Das hältst du nicht lange aus. Aber jetzt versorgen Nele und Sophie ihren Vater, für die beiden ist das ein Spiel. Der Paul hat sich bei mir beschwert, dass sie ihm absolute Bettruhe verordnet haben und ein Handyverbot erteilen wollten.«

»Auweia!« Lotta lachte mitfühlend, wenngleich sie keine Ahnung hatte, was es bedeutete, wenn man einen kranken Ehemann und zwei übermütige Kinder zu Hause hatte, während man selbst arbeiten musste, weil ein Arschloch beschlossen hatte, Menschen umzubringen.

»Sag uns, was du herausgefunden hast, und dann ab mit dir nach Hause«, forderte Prischko zu Lottas Erstaunen die Gerichtsmedizinerin auf. Hatte er bei der Vernehmung von Anna Sauer jegliches Einfühlungsvermögen vermissen lassen, zeigte er sich jetzt empathisch.

»Ja, Daniel hat absolut recht. Du solltest bei deiner Familie sein«, pflichtete sie ihm bei.

»Danke, ihr seid so lieb zu mir«, erwiderte Ilsa gerührt. »Das, was ich euch sagen kann, ist eh schnell erledigt, ich hab nämlich nichts gefunden, was auf einen Mord hindeutet. Natürlich sind da jede Menge Knochenbrüche und innerliche Verletzungen, aber die resultieren mit ziemlicher Sicherheit aus dem Sturz aus großer Höhe. Sollte ihn jemand kräftig gestoßen haben, dann ist das bei der Fülle an Hämatomen nicht zu erkennen. Auch hab ich keine typischen Abwehrverletzungen feststellen können, weder an den Armen noch im Gesicht, wie sie entstanden wären, wenn es einen Kampf gegeben hätte. Und unter seinen Fingernägeln waren keine fremden Hautpartikel. Vom Rest des Körpers rede ich erst gar nicht, der ist vom Bestatter schon gewaschen worden. Sprich, ich hab nichts für euch«, erläuterte die Gerichtsmedizinerin die Ergebnisse und legte den Obduktionsbericht auf Lottas Schreibtisch. »Das war's!«

»Ich hab nichts anderes erwartet. Trotzdem danke!«
Lotta nahm den Bericht und steckte ihn in die Mappe mit
den Laborergebnissen und Fotos von den Tatorten und
Leichen.

»Pfiat euch!« Wie ein gehetztes Wild lief Ilsa Vorkramer zur Tür hinaus.

Die Gerichtsmedizinerin war immer in Eile, registrierte
Lotta wieder einmal und war froh, selbst keine derartigen
Fürsorgepflichten zu haben. Bei einem Mordfall war es
schwierig bis ausgeschlossen, einen normalen Achtstun-
dentag einzuhalten. Auch diese Nacht würde die Chefinspektorin nicht in ihre Wohnung zurückkehren können.
Irgendwann würde ihr Vater mehr Hilfe benötigen, fiel ihr
ein, und wie sie das dann während einer Mordermittlung
hinbekommen sollte, darüber wollte sie jetzt nicht nachdenken. Es wunderte sie, dass er sie heute noch nicht angerufen
und sich nach dem Stand der Ermittlungen erkundigt hatte.
Andererseits wusste Gustav Meinich als ehemaliger Chefinspektor bestens Bescheid, wie solche Tage von Ermittlern
abliefen und dass sie sehr unter Zeitdruck standen. Wahrscheinlich hatte er sich deshalb nicht bei ihr gemeldet.

»Wie geht es jetzt weiter?«, fragte Prischko in Lottas
Gedanken hinein.

»Das Morden hat mit etwas zu tun, das vor langer Zeit
geschehen ist«, kam Lotta zu Anna Sauers Aussage zurück.
Demnach sollten wir die beiden Witwen fragen, ob sie uns
einen Vorfall oder ein Ereignis aus der Vergangenheit ihrer
Ehemänner nennen können, der oder das die Ursache hier-
für sein könnte. Etwas Schreckliches, über das ihre Männer
vielleicht nie reden wollten. Ein Unfall beispielsweise oder
eine Tat, für die sie möglicherweise nie verurteilt wurden.
Irgendetwas in die Richtung«, meinte Lotta.

»Dann fahr ich nach Kirchdorf zur Witwe des Anwalts.«
Prischko nahm seine Jacke vom Haken und schlüpfte hinein.

»Gut«, stimmte Lotta zu. »Frag Frau Molov bitte auch, ob sie von der Affäre ihres Ehemannes gewusst hat.«

»Muss das sein?«, ächzte der Gruppeninspektor, der seine Entscheidung plötzlich gar nicht mehr so gut zu finden schien.

»Du wolltest doch zu ihr fahren«, erwiderte Lotta. »Hast du gedacht, dass wir das unerwähnt lassen können? Auch sie könnte unsere Täterin sein oder zumindest jemanden beauftragt haben, ihren untreuen Ehemann umzubringen. Eifersucht ist eines der häufigsten Mordmotive.«

»Das hätte dann aber nichts mit einer Sache aus der Vergangenheit zu tun, sondern mit einer, die gerade mal zwei Wochen lang lief«, argumentierte Prischko.

»Da hast du allerdings recht«, pflichtete die Chefinspektorin ihm bei und grübelte weiter. »Vielleicht war es nicht seine erste Affäre, und jetzt wurde es seiner Frau halt zu bunt«, zeigte sie eine andere Möglichkeit auf.

»Dann fehlt immer noch die Verbindung zu dem Baumeister und der Person, die als Nächstes auf der Abschussliste unseres Täters steht.«

»Oder unserer Täterin«, korrigierte Lotta den Kollegen.

Prischko stöhnte auf. »Okay, dann begebe ich mich mal in die Höhle des Löwen.«

»Sie wird dir schon nicht den Kopf abreißen«, erwiderte Lotta schmunzelnd.

»Du weißt ja, was mit Boten passiert, die eine schlechte Nachricht überbringen.« Prischko verließ das Büro vor seiner Chefin, die ihre Lederjacke anzog und sich noch einmal vergewissern wollte, dass Anna Sauer im Landeskriminalamt von den Kollegen gut versorgt wurde. Immerhin war es keine angenehme Situation, eine Nacht in Polizeigewahrsam verbringen zu müssen, auch wenn es dem eigenen Schutz diente.

Lotta warf einen Blick in das Großraumbüro der Kollegen, wo die Blondine von mehreren männlichen Uniformierten umringt war und mit Tee und Süßigkeiten aus dem Automaten versorgt wurde. Vielleicht befand sich ja einer unter ihnen, der sich für die junge Frau in dem gleichen Ausmaß interessierte, wie Dr. Vincent Molov es getan hatte, und nicht verheiratet war. Sie würde es Anna Sauer gönnen.

*

Lotta fuhr mit dem Dienstwagen die Einfahrt des großzügigen Anwesens der Kaimpers entlang und stellte vor dem ungewöhnlichen Würfelhaus, wie sie die Baumeistervilla im Geiste nannte, den Motor ab. Es dauerte nur wenige Augenblicke, bis ihr die Tür geöffnete wurde.

»Ja?« Die Witwe stand in einem legeren hellblauen Hausanzug und mit hochgesteckten Haaren vor ihr und schaute sie überrascht an. Offensichtlich hatte sie um diese Uhrzeit nicht mehr mit Besuch gerechnet.

»Können wir reden?«, fragte Lotta.

»Haben Sie den Mörder gefunden?« In dem Gesicht der Frau war Hoffnung zu erkennen.

»Noch nicht …«

»Kommen Sie herein.« Frau Kaimper machte einen Schritt zur Seite und ließ die Chefinspektorin eintreten.

»Kaffee oder Tee?« Die Hausherrin ging voraus ins Esszimmer, dort bot sie Lotta einen Stuhl an.

»Tee, bitte.« Die Chefinspektorin setzte sich.

Es dauerte nicht lange und zwei weiße Porzellantassen mit Kräutertee aus dem Mühlviertel standen auf dem Tisch, dazu eine passende Zuckerdose mit silbernem Löffel.

»Frau Kaimper, wir haben Hinweise erhalten, dass der Tod Ihres Ehemannes und jener des Anwalts aus Kirchdorf etwas mit einer alten Sache zu tun haben. Hat Ihr Mann einmal erwähnt, dass in seiner Vergangenheit etwas geschehen ist, wofür sich jetzt jemand an ihm gerächt haben könnte?«, fragte Lotta.

Während die Witwe überlegte, rührte sie in ihrer Tasse um, obwohl sie wie Lotta keinen Zucker hineingetan hatte.

»Es ist wirklich wichtig«, drängte die Chefinspektorin.

»Ich glaube nicht«, meinte die Frau und drückte den Teebeutel aus. »Was sollte das denn überhaupt sein?«

»Das kann ein Streit gewesen sein oder eine Rauferei, wo einer zu Schaden gekommen ist, Ihr Mann sich aber davor gedrückt hat, die Verantwortung zu übernehmen. Oder ein Autounfall, bei dem jemand verletzt wurde, solche Dinge«, zählte Lotta auf. »Es muss allerdings etwas Schwerwiegendes sein, das Ihren Mann bis zuletzt verfolgt hat, weil er sich in der Situation falsch verhalten hat.«

»Nicht mein Alois!« Die Frau schüttelte entschieden den Kopf. »Der war die Korrektheit in Person.«

»Vielleicht war seine Korrektheit das Ergebnis von diesem Vorfall«, spekulierte Lotta. »Weil er darunter gelitten hat und deshalb sein Verhalten angepasst hat.«

Die Witwe nahm einen Schluck Tee, und Lotta sah, dass ihre Hände zitterten, als sie die Tasse abstellte.

»Das kann ich mir beim besten Willen nicht vorstellen, da müssen Sie sich irren«, war sich Kaimper nach wie vor sicher. »Wahrscheinlich hat dieser Spruch ›Wer anderen eine Grube gräbt, fällt selbst hinein‹ auch gar nichts mit dem Alois zu tun. Vielleicht ist das alles nur ein blöder Zufall.«

Die Chefinspektorin war von dem Ergebnis der Befragung enttäuscht, wollte das die Witwe jedoch nicht spüren lassen. Vielmehr wechselte sie ihre Strategie, um anderweitig an Informationen zu gelangen. »Wie haben Sie und Ihr Mann sich eigentlich kennengelernt?«

»Was hat das mit seinem Tod zu tun?«, fragte Kaimper überrascht.

»Das weiß ich noch nicht, aber selbst unwichtig scheinende Details können relevant sein. Wenn wir nicht herausfinden, wer der Täter ist, stirbt bald ein weiteres Opfer«, baute Lotta Druck auf ihr Gegenüber auf.

Die Angesprochene rührte wieder sinnierend in ihrer Tasse herum. »Der Alois und ich haben uns beim Fortgehen in der Linzer Altstadt kennengelernt. Es ist schon spät gewesen, weit nach Mitternacht. Ich sei ihm aufgefallen, hat er gesagt, und er habe mich beobachtet.« Die Frau lächelte bei der Erinnerung an längst vergangene Zeiten. »Ich bin damals mit ein paar Freundinnen unterwegs gewesen, die Angela, die hat Geburtstag gehabt. Seit mein erster Mann gestorben ist, war ich abends halt nicht mehr fort ...«

»Wie lange ist das her?«, fragte Lotta dazwischen.

»Ziemlich genau 20 Jahre«, antwortete Kaimper. »Der Alois hat gesagt, wenn er gewusst hätte, dass mir die Baufirma Kaimper gehört, hätte er sich nie getraut, mich in dem Lokal anzusprechen. Er war sehr schüchtern, zumindest was Frauen anbelangte. Auf der Baustelle war davon nichts zu bemerken, da stand er zu dem, was Sache war, was natürlich wichtig ist in diesem Gewerbe. Er war mir all die Jahre eine große Stütze.«

»Ist Alois der Vater Ihres Sohnes?«, fragte Lotta, da sie aus dem bisher Gehörten Zweifel daran hegte. Immerhin hatte die Witwe ihnen erzählt, dass er bereits seit Jahren im Unternehmen mitarbeitete, folglich musste er schon älter sein.

»Nein, aber der Alois hat ihn wie sein eigenes Kind großgezogen. Da war nichts zu spüren, keine Eifersucht oder dergleichen. Er hat ja sogar bei der Hochzeit meinen Namen angenommen, damit die Firma weiterhin ohne Probleme unter ›Kaimper‹ bestehen kann. Er hat gesagt, dadurch werden wir auch nach außen für alle sichtbar zu einer Familie. Das hätte nicht jeder Mann getan.«

»Da haben Sie sicher recht«, pflichtete Lotta ihr bei. »Wie hat Ihr Mann denn vor der Ehe geheißen?«

»Braunpichl. Alois Braunpichl.« Die Frau lächelte. »Sie müssen zugeben, da ist Kaimper doch viel schöner.«

»Ja, das stimmt.« Lotta trank ihren Tee aus und wollte aufbrechen. »Danke.«

»Wissen Sie denn inzwischen schon, wann wir den Alois beerdigen können?«, hielt die Witwe sie zurück.

Da Ilsa Vorkammer die Obduktion bereits abgeschlossen hatte und der Bericht vorlag, würde es nicht mehr lange dauern. »Ich bin mir sicher, dass die Gerichtsmedizin seine Leiche bald freigibt. Sobald das der Fall ist, wird sich jemand bei Ihnen melden.«

»Danke.« Kaimper stand auf, weil sie ihren Gast zur Tür begleiten wollte.

»Bleiben Sie ruhig sitzen«, sagte Lotta rasch. »Ich finde den Weg schon alleine.«

*

Auf der Fahrt von Eferding zurück nach Linz drehte Lotta das Radio auf volle Lautstärke, als die ersten Klänge von »Wind of Change« von den Scorpions aus den Lautsprechern drangen. Lotta liebte alte Songs, die sie an ihre Kindheit oder Jugend erinnerten. Auch kannte sie die meisten Texte auswendig. Sie sang inbrünstig mit, was ihr ein Gefühl der Erleichterung verschaffte. Es tat gut, für ein paar Minuten den Job und die damit einhergehenden Gefahren zu vergessen. Normalerweise mochte Lotta, was sie beruflich tat. Sie redete sich ein, dass dadurch die Welt ein wenig besser wurde, auch wenn ihr klar war, dass sobald ein Verbrecher hinter Gittern saß, zwei andere nachrückten.

Aber auch sie machte weiter, ließ nicht locker. Blieb dran, solange es ihr möglich war.

Das Handy klingelte und die Musik verstummte. Auf dem Display des Passats stand »Papa«. Er hatte es tatsächlich bis jetzt ausgehalten, sie nicht anzurufen. Das hätte Lotta ihm gar nicht zugetraut. »Grias dich, Papa!«

»Grias dich! Und? Was gibt es Neues?«, kam Gustav Meinich gleich zur Sache.

»Wir kennen die Identität des Täters leider immer noch nicht«, sagte Lotta ebenfalls ohne Umschweife. Ihr Vater würde sowieso keine Ruhe geben, bis sie ihm alles erzählt hatte.

»Ich hab es befürchtet«, drang Gustavs Stimme aus den Lautsprechern, und Lotta gewann den Eindruck, als würde darin Erleichterung mitschwingen. Erleichterung, nicht mehr im aktiven Dienst zu sein und Verantwortung zu tragen. »Das wird eine lange Nacht für euch werden«, fügte er hinzu, ohne genau zu benennen, warum es das werden sollte.

Aber das war gar nicht nötig. Lotta hatte den gleichen Gedanken. »Ja, das wird es«, pflichtete sie ihm bei.

»Hast du schon zu Abend gegessen?«

Die Chefinspektorin schaute auf die Uhr im Armaturenbrett. Es war 20:39 Uhr. Sie erinnerte sich an die Käsekrainer, von der sie einmal abgebissen hatte, bevor sie ins Landeskriminalamt gerast war, um Anna Sauer zu befragen. Im Auto hatte sie noch das Salzstangerl vertilgt, das sie von dem Würstelstand mitgenommen hatte, und jede Menge Brösel auf dem Sitz hinterlassen. Mehr war heute nicht in ihren Magen gewandert. »Ich hab dafür gerade keine Zeit, Papa.«

»Wo bist du denn?«, fragte Gustav.

»Auf dem Weg von Eferding nach Linz. Die Geliebte von Molov hat sich bei uns gemeldet und erzählt, dass der Mörder Kontakt zu Molov aufgenommen hat, als er bei ihr gewesen ist.« Lotta setzte ihren Vater auch noch über die Vernehmung in Kenntnis.

»Und was machst du dann in Eferding? Molovs Witwe hat ein Motiv, wenn sie von der Affäre gewusst hat, und die wohnt doch ganz woanders«, hakte Gustav scharfsinnig nach.

»Ich war noch mal bei der Frau Kaimper, weil uns die Geliebte von Molov erzählt hat, dass er eine alte Geschichte angesprochen hat. Ich denke, dass er deswegen ermordet wurde. Und da wollte ich wissen, ob es beim Kaimper vielleicht auch so eine alte Geschichte gibt, die ihn bis heute verfolgt hat. Aber außer dass er der zweite Ehemann von der Kaimper gewesen ist und bei der Hochzeit ihren Familiennamen angenommen hat, hab ich nichts herausgefunden.«

»Und wie hat er vorher geheißen?«

»Alois Braunpichl.«

»Hm … ein seltener Name«, erwiderte Gustav darüber nachdenkend, das konnte Lotta sogar über das Telefon hören.

»Fällt dir dazu etwas ein?«, hakte sie nach.

»Ich weiß nicht … aber da war vielleicht mal was …«

Lottas Herz schlug schneller. Konnte es sein, dass ihr Vater etwas wusste? Aber woher? »Was war da mal?«

»Ich weiß es nicht, ich komm nicht drauf, aber ich glaube, ich hab den Namen schon mal gehört.«

»Papa! Konzentrier dich, es ist wichtig!«

»Das musst du mir nicht sagen, das weiß ich!«

»Ich komm zu dir, dann können wir gemeinsam …«

»Nein! Such in den alten Fällen nach dem Namen Braunpichl, falls schon alle digitalisiert sind. Sonst musst du ins Archiv«, unterbrach Gustav seine Tochter.

»Bist du dir sicher?«, fragte Lotta. Es schien ihr zu unwahrscheinlich, dass ihr Vater erneut etwas zur Lösung der Mordfälle beitragen konnte, da er ja auch das mit den Sprichwörtern in der Zeitung entdeckt hatte. Dann hätte Prischko doch recht gehabt, weil Gustav Meinich tatsächlich eine Rolle in dem Fall spielte.

»Wenn ich mir sicher wäre, müsstest du nicht die alten Akten durchgehen«, antwortete Gustav.

»Okay, Papa. Ich mach das. Und du bleibst zu Hause, falls ich deine Hilfe bei … was auch immer brauche.«

»Wo soll ich denn hin? Es ist schon spät. Um die Zeit schlafe ich sonst.«

»Ich leg jetzt …« Die Leitung war tot. »Mensch, Papa«, murrte Lotta und schaltete das Blaulicht ein. Gleichzeitig drückte sie auf das Gaspedal und raste in die Landeshauptstadt. Im Landeskriminalamt eilte sie in ihr Büro, fuhr den

Computer hoch und gab den Namen Alois Braunpichl in die Suchmaske ein. Dann verharrte sie vor dem Bildschirm und beobachtete die sich drehende kreisrunde Anzeige, die verkündete, dass die Suche lief.

Ob sie Prischko anrufen sollte? Er war bei der Witwe des Anwalts und hatte sich noch nicht gemeldet, demnach war die Befragung wahrscheinlich nach wie vor im Gange oder er bereits auf dem Weg von Kirchdorf hierher.

Was aber, wenn sich ihr Vater geirrt hatte und er den Namen Braunpichl verwechselte? Wenn er sich nur einbildete, den Namen zu kennen? Weil er möchte, dass es so war. Weil er wichtig sein wollte. Weil er seinen Ruhestand noch immer nicht akzeptiert hatte, selbst nach so vielen Jahren nicht.

Die Suche lief weiter.

Das konnte ewig dauern, wenn der Computer sämtliche Daten durchforstete. Lotta knetete ihre Hände und rutschte ungeduldig auf dem Stuhl herum. Vielleicht waren die Akten von damals noch gar nicht eingescannt worden und lagen irgendwo in Schachteln verpackt im Archiv herum, und deshalb fand das Programm nichts …

Pling! Der Computer gab ein Signal von sich.

Lotta beugte sich nach vorne und las tatsächlich den Namen Alois Braunpichl. Ihr Herzschlag beschleunigte sich. Wenn Alois Braunpichl alias Alois Kaimper in den Polizeisystemen vermerkt war, bedeutete das etwas, dann hatte sie eine heiße Spur. Der Name war vom System gelb markiert. Hastig klickte sie auf die Datei, die sich dahinter befand: eine 20 Jahre alte Akte. Die Chefinspektorin begann zu lesen. Alois Braunpichl wurde darin als Zeuge in einem Mordprozess angeführt, er hatte gegen einen gewissen Konrad Ramig ausgesagt. Dieser war wegen Mordes an seiner Ehefrau angeklagt gewesen. Florentina Ramig war mit sieben Messerstichen in Brust, Bauch und Halsbereich vor ihrem Haus zusammengebrochen, mindestens drei davon waren tödlich gewesen. Die Frau hatte in der Zufahrt gelegen, wo sie der Spurenlage nach auch angegriffen und ermordet worden war. Die Ermittler waren davon ausgegangen, dass sie versucht hatte, vor ihrem Ehemann zu fliehen, der sie aber in der Einfahrt erwischt und getötet hatte. Konrad Ramig hatte dies bestritten und behauptet, dass Florentina von einem Fremden ermordet worden sei, bevor sie das Haus erreichen konnte. Der Zeuge Alois Braunpichl hatte jedoch die Theorie der Polizei unterstützt. Er hatte angegeben, dass er gesehen habe, wie sich Konrad Ramig über seine Frau gebeugt und dabei ein Messer in der Hand gehalten habe. Wie er zugestochen habe. Ramig hingegen hatte behauptet, dass er seine tote Frau gerade gefunden und das Messer auf ihr gelegen habe. Er habe es lediglich von ihr entfernt, da er die Mordwaffe nicht auf ihr habe liegen lassen können. Seine Kleidung sei blutverschmiert gewesen, weil er versucht habe, sie wiederzubeleben. Er hatte die Tat nie gestanden und war dennoch verurteilt worden. Der leitende Ermittler in diesem Mordfall war Gustav Meinich gewesen.

»Scheiße!« Lotta atmete tief durch. Deshalb hatte sich ihr Vater an den Namen erinnert. Alois Braunpichl alias Alois Kaimper war Zeuge in einem Mordfall gewesen, den ihr Vater bearbeitet hatte.

Und wer war der Anwalt von Konrad Ramig gewesen, schoss es Lotta durch den Kopf. Sie durchstöberte weiter die Akte, bis sie zu den Gerichtsunterlagen kam. Und fand, wonach sie suchte. Der Name des Anwalts von Konrad Ramig lautete Dr. Vincent Molov.

Das war die Verbindung!

Aber warum hatten die beiden Männer sterben müssen?

Lotta stand auf und ging im Büro auf und ab, das half ihr beim Denken. Ramig hatte den Mord nie gestanden. Konnte es sein, dass er unschuldig war und sich für seinen Schuldspruch an dem Zeugen, dessen Aussage maßgeblich zu seiner Verurteilung beigetragen hatte, sowie an seinem Rechtsanwalt gerächt hatte? Weil Molov nicht verhindert hatte, dass er ins Gefängnis gewandert war? Aber wie hatte er die Tat ausführen können? Er saß doch hinter Gittern.

Lotta bemühte weiter die Akte und suchte nach dem Urteil.

»Wo stehst du …?«, murmelte sie, während sie Seite für Seite die Gerichtsakte durchblätterte. »Da! 20 Jahre.« Dann fiel ihr Blick auf das Datum: Die 20 Jahre waren um!

Demnach befand sich Ramig wieder auf freiem Fuß.

Gab es dazu Unterlagen?

Statt zu versuchen, jemanden vom Gericht zu erreichen, der ihr darüber Auskunft erteilen konnte, beschloss sie, direkt im Gefängnis anzurufen. Das ging schneller. Konrad Ramig hatte seine Strafe im Forensisch-therapeutischen Zentrum Garsten abgesessen, stand in der Akte. Garsten gehört zu jenen Justizanstalten Österreichs, in denen Haftstrafen von über 18 Monaten bis lebenslang an männlichen Insassen vollzogen wurden. Die Chefinspektorin suchte nach der Telefonnummer und tippte sie in ihr Handy ein. Zu so später Stunde sei niemand mehr da, der ihr sagen könne, ob Ramig entlassen worden sei oder nicht, teilte man ihr mit. Sie solle morgen wieder anrufen.

Doch morgen war es zu spät!

Der Täter würde heute Nacht wieder zuschlagen.

»Hören Sie, ich muss lediglich wissen, ob Konrad Ramig noch im Gefängnis ist oder nicht. In den Polizeiunterlagen steht kein Datum von der Entlassung, und bis morgen kann ich nicht warten, weil wir dann möglicherweise ein drittes Mordopfer haben«, erklärte Lotta eindringlich.

»Ich darf Ihnen keine Auskünfte erteilen.«

»Dann verbinden Sie mich mit jemandem, der das darf!«, rief Lotta aufgebracht, obwohl sie wusste, dass ihr Gegenüber nur Anweisungen befolgte.

»Der Chef ist nicht da …«

»Irgendjemand wird doch heute Dienst haben, der mir diese Information geben kann, oder? Sonst rufe ich den Polizeichef höchstpersönlich an und …«

»Warten Sie!«

In der Leitung knackte es, dann ertönte eine Melodie, die nicht enden wollte.

»Meier«, meldete sich endlich jemand.

Lotta trug ihr Anliegen vor.

»Der Herr Ramig wurde vor einem halben Jahr aus der Haft entlassen«, teilte ihr der Justizwachebeamte mit.

»Danke.« Lotta legte auf.

Das Puzzle setzte sich immer mehr zusammen. Zwischen Molov und Kaimper gab es eine Verbindung und die hieß Konrad Ramig. Die Wahrscheinlichkeit war groß, dass heute Nacht noch jemand aus dem Umfeld dieses alten Mordfalls sterben sollte.

»Wer im Glashaus sitzt, soll nicht mit Steinen werfen«, sagte Lotta laut.

Auf wen deutete dieses Sprichwort hin?

»Wenn Ramig der Täter ist, hat er den Zeugen und seinen Verteidiger ermordet«, redete Lotta mit sich selbst und durchschritt weiterhin das Büro. »Wer fehlt noch?« Abrupt blieb sie stehen und überlegte. An einer Mordermittlung und dem anschließenden Gerichtsverfahren wirkten so viele Menschen mit, angefangen von den Ermittlern, den Kollegen von der Tatortsicherung, dem Labor, der Gerichtsmedizin bis hin zu den Gerichtsdienern, den Anwälten, dem Staatsanwalt, den Schöffen und dem Richter. Wie sollte sie da die Person herausfinden, die als Nächstes auf der Liste des Täters stand?

Papa, schoss es ihr durch den Kopf. Er war der leitende Ermittler gewesen. War er in Gefahr? Bislang hatte der Täter zwei Menschen ermordet, die an dem Gerichtsverfahren beteiligt gewesen waren, nicht aber an den vorangegangenen Ermittlungen.

Lotta setzte sich wieder hin und suchte nach der letzten Meldeadresse von Konrad Ramig. Sie musste mit ihm reden. Musste ihm in die Augen sehen. Musste seine Geschichte erfahren und herausfinden, ob er tatsächlich auf einem Rachefeldzug war.

Nach einigen Mausklicks hatte sie die Adresse gefunden: Radweggasse 9 in Bad Schallerbach. Sie schrieb sie auf einen Zettel, griff nach ihrer Jacke und verließ das Landeskriminalamt.

*

Auf dem Weg nach Bad Schallerbach rief sie vom Auto aus Prischko an. Seine Mailbox sprang an. Daniel, was machst du so lange, dachte Lotta und sprach ihre Entdeckung auf das Band. »Ich bin auf dem Weg nach Bad Schallerbach. Ruf mich an, wenn du das abhörst!« Dann trennte sie die Verbindung und wählte erneut.

»Papa, du hattest recht. Alois Kaimper hat als Zeuge in einem alten Mordfall ausgesagt. Der Täter war Konrad Ramig, er ist zu 20 Jahren Haft verurteilt worden, du hast damals die Ermittlungen geleitet«, sprudelte es aus ihr heraus.

»Ich erinnere mich«, brummte Gustav Meinich. »Das war ein ziemlich brutaler Mord. Eine furchtbare Geschichte.«

»Hattest du Zweifel daran, dass Ramig der Täter gewesen ist?«, fragte Lotta.

Gustav überlegte einen Augenblick. »Das ist lange her, Kind.«

»Das ist mir klar, Papa. Aber ich muss es wissen!«

»Wir haben uns an die Beweise gehalten.«

»Ich wollte nicht von dir hören, wie die Beweislage gewesen ist, sondern ob du Zweifel an seiner Schuld gehabt hast.«

»Damals nicht … Das glaube ich zumindest.«

»Und heute?«

»Wenn jemand 20 Jahre im Gefängnis sitzt und stets behauptet, dass er unschuldig ist, können einem schon Zweifel kommen, findest du nicht?«

»Wieso weißt du, dass er nach dem Prozess auch noch behauptet hat, dass er unschuldig ist?«, wollte Lotta erfahren.

»Ich hab den Fall eine Zeit lang verfolgt. Irgendwann hab ich ihn dann aus meinen Gedanken gestrichen, weil andere Fälle hinzugekommen sind. Eines Tages ist der Kopf voll mit solchen Sachen, dann musst du lernen, abzuschließen.«

»Du bist möglicherweise in Gefahr«, tat Lotta ihre Sorge kund.

Stille.

»Ramig könnte es auf dich abgesehen haben. Du und deine Kollegen, ihr habt immerhin die Beweise geliefert, die zu seiner Verurteilung geführt haben«, redete Lotta weiter.

»Wir haben sauber ermittelt«, warf Gustav ein. »Alles hatte seine Richtigkeit.«

»Was, wenn Ramig das anders sieht?«

Schweigen.

»Du bekommst Polizeischutz und ...«

»Ah geh«, wehrte Gustav ab. »Du übertreibst.«

»Zwei Menschen sind tot und eine dritte Person ist in Gefahr, da übertreibe ich doch nicht«, erwiderte Lotta. »Beamte in einem Wagen werden vor deinem Haus auf dich aufpassen, klar?«

»Wenn du meinst.«

Lotta seufzte. »Ja, das meine ich.«

»Was tust du jetzt?«, fragte Gustav.

»Ich fahre zu Konrad Ramig und rede mit ihm. Ich will sehen, wie er reagiert.«

»Ist dein Kollege bei dir? Du machst das doch nicht alleine, oder?«

»Er kommt nach«, versuchte Lotta ihren Vater zu beruhigen.

»Passt auf euch auf, denn wenn er der Täter ist ...«

»Ich weiß, ich bin Polizistin, und das nicht erst seit gestern.«

»Halte mich auf dem Laufenden.«

»Es ist spät, gehst du nicht ins Bett?«

»Wie soll ich denn jetzt schlafen können?«

Lotta konnte nachempfinden, wie sich ihr Vater fühlte. Zum Warten verdammt wie ein ausgemusterter Spieler. »Okay, ich leg auf und ...«

Ihr Handy machte ein Geräusch, die Verbindung war beendet.

Lotta verdrehte die Augen und prüfte die Anzeige ihres Smartphones. Prischko hatte während des Telefonats nicht versucht, sie anzurufen. »Mist!«, fluchte die Chefinspektorin und wählte die Nummer des Landeskriminalamtes. Ein Streifenwagen machte sich daraufhin sofort auf den Weg zu Gustav Meinichs Haus in Steyregg.

# 21. KAPITEL

Es war längst dunkel. Nur der Mond schickte sein Licht zur Erde herab und verhinderte, dass das Leuchten der umliegenden Sterne zu sehen war. Das Haus in der Radweggasse, zu dem Lotta wollte, war das letzte in der Straße, dort endete auch die Straßenbeleuchtung. Danach gab es nur noch Finsternis.

Die Chefinspektorin stellte ihren Dienstwagen neben der überhängenden Hecke ab und stieg aus. Der Garten wirkte sogar in der Dunkelheit wie ein einziges Chaos. Lotta schaltete die Taschenlampe auf ihrem Handy ein und leuchtete die Umgebung ab. Zwischen zwei knöchrigen Bäumen wucherten ungezähmte Sträucher, die langsam Blätter austrieben. Das lange Gras war vor dem Winter nicht gemäht worden und lag abgestorben auf dem Boden. Stauden hatten sich übermäßig ausgebreitet und überzogen mit ihren großformatigen braunen Blättern und Stielen aus dem Vorjahr die freien Flächen wie kreuz und quer liegende Mikadostäbe. Während der Hausbesitzer im Gefängnis gewesen war, hatte sich wohl niemand um den Garten gekümmert, und auch jetzt schien die Natur sich selbst überlassen zu sein. Lotta stieg über den pflanzlichen Unrat hinweg.

Im Gebäude brannte Licht, die Vorhänge waren zugezogen. Lotta ging zur Eingangstür und prüfte ihre Glock, hoffte, dass sie sie nicht brauchen würde. Andererseits wäre der Albtraum dann vielleicht zu Ende, weil der

Bewohner dieses Hauses der Gesuchte war. Sie atmete tief ein, machte das Licht von ihrem Smartphone aus und drückte auf die Klingel. Als der schrille Ton erklang, erschrak sie ob der Lautstärke, der gewiss Tote zum Leben erwecken konnte.

Im Haus waren Schritte zu hören. Die Tür ging auf. Ein Mann Mitte 60 in Jeans und fleckigem Shirt stand vor Lotta. Ein grauer Dreitagebart spross aus seinen Poren. Er trocknete seine Hände an einem Tuch ab.

»Ja?« Misstrauisch musterte er sein Gegenüber.

»Herr Ramig?«, vergewisserte sich Lotta, die richtige Person vor sich zu haben.

»Wer will das wissen?«

»Lotta Meinich, ich bin vom Landeskriminalamt Oberösterreich«, stellte sie sich vor.

»Das war ja klar, dass Sie hier auftauchen«, brummte Ramig säuerlich.

»Ja? Weshalb?«, wollte die Chefinspektorin erfahren.

»Weil ich ein verurteilter Verbrecher bin«, erwiderte Ramig mit versteinertem Gesicht.

Lotta war sich nicht sicher, wie er das meinte. »Sie wurden rechtskräftig verurteilt«, ließ sie sich auf das Spiel ein.

»Was wollen Sie?«, fragte Ramig harsch. »Ich hab nämlich noch etwas vor.«

»Was denn?« Lottas Herz klopfte schneller, auch wenn sie nicht damit rechnete, dass der Mann ein Geständnis ablegen oder etwas anderes in der Art sagen würde. Dass er noch einen Mord zu verüben habe zum Beispiel.

»Ich mach mir gerade etwas zu essen, was dagegen?«

»Nein, natürlich nicht.«

»Also, warum sind Sie hier? Doch nicht etwa, um mir einen Höflichkeitsbesuch abzustatten.« Es war klar zu erkennen, dass Ramig Lotta allein deswegen verachtete, weil sie Polizistin war, und dass er sie so schnell wie möglich loswerden wollte.

»Darf ich reinkommen?«, fragte die Chefinspektorin.

»Nein! Oder haben Sie einen Durchsuchungsbefehl?«

»Seit wann sind Sie wieder draußen? Ich meine …«

»Ich weiß, was Sie meinen!«, fuhr Ramig sie an. »Seit dem 15. September. War es das?« Der Mann machte einen Schritt ins Haus zurück. Offensichtlich betrachtete er das Gespräch als beendet.

»Herr Ramig, ich möchte ehrlich zu Ihnen sein …«

»Das wäre das erste Mal, dass einer von euch ehrlich zu mir ist«, stieß der Angesprochene aus.

»Ich weiß nicht, was in der Vergangenheit passiert ist …«

»Da haben Sie recht, das wissen Sie nicht! Und wenn Sie kein konkretes Anliegen haben, ziehe ich es vor, weiterzukochen.«

»Um diese Uhrzeit?« Es war kurz vor Mitternacht.

»Ich esse, wann es mir passt, auch zur Geisterstunde.«

»Kennen Sie einen Vincent Molov?«, fragte Lotta.

»Dieses Arschloch von Anwalt, das mich den Haien zum Fraß vorgeworfen und nichts unternommen hat, um meine Unschuld zu beweisen? Den will ich nicht kennen, aber leider ist das nicht der Fall. Was immer mit ihm ist, der kann mich mal!«

»Er ist tot!« Lotta beobachtete ihr Gegenüber genau. Sie wollte jede von Ramigs Reaktionen sehen, wollte erkennen, ob er etwas zu verbergen versuchte, wie er sich bei dieser Nachricht fühlte. Denn natürlich hatten die Medien über die jüngsten Mordfälle berichtet, aber aufgrund des Opferschutzes die Identität der Ermordeten nicht preisgegeben.

»Tot? Dann ist er der Anwalt, den man am Traunsee gefunden hat«, schlussfolgerte Ramig. »Ich hab davon in der Zeitung gelesen. Ich kann nicht behaupten, dass mir das leidtut.«

»Und Alois Kaimper?«

»Wer soll das sein?«

»Sie kennen ihn wahrscheinlich unter dem Namen Alois Braunpichl.«

Das Gesicht des Mannes verfinsterte sich und seine Stirn legte sich in Falten. »Der war mal mein Nachbar.« Ramig deutete mit dem Kopf auf das angrenzende Grundstück. »Jetzt wohnen dort junge Leute. Ist er auch tot, weil Sie nach ihm fragen?«

»Wann haben Sie Kaimper das letzte Mal gesehen?«

»Wieso ist das wichtig?«

»Beantworten Sie meine Frage, sonst lade ich Sie auf die Dienststelle vor«, schlug Lotta einen härteren Ton an.

»Bei der Verhandlung, als er im Zeugenstand gelogen hat«, zischte Ramig.

»Hegen Sie deshalb einen Groll gegen ihn?«

»Darauf können Sie einen lassen!«

»Ist der Groll gegen Kaimper so stark, dass Sie ihn umgebracht haben?«

Ramig schüttelte den Kopf. »Das können Sie mir nicht auch noch anhängen! Ich bin eh schon 20 Jahre unschuldig im Gefängnis gesessen, wegen dem Mord an meiner Frau, den ein anderer begangen hat. Ich hab ihn nicht umgebracht! Und mit dem Tod von Kaimper hab ich genauso wenig zu tun. Auch wenn ich mir im Knast hundert Mal gewünscht habe, dass ich ihn in die Finger kriege.«

»Haben Sie …?«

»Ich hab gar nichts! Basta! Wenn Sie nicht mehr haben als bloße Verdächtigungen, dann kommen Sie mit einem Haftbefehl wieder. Oder auch nicht. Ich koche jetzt weiter.«

Die Tür flog zu und Lotta hörte, wie sich drinnen der Schlüssel im Schloss drehte.

Die Chefinspektorin atmete tief durch. Das Gespräch war nicht sonderlich gut verlaufen, aber auch nicht gänzlich schlecht. Immerhin war Ramig zu Hause und tötete gerade keinen Menschen.

Ihr Handy läutete.

»Daniel? Wo bist du?«, fragte Lotta ihren Kollegen.

»Auf dem Weg von Kirchdorf zu dir nach Bad Schallerbach«, antwortete der Gruppeninspektor. »Ich hab meine Mailbox erst jetzt abgehört.«

»Was hast du dort so lange gemacht? Ich war bei der Frau Kaimper viel schneller und ...«

»Molovs Witwe hat einen Nervenzusammenbruch erlitten, als ich ihr gesagt habe, dass ihr Mann sie betrogen hat«, unterbrach Prischko seine Chefin. »Ich musste warten, bis die Rettung kam und sie ins Krankenhaus gebracht hat.«

»Dann wusste sie nichts von der Affäre ihres Mannes«, resümierte Lotta.

»Meines Erachtens können wir sie als Täterin ausschließen«, brachte Prischko es auf den Punkt. »Was tut sich bei dir? Bist du schon bei Ramig gewesen?«

»Ich hab mit ihm geredet, aber er streitet natürlich alles ab.«

»Könnte er unser Täter sein?«

»Möglich wäre es.«

»Wo ist er jetzt?«

»In seinem Haus.«

»Und du?«

»Ich stehe davor.«

»Warte dort, laut Navi bin ich in 14 Minuten bei dir.«

»Gut. Was hat denn Molovs Witwe gesagt, bevor sie den Nervenzusammenbruch hatte? Hast du irgendetwas Brauchbares aus ihr herausgekriegt?«

»Sie hat nichts von einer alten Sache gewusst. Aber sie hat sich erinnert, dass im Winter so ein Typ in der Nähe ihres Hauses herumgelungert ist. Sie hatte den Eindruck, als wenn er sie stalken würde, und hat sich deshalb einen Pfefferspray zugelegt. Zu ihrem Schutz.«

»Wie hängt das mit unserem Fall zusammen?«

»Es könnte doch sein, dass der Täter die Umgebung ausgekundschaftet und den Tagesablauf seiner Opfer recherchiert hat.«

»Klingt plausibel«, pflichtete Lotta ihrem Kollegen bei.

»Und jetzt kommt der Jackpot.«

»Ja?«

»Sie hat ein Foto von ihm gemacht, wie er bei dem Gebäude gegenüber im Hauseingang steht.«

»Das ist gut«, zeigte sich Lotta hoffnungsvoll. Das brachte sie möglicherweise weiter.

»Ich schicke es dir aufs Handy«, sagte Prischko.

»Während du mit dem Auto fährst?«, fragte Lotta.

»Ich krieg das hin, keine Bange.«

»Aber ...«

Pling! Ihr Smartphone hatte eine Whatsapp empfangen. Sie nahm es vom Ohr und öffnete die Nachricht – und schaute in das Gesicht von Konrad Ramig!

»Das ist er«, sagte sie mit gedämpfter Stimme und sah zu einem der Fenster, bei dem die Vorhänge in der Mitte jetzt ein Stück weit auseinanderklafften. »Und er beobachtet mich.« Als sich ihre Blicke trafen, zog Ramig den Vorhang wieder zu.

»Das ist wer?«, drang es aus dem Handy. »Etwa Ramig?«

»Ja! Und er hat Molov beobachtet, nicht seine Frau.«

»Siehst du ihn noch?«

»Er hat den Vorhang zugezogen, als er bemerkt hat, dass ich zu ihm raufschaue. Und er weiß, dass ich einen Anruf erhalten habe.«

»Dann ahnt er jetzt wahrscheinlich, dass wir ihm auf der Spur sind. Du bleibst, wo du bist! Ich fordere Verstärkung an und …«

Im Garten raschelten Blätter. Dünne Äste knackten. Lotta trat ein paar Schritte in die Wiese rechts neben dem Eingang und sah, dass sich hinter dem Haus eine Gestalt entfernte.

Bestimmt war das Ramig!

»Bleiben Sie stehen!«, rief sie, steckte das Handy in die Tasche ihrer Lederjacke und zog die Glock aus dem Holster.

Die Person begann zu laufen und hatte offenbar ein Problem mit einem Bein. Es könnte sich um dieselbe Gestalt wie die am Tor des Landeskriminalamts handeln, dachte Lotta. Die hatte sich ähnlich bewegt. Lotta rannte hinterher. Der Verfolgte drängte sich durch die verwilderten Sträucher. Lotta schlugen die Äste ins Gesicht, dadurch vergrößerte sich der Abstand zu der Person vor ihr, die im Gegensatz zu Lotta genau wusste, wie sie die Wildnis durchqueren konnte.

Schritte auf dem Asphalt. Hinter dem Gebüsch lag wohl eine Straße. Wenn Lotta die erreichte, würde sie wieder einiges gutmachen können. Mit den Ellbogen vor ihrem Gesicht kämpfte sie sich durch das Gestrüpp, das sich in ihrer Kleidung verhakte. Und in ihren Haaren.

»Lotta?«, drang es aus der Tasche aus ihrem Handy. Sie hatte das Gespräch nicht beendet. Dadurch konnte Prischko alles mithören.

Lotta ließ die Hecke hinter sich. Blieb stehen. Lauschte. Beidseitig lagen Häuserreihen mit Gärten. Nirgendwo brannte Licht. Die Leute schliefen um diese Zeit. Demnach hatte niemand gesehen, wohin Ramig geflohen war. Bestimmt versteckte er sich in einem der Gärten, sonst hätte sie seine Schritte sich entfernen hören. Aber es war ruhig, beinahe geräuschlos, bis auf das Pochen ihres Pulses in ihren Ohren. Und ihren Atem.

Sie musste sich beruhigen, ihre Sinne schärfen.

Mit vorgehaltener Waffe schlich sie nach rechts. Eine Einfahrt ohne Gartentor, seitlich Gebüsch. Das Gleiche auf der anderen Straßenseite. Ramig könnte auch dort sein, die Zeit hätte ausgereicht, dass er es bis dahin geschafft haben könnte.

Lotta begann mit dem näher gelegenen Grundstück und machte einen Schritt in die Einfahrt. Schaute nach links, dann nach rechts.

Hinter ihr knackte es.

Sie wirbelte herum.

Ein heftiger Schlag traf ihre Hand. Die Pistole entglitt ihr und fiel zu Boden. Im nächsten Moment trat Ramig gegen ihren Bauch. Lotta fiel. Prallte hart auf die asphaltierte Einfahrt. Ihr blieb die Luft weg. Sofort war der Angreifer über ihr, drückte sie zu Boden, hämmerte auf sie ein.

Lotta wehrte sich, so gut es ging. Hin und wieder kam ein Hieb durch, landete in ihrem Gesicht. Auf ihrer Brust.

Wie lange würde sie das aushalten?

Sie spürte, wie ihre Kräfte nachließen.

Ich sterbe, dachte Lotta. Der prügelt mich tot! Wer kümmert sich dann um meinen Vater?

Im Haus ging Licht an. Ein Fenster öffnete sich. »Was ist da draußen los?«, rief jemand.

Ramig versetzte Lotta einen weiteren Schlag.

»Hey!«, schrie die Person am Fenster.

Lotta wurde unerwartet ganz leicht. Nichts drückte mehr gegen ihre Brust, gegen ihre Arme, ihren Körper. Die kalte Nachtluft umgab sie und wog sie in falscher Sicherheit.

Ramig war weg.

Lotta blieb liegen. Brauchte einen Moment.

Irgendwo startete ein Motor.

Verdammt! Dieses Geräusch jagte frische Energie durch Lottas Körper. Sie rappelte sich hoch. Ihr Schädel schmerzte. Beinahe wäre sie wieder hingefallen. In ihrem Kopf drehte sich alles.

Wo war ihre Dienstwaffe?

Sie tastete die Umgebung danach ab, fand sie. Richtete sich auf und schleppte sich zurück. Drängte sich erneut durch die Sträucher, die jetzt viel dichter zu sein schienen als vorher. Viel entschlossener, sie nicht durchzulassen. Durch das Gestrüpp sah sie, wie ein Wagen aus Ramigs Garage und anschließend vom Grundstück fuhr.

Sie hatte zu lange gebraucht.

Als sie die Hecke endlich hinter sich gelassen hatte, lief sie los, dem Fahrzeug hinterher. Auf die Straße, wo sich die zwei roten Rücklichter immer weiter entfernten.

»Lotta!«, drang Prischkos Stimme aus ihrer Tasche.

Die Chefinspektorin zog das Handy heraus und hielt es sich ans Ohr. »Er ist weg«, keuchte sie. »Konrad Ramig ist mit einem Auto geflohen. Gib eine Fahndung nach ihm raus!«

In der Ferne hörte sie endlich die Sirene von Prischkos Dienstwagen.

# 22. KAPITEL

»Au!« Lotta biss die Zähne zusammen. Sie saß auf einer Trage, mit der ansonsten Patienten transportiert wurden. Der Sanitäter tupfte ihr das Blut von der Stirn und versorgte die hässliche Platzwunde über ihrem rechten Auge. Der Geruch von Desinfektionsmittel kroch ihr in die Nase, und über ihren Schultern hing eine goldene Rettungsdecke.

»Du hattest Glück«, sagte Prischko vorwurfsvoll. Er lehnte an einer der hinteren Türen des Rettungswagens und beobachtete, wie seine Chefin verarztet wurde.

Lotta schwieg. Sie wusste selbst, dass die Begegnung mit Konrad Ramig auch anders hätte ausgehen können. Trotzdem hatte sie keine andere Wahl gehabt.

»Du könntest tot sein«, legte der Gruppeninspektor nach.

»Bin ich aber nicht. Ich hab bloß das da.« Lotta deutete auf ihren Kopf, an dem sich der Sanitäter gerade zu schaffen machte.

»Sie haben nicht nur das«, relativierte der Mann ihre Aussage, ohne Genaueres zu benennen. »Und die Wunde muss genäht werden«, fügte er zu ihrem Leidwesen hinzu. »Wir nehmen Sie mit ins Krankenhaus und …«

»Ich kann jetzt nicht mitkommen«, unterbrach Lotta den Sanitäter. »Das hier ist noch nicht vorbei.« Sie stand auf und streifte die Rettungsdecke von ihren Schultern.

»Sie sollten sich untersuchen lassen, Sie schauen ziemlich übel aus.« Der Mann deutete auf die blauen Flecken in Lottas Gesicht. »Wer weiß, was …«

»Das geht nicht, wir müssen den Kerl finden, der das getan hat, sonst stirbt noch jemand«, ließ Lotta ihn abermals nicht ausreden.

»Dann lassen Sie mich zumindest ein paar Strips über die Platzwunde kleben, das hält sie zusammen«, schlug der Mann von der Rettung vor.

»Das ist gar keine schlechte Idee«, mischte sich Prischko ein.

Lotta setzte sich wieder auf die Trage und ließ den Sanitäter seine Arbeit machen.

»Die Fahndung nach Ramig läuft. Wir haben im Großraum Bad Schallerbach Straßensperren errichtet, und die Kollegen von der Tatortsicherung durchsuchen gerade sein Haus«, teilte Prischko ihr mit. »Ich bin gespannt, ob sie etwas finden, das darauf hinweist, dass er Molov und Kaimper ermordet hat.«

»Dann muss er sich aber ziemlich sicher gewesen sein, dass wir ihn nicht verdächtigen, wenn er etwas Belastendes im Haus aufbewahrt«, warf Lotta ein.

»Vielleicht war er das ja auch«, meinte der Gruppeninspektor. »Selbstüberschätzung! Es wäre nicht das erste Mal, dass sie einen Täter zu Fall bringt.«

»So, fertig. Aber lassen Sie sich so rasch wie möglich von einem Arzt untersuchen, am besten heute noch.« Der Sanitäter deutete auf Lotta, als wüsste sie nicht, dass sie gemeint war.

»Danke!« Die Chefinspektorin kletterte ungelenk aus dem Krankenwagen. Der Sanitäter hatte schon irgendwie recht, jeder Schritt tat ihr weh, jede Bewegung schmerzte mehr oder weniger intensiv. Ramigs Schläge hatten ihr übel zugesetzt. Doch sie konnte sich keine Schwäche leisten. Zu viel stand auf dem Spiel. Nicht nur das Leben eines weiteren Menschen, sondern ebenso ihr Ansehen unter den Kollegen. Manche lauerten nur darauf, dass sie einen Fehler machte. Sie musste sich zusammenreißen und richtete sich kerzengerade auf. Wie hatte ihr Vater immer gesagt? Bauch einziehen und Brust raus! Das sei seines Erachtens die richtige Haltung, wenn man etwas erreichen sowie sich als Frau in einer Männerdomäne durchsetzen wollte.

Und ja verdammt, das wollte sie!

Die Umgebung hatte sich verändert. Blau zuckende Lichter prallten auf Hauswände und veranstalteten dort ein Schattentheater. Bäume und Sträucher verwandelten sich in bizarre Gestalten. In den umliegenden Häusern waren überall Beleuchtungen angegangen. Die Einsatzfahrzeuge waren nicht unentdeckt geblieben und erweckten großes Interesse bei den Anrainern. Manche beobachteten von ihren Fenstern aus das Treiben, andere kamen in ihren Pyjamas und Nachthemden auf die Straße, wo sie von uniformierten Kollegen hinter Absperrbändern gehalten wurden.

»Gibt es in der Nähe ein Glashaus? Ein Gewächshaus oder einen Pavillon?«, fragte Lotta in Anspielung auf das dritte Sprichwort.

»Schon möglich, aber was bringt uns das?«, fragte Prischko.

»Wer im Glashaus sitzt, soll nicht mit Steinen werfen«, zitierte die Chefinspektorin die Botschaft des Täters.

»Ich glaube nicht, dass er für einen Mord ein Glashaus ausgerechnet in dem Ort wählt, in dem er selber wohnt«, hielt Prischko dagegen.

»Vielleicht macht er es genau deswegen«, erwiderte Lotta. »Weil er hofft, dass wir es aus diesem Grund nicht in Erwägung ziehen und überall anders suchen.«

»Ich google mal, ob es hier etwas in der Art gibt.« Der Gruppeninspektor tippte eine entsprechende Suchanfrage in sein Smartphone. »Hier! Eine Gärtnerei. Und Gärtnereien haben Glashäuser, in denen sie die jungen Pflanzen großziehen.«

»Schick eine Streife hin, die soll sich dort umschauen«, ordnete die Chefinspektorin an. »Sonst noch etwas?«

»Nichts im näheren Umfeld.« Prischko steckte das Handy wieder ein, nachdem er die Anweisung weitergegeben hatte. »Natürlich hat fast jeder größere Ort eine Gärtnerei mit einem Glas- oder Gewächshaus. Aber wir können die nicht alle heute Nacht durchsuchen.«

»Überleg mal, wie würdest du den Mord begehen, wenn du der Täter wärst und dir dieses Sprichwort für die Tat ausgesucht hättest?« Lotta wollte gemeinsam mit ihrem Kollegen herausfinden, ob sie mit dem Glashaus überhaupt richtiglagen oder sich vielleicht verrannten.

Prischko fischte die zwei wesentlichsten Faktoren aus der Botschaft des Mörders heraus: »Glas und Steine ... Ich würde dem Opfer entweder mit Glasscherben die Pulsadern aufschneiden oder ihm mit einem Stein den Schädel einschlagen, damit sein Tod etwas mit dem Sprichwort zu tun hat.«

»Genau. Demnach muss die Tat nicht unbedingt in einem Glashaus geschehen, sondern kann überall stattfinden«, fasste Lotta zusammen.

»Soll ich den Kollegen Bescheid geben, dass sie nicht zu der Gärtnerei fahren müssen?«, fragte der Gruppeninspektor.

»Nein, lass mal. Es kann nicht schaden, wenn wir Gewissheit haben, wir können uns ja auch irren.« Lotta fand es vernünftiger, in jedwede Richtung zu ermitteln.

Dann ging sie alles noch einmal durch. »›Lügen haben kurze Beine‹, und der Täter schneidet seinem Opfer die Beine ab. ›Wer anderen eine Grube gräbt, fällt selbst hinein‹, und das Opfer stürzt in den Tod. ›Wer im Glashaus sitzt, soll nicht mit Steinen werfen‹, und das Opfer stirbt durch einen Schlag mit einem Stein oder weil ihm mit Glasscherben tödliche Verletzungen zugefügt werden. Das könnte passen!«

»Wir haben jetzt zwar eine Ahnung, wie er es machen wird, aber wir wissen noch immer nicht, wo es stattfindet. Und die Zeit läuft! Es ist schon halb vier morgens.« Prischko deutete auf seine Armbanduhr.

Ein Kollege von der Tatortgruppe kam aus Ramigs Haus und steuerte auf die Kriminalbeamten zu. »Das Gebäude ist sauber. Wir haben nichts Augenscheinliches gefunden, das eine Verbindung zu dem Opfer am Traunsee oder zu jenem auf der Baustelle in Urfahr herstellt. Der Computer ist passwortgeschützt, den nehmen wir mit. Wir haben zwar Blutspuren im Bad entdeckt und Proben genommen, aber wie alt die sind und ob das Blut vom Hausbesitzer oder von jemand anderem stammt, können wir jetzt natürlich noch nicht sagen. Wir schicken alles ins Labor, die melden sich dann bei euch.«

»Sag ihnen, dass die Zeit drängt«, bat Lotta den Kollegen.

»Die wissen das, die arbeiten seit Tagen rund um die Uhr nur für euch«, stellte der Tatortsicherer klar. »Genau wie wir. Wenn wir den Täter nicht bald fassen, fordern wir aus den anderen Bundesländern Verstärkung an, sonst fallen mir die Leute reihenweise um.«

»Danke!« Lotta war ihr Drängeln nun unangenehm. Auch sie war erschöpft und seit 20 Stunden im Dienst. Der Kampf mit Ramig hatte sie zusätzlich geschwächt.

Ein wenig Schlaf würde ihr guttun, damit sie wieder klarer denken konnte.

Der Tatortsicherer wandte sich ab und ging zurück zum Haus.

»Hat Ramig gekocht?«, rief Lotta ihm hinterher.

Der Kollege blieb stehen und drehte sich um. »Wie gekocht? Was meinst du? Irgendwann wird er sicher mal gekocht haben, der Kühlschrank ist voller Lebensmittel.«

Lotta machte mehrere Schritte auf ihn zu. »Nein, ich meine jetzt. Als ich bei ihm angeläutet und mit ihm geredet habe, hat er gesagt, dass er kochen würde.«

»Wenn er sich nicht bloß eine Dose Fertiggulasch aufgemacht hat, hat er sicher nicht gekocht. Die Küche ist relativ sauber, bis auf eine Kaffeetasse und ein Glas. Wir haben auch keine Dose gefunden. Wieso ist das relevant?«

»Keine Ahnung. Er hat sich die Hände abgetrocknet, als er mir die Tür aufgemacht hat, er hatte das Tuch noch dabei. Das könnte darauf hindeuten, dass er gerade erst nach Haus gekommen ist und den Mord schon begangen hat«, spekulierte Lotta.

»Oder dass er auf dem Klo gewesen ist und sich danach die Hände gewaschen hat«, meinte Prischko.

Sowohl Lotta als auch der Spurensicherer warfen ihm einen Blick zu.

»Was? Wollt ihr damit sagen, dass sich Männer ihre Hände nach dem Klogang nicht waschen?«

»Wir packen alle Hand- und Küchentücher ein, die wir im Haus finden, und untersuchen sie auf fremde DNA. Genau wie sämtliche Türklinken auf dem Weg von der Garage ins Bad. Wenn er die Tat schon begangen hat und sich die Hände gewaschen hat, finden wir möglicherweise etwas«, sagte der Tatortsicherer.

»Die meisten Spuren wären dann in Ramigs Auto, aber leider ist er damit weggefahren.« Lotta dachte über weitere Möglichkeiten nach. »Und an seiner Kleidung. Ilsa hat doch aufgrund der Blutmenge am Tatort vermutet, dass Molov noch am Leben gewesen ist, als der Täter die Säge angesetzt hat. Wahrscheinlich hat er etwas von dem Blut abbekommen. Vielleicht hat er die Sachen, die er angehabt hat, nicht entsorgt, sondern gewaschen. Er hat immerhin 20 Jahre im Gefängnis verbracht und kann sich sicher nicht so leicht neue Kleidung kaufen. Von welchem Geld denn? Der achtet doch gewiss auf sein Gewand.«

Der Tatortsicherer stöhnte auf. »Na gut, wir nehmen auch noch die ganzen Klamotten von dem Typen mit, wenngleich ich davon ausgehe, dass wir daran nichts finden werden. Normalerweise entsorgen die Täter die Kleidung, die sie bei einem Mord getragen haben, weil sie wissen, dass Blut so leicht nicht auszuwaschen ist.« Er wandte sich ab und ging zurück ins Haus.

Lotta spürte ihren Körper nur noch als einzigen Schmerz. Auch ihre Seele schrie nach einer Auszeit. »Daniel, ich fahre nach Hause, ich muss mich unbedingt für ein paar Stunden hinlegen. Hier können wir ohnehin nichts mehr machen. Die Kollegen melden sich, wenn sich etwas Neues auftut.«

»Klar«, sagte der Gruppeninspektor überrascht. »Soll ich dich fahren?«

»Nein, ich schaff das schon.« Lotta ging zu ihrem Wagen, der noch vor Ramigs Haus parkte und von Einsatzfahrzeugen regelrecht umzingelt war. Mit jedem Schritt, den sie machte, zweifelte sie jedoch an ihren eigenen Worten.

Würde sie es tatsächlich heil nach Hause schaffen?

Und würden sie den Täter rechtzeitig fassen können?

# 23. KAPITEL

Lotta schreckte hoch. Etwas hatte sie geweckt. Das Geräusch wiederholte sich, es war das Vibrieren ihres Handys auf dem Nachtkästchen. Lotta griff danach und zuckte zusammen. »Au!« Jede Bewegung tat ihr weh. Langsamer streckte sie die Hand nach dem Smartphone aus und hielt es sich wenig später ans Ohr. »Meinich?«

»Wieso meldest du dich nicht bei mir?«, fragte Gustav anklagend.

»Weil ich bis eben geschlafen habe«, murmelte Lotta mit geschlossenen Augen.

»Habt ihr einen neuen Toten?«, drang es aus dem Lautsprecher. Mit den Worten hüpfte auch Gustavs Neugierde Lotta ins Ohr.

Ja, hatten sie einen neuen Toten?

Lotta wusste es nicht und blinzelte. Draußen war es hell. Allerhöchste Zeit, auf die Dienststelle zu fahren. »Ich hab noch nichts dergleichen gehört.«

»Der Rudi kommt heute zum Kartenspielen zu mir und will alles erfahren, was ich über die Mordfälle weiß«, erklärte Gustav, weshalb es seiner Meinung nach unerlässlich war, auf den neuesten Stand der Ermittlungen gebracht zu werden.

Lotta schlug die Decke zur Seite und wollte aufstehen. Der Schmerz fuhr ihr durch sämtliche Gliedmaßen. Sie unterdrückte einen Schrei, stöhnte aber.

»Was meinst du?«, fragte Gustav.

Lotta biss die Zähne zusammen und richtete sich auf. »Dann sagst du dem Rudi halt alles, was du weißt. Das muss reichen«, presste sie hervor und quälte sich aus dem Bett.

»Was ist mit dir los?«, hakte Gustav nach.

»Alles gut, Papa. Ich bin nur hundemüde«, spielte Lotta ihren Zustand herunter und schleppte sich ins Badezimmer. Jetzt, wo sie nur mit Unterwäsche bekleidet war, sah sie im Spiegel die vielen Blutergüsse. Auf ihrem Bauch, ihrer Brust, an ihren Armen. Ebenso leuchtete ihr Gesicht an manchen Stellen in den unterschiedlichsten Blau- bis Rottönen. Sie würde heute Make-up verwenden, damit niemand die blauen Flecken sah und sie als Zeichen der Schwäche interpretierte. Weil sie sich nicht gegen Ramig zur Wehr hatte setzten können. Weil einem Mann so etwas angeblich nicht passiert wäre. Sie hörte schon das Getuschel auf der Dienststelle, da sie sich ansonsten nur selten schminkte. Höchstens, wenn Arthur sie abends zum Essen ausgeführt hatte, aber das war lange her. »Tust du mir einen Gefallen?«

»Welchen?«, fragte Gustav hörbar misstrauisch.

»Du und der Rudi, ihr spielt heute doch wirklich Karten, oder?«

»Wenn ich es dir sage«, mimte Gustav sofort den Beleidigten.

»Gut, ich weiß nämlich nicht, ob ich Prischko davon abhalten kann, dich und den Rudi zu verhaften, wenn ihr erneut an einem Tatort auftaucht«, drohte Lotta ihrem Vater, nur um ganz sicherzugehen. »Für ihn verhältst du dich ohnehin seltsam.«

»Ich weiß nicht, was du meinst«, schnaubte Gustav.

»Wie geht es dir überhaupt? Tut dein Knie noch weh?«, erkundigte sie sich.

»Passt schon«, erwiderte Gustav wortkarg. Er redete nicht gerne über seine und Rudis heimliche Tatortbegehung sowie seinen Sturz und die einhergehenden Verletzungen.

»Ich melde mich später bei dir. Jetzt muss ich wirklich los«, drängte Lotta ihren Vater, das Gespräch zu beenden.

»Vergiss es nicht«, brummte Gustav und legte auf.

Lotta stellte sich unter die Dusche und ließ warmes Wasser über ihren Körper fließen. Langsam wurden ihre Muskeln weicher und sie selbst beweglicher. Sie kleidete sich an und warf die Sachen vom Vortag in die Schmutzwäsche. In der Garderobe fiel ihr auf, dass ihre Lederjacke am Ärmel zerrissen war. Das auch noch, klagte sie innerlich und holte ihre alte Jeansjacke aus dem Schrank, schlüpfte hinein und stellte fest, dass sie noch passte. Immerhin hatte sie das alte Teil seit Jahren nicht mehr angehabt. Bevor sie die Wohnung verließ, nahm sie zwei Schmerztabletten und hoffte, dass ihre Wirkung bald einsetzte.

*

Als Lotta auf die Dienststelle kam, standen Daniel Prischko, Michael Gsteinhauer und andere Kollegen vom Landeskriminalamt auf dem Flur und unterhielten sich. An ihren Gesichtern konnte Lotta Erschöpfung ablesen. Waren die Kollegen die ganze Nacht über hier gewesen? Hatte der Täter zugeschlagen, obwohl Ramig vor ihnen auf der Flucht war? War tatsächlich Ramig der Täter und hatte er bereits getötet, bevor Lotta bei ihm aufgetaucht war?

Prischko blickte hoch, als Lotta auf die Gruppe zusteuerte, und ließ sie nicht aus den Augen. Seine Mimik wirkte wie versteinert.

»Haben wir ein neues Opfer?«, fragte die Chefinspektorin alarmiert.

»Du sollst gleich zum Chef raufgehen«, teilte Prischko ihr mit.

»Wieso? Hat es etwas mit unserem Fall zu tun?« In Lotta breitete sich Verunsicherung aus.

Was war geschehen?

Hatte sie einen Fehler gemacht?

»Ich weiß es nicht. Er hat nur gesagt, dass du sofort zu ihm kommen sollst.« Prischko vergrub die Hände in den Hosentaschen, und auch die anderen Kollegen wirkten, als wüssten sie nicht mehr.

Die Chefinspektorin wandte sich ab und machte sich auf den Weg in das Büro des Dienststellenleiters. Dabei spürte sie die Blicke in ihrem Rücken, wie Dolche stachen sie ihr ins Fleisch. Als könnten die Kollegen es nicht erwarten, dass sie den Fall abgeben musste und ein anderer für sie übernahm. Einer aus ihrer Runde.

Etwas musste passiert sein, dachte sie.

Oder bildete sie sich alles nur ein? Wurde sie paranoid? War sie dem Ganzen etwa tatsächlich nicht gewachsen?

Lotta betrat das Vorzimmer des Dienststellenleiters.

»Wie schaust du denn aus?«, entfuhr es Carla Schmitz bei Lottas Anblick.

»Ist es so schlimm?« Offenbar war es ihr nicht gut genug gelungen, die blauen Flecken mit Make-up zu überdecken. Und natürlich prangte die Platzwunde mitten auf ihrer Stirn.

»Schlimmer!« Carla stand von ihrem Schreibtisch auf und kam auf Lotta zu. »Ich hab gehört, was in der Nacht passiert ist … Es tut mir so leid.« Sie fasste nach Lottas Händen und drückte sie mitfühlend.

»Bei mir ist alles okay«, spielte Lotta die Geschehnisse herunter, doch jede ihrer Bewegungen strafte sie Lügen.

»Da pfeifen die Spatzen aber etwas ganz anderes vom Dach.« Carla musterte ihr Gegenüber.

»Schmettenthaler will mich sehen«, wechselte die Chefinspektorin das Thema. Sie wollte endlich erfahren, warum dieser sie in sein Büro zitierte.

»Ich geb ihm Bescheid, dass du da bist.« Carla ließ Lottas Hände los und klopfte an Schmettenthalers Tür. Ohne auf eine Reaktion zu warten, öffnete sie selbige und setzte den Dienststellenleiter über Lottas Anwesenheit in Kenntnis.

»Sie soll reinkommen«, hörte Lotta ihn sagen.

Umgehend kam sie der Aufforderung nach und betrat das Büro ihres Vorgesetzten, der bis eben einige Unterlagen vor sich studiert hatte. Von seinem Gesicht versuchte sie abzulesen, was sie erwartete. Doch seine Miene war undurchdringlich. »Sie wollen mit mir reden?« Gewiss war der Oberst über die nächtlichen Ereignisse längst informiert. Lotta hasste solche Augenblicke und war deshalb angespannt.

»Setzen Sie sich.« Der Dienststellenleiter wies auf einen Stuhl in der Besprechungsecke und nahm Lotta gegenüber Platz. »Wie geht es Ihnen?«

Das höfliche Vorgeplänkel, dachte Lotta. Sie musste auf der Hut sein. Unangenehme Botschaften überbrachte man am besten mit netten Einstiegsworten. »Gut.«

Schmettenthaler musterte sie. »Ich hab von Ramigs Angriff auf Sie letzte Nacht gehört«, kam er endlich zur Sache.

»Halb so schlimm«, erwiderte Lotta und riss sich bei jeder Bewegung zusammen. Sie wollte auf keinen Fall zeigen, dass sie Schmerzen hatte. Er will mir den Fall entziehen, schoss es ihr durch den Kopf. Wenn er glaubt, dass ich nicht mehr in der Lage bin, 120 Prozent zu geben, bin ich raus! »Hat die Fahndung Ramig erwischt?«, fragte sie.

»Das wissen Sie nicht?« Schmettenthaler hob überrascht die Augenbrauen.

»Ich bin irgendwann in der Früh nach einem 20-Stunden-Dienst ins Bett gefallen, hab drei Stunden geschlafen und bin erst vor fünf Minuten ins Büro gekommen. Prischko hat mir gesagt, dass ich sofort zu Ihnen raufschauen soll, was ich getan habe. Ich hab mich noch nicht informieren können, was in den letzten drei Stunden passiert ist«, erklärte Lotta und fragte sich, ob das ein Fehler gewesen war.

»Ramig ist uns leider entwischt, aber die Fahndung nach ihm läuft. Wir kennen ja sein Auto und das Kennzeichen, er hat es, nachdem er aus dem Gefängnis entlassen wurde, ordnungsgemäß bei den Behörden angemeldet.«

»Und noch kein Anruf, dass es einen neuen Mord gegeben hat?«, fragte Lotta weiter.

Der Oberst schüttelte den Kopf. »Vielleicht haben Sie ihn durch Ihr Auftauchen bei ihm zu Hause davon abgehalten, den Mord wie geplant durchzuführen.«

»Oder das Opfer wurde nur noch nicht entdeckt«, meinte Lotta.

»Auch das ist natürlich möglich«, gab Schmettenthaler zu.

»Es kann aber sein, dass Ramig gar nicht der Mörder ist, sondern dass er vor mir geflohen ist, weil ich in seinen Augen die Polizei verkörpere. Er hat kein großes Vertrauen in die Exekutive, das hat er mich indirekt wissen lassen. Er behauptet noch immer, dass er seine Ehefrau nicht umgebracht hat. Vielleicht erscheint es aus seiner Sicht dadurch logisch, dass wir ihm auch die Morde an Molov und Kaimper in die Schuhe schieben wollen wie vor 20 Jahren den Mord an seiner Frau.«

»Er wurde vom Gericht schuldig gesprochen und nicht von der Polizei«, stellte Schmettenthaler richtig.

»Ich glaube nicht, dass Ramig da einen Unterschied macht«, gab Lotta zu bedenken.

Der Oberst schaute Lotta an, ohne etwas zu erwidern.

»Was?«, fragte die Chefinspektorin.

»Eigentlich wollte ich Sie von dem Fall abziehen, Frau Meinich.«

Lotta schluckte. Also doch! Hatte sie sich nicht geirrt. Andererseits war da das Wort »eigentlich« gewesen.

»Ich bin zwar immer noch der Meinung, dass Ihnen ein paar Tage Auszeit guttun würden, um sich von dem Übergriff auf Sie zu erholen – und ehrlich gesagt, Sie schauen schrecklich aus –, aber ich denke, Sie kriegen das hin.«

»Natürlich!«, pflichtete Lotta ihm entschieden bei.

»Sie gehen die Dinge oftmals anders an, als ich es tun würde, aber vielleicht ist gerade das Ihre Stärke. Ich glaube an Sie, Frau Meinich, im Gegensatz zu einigen Kollegen, die schon gegen Ihre Bestellung zur dienstführenden Chefinspektorin gewesen sind. Zeigen Sie denen, dass sie sich irren.«

»Das werde ich! Danke, Chef!« Zumindest einer, der an sie glaubte. Und natürlich ihr Vater. Hoffentlich auch Prischko. Lotta stand auf und verließ das Büro.

»Alles klar?«, empfing Carla sie im Vorzimmer.

»Ja.« Lotta lächelte die Sekretärin an. Sie wollte ihr aufgewühltes Inneres vor ihr verbergen, ebenso ihre zuvor gehegten Zweifel an sich selbst und die Erleichterung, die sie jetzt empfand. Auch wenn sie glaubte, dass sie Carla vertrauen konnte. Aber Lotta war schon immer eine Einzelkämpferin gewesen, ihr ganzes Leben lang. Das würde sich so schnell nicht ändern.

»Gut«, erwiderte Carla. »Ich hatte schon Sorge, dass du wegen dem nächtlichen Vorfall den Hut draufhauen könntest.«

»Das werde ich ganz sicher nicht tun«, antwortete Lotta und verabschiedete sich von der Sekretärin. Begleitet von den Blicken der Kollegen machte sie sich auf den Weg in ihr Büro. Unterwegs verschwand sie kurz auf der Toilette und wusch sich die Schminke aus dem Gesicht. Alle sollten sehen, was Ramig ihr angetan hatte. Und ein jeder von der Dienststelle sollte verdammt noch mal wissen, dass sie trotzdem im Dienst blieb! Vielleicht würden die Blessuren manche Kollegen sogar dazu bewegen, sie in Zukunft zu unterstützen und als das zu akzeptieren, was sie war: eine dienstführende Chefinspektorin am Landeskriminalamt Oberösterreich.

Mit den Papiertüchern trocknete Lotta ihr Gesicht ab und warf einen letzten Blick in den Spiegel. »Du siehst grauenhaft aus«, sagte sie zu ihrem Spiegelbild und verließ dennoch hocherhobenen Hauptes die Damentoilette. An den Blicken der ihr begegnenden Kollegen bemerkte sie, dass ihre Erscheinung Wirkung zeigte. Welche, würde sich noch herausstellen.

»Hey!« Lotta betrat das Büro, das sie sich mit Prischko teilte.

Der Gruppeninspektor tippte gerade etwas in den Computer ein, wandte sich aber umgehend seiner Chefin zu. »Hey! Und? Was gibt es?«

»Schmettenthaler wollte nur wissen, wie es mir geht, nachdem mich Ramig angegriffen hat«, berichtete Lotta.

»Echt? Das hätte ich ihm gar nicht zugetraut«, meinte Prischko und fragte dann ebenfalls: »Und? Wie geht es dir?«

»Ich kann zwar keinen Marathon laufen, aber ich bin bereit, diesem Wichser in den Arsch zu treten«, antwortete Lotta und setzte sich.

Prischko grinste. »Du redest schon, als hättest du Eier zwischen den Beinen.«

»Ich hab mehr Eier als jeder Mann«, sagte Lotta und dachte dabei an ihren Vater, von dem der Spruch stammte. Als Prischko nach Luft schnappte, um etwas zu erwidern, was sich gewiss auf die Eier bezogen hätte, fragte sie rasch: »Haben wir immer noch nichts von einem weiteren Mord gehört?«

»Nein, aber wir haben Ramigs Auto in Wels gefunden. Er hat es unversperrt beim Bahnhof abgestellt und sogar den Schlüssel stecken lassen«, entschied sich der Gruppeninspektor zu Lottas Erleichterung ebenfalls, dieses Thema sein zu lassen. »In dem Wagen war jedenfalls Blut.«

»Dann ist er unser Täter«, resümierte Lotta. »Es passt einfach alles! Er hatte ein Motiv, die Gelegenheit und er ist gewaltbereit, wie ich am eigenen Leib erfahren musste. Wenn dann auch noch das Blut in seinem Wagen von einem der Opfer stammt, haben wir mehr als genügend Beweise. Wissen wir, ob er mit dem Zug weitergefahren ist?«

»Die Kollegen überprüfen, ob es am Bahnhof Kameras gibt. Wenn er das Ticket am Automaten gekauft hat, sehe ich schwarz, dass wir rausfinden, ob er den Zug genommen hat oder nicht, das ist schließlich alles anonym. Und er muss ja auch nicht in den Zug eingestiegen sein, und wenn doch, kann er überallhin gefahren sein.«

»Wo ist das Auto jetzt?«

»Auf dem Weg ins Labor. Ein Abschleppdienst kümmert sich darum.«

»Es kann doch nicht sein, dass Ramig mit dem Zug zu seinem nächsten Opfer fährt«, überlegte Lotta laut. »Das Blut im Auto stammt vielleicht von Molov, als er sich hineingesetzt hat, nachdem er den Mord begangen hat. Wenn er sein nächstes Opfer auch so blutrünstig umbringt, kann er von dort doch nicht mit den Öffis wegfahren.«

»Möglicherweise hört er mit dem Töten auf, weil wir ihm zu nahe gekommen sind und damit das Risiko steigt, dass wir ihn erwischen«, spekulierte der Gruppeninspektor.

»Ich glaube nicht, dass er sich davon abbringen lässt. In seinen Augen erfüllt er eine Mission. Wenn Ramig der Täter ist – und wenn stimmt, dass er 20 Jahre unschuldig im Gefängnis gesessen hat, wie er behauptet –, dann hatte er verdammt viel Zeit, seinen Rachefeldzug zu planen«, widersprach Lotta.

Lottas und Prischkos Handys läuteten gleichzeitig.

»Die Zentrale«, sagte der Gruppeninspektor mit Blick auf das Display.

Lotta ging ran. »Meinich?« Mit Schaudern lauschte sie der Stimme am anderen Ende der Leitung.

# 24. KAPITEL

In Lottas Dienstwagen rasten die Kriminalbeamten mit Blaulicht und Sirene auf der A25 nach Grieskirchen. Eine Frau hatte vor 15 Minuten den Notruf gewählt und hysterisch ins Telefon geschrien, dass sie ihren Mann tot im Glaspavillon in ihrem Garten gefunden habe. Die diensthabende Kollegin hatte Probleme gehabt, sie zu verstehen. Eine Streife war sofort hingefahren, hatte die Angaben überprüft und die Kette zur Aufklärung eines Schwerverbrechens in Gang gesetzt. Mehr hatte die Kollegin aus der Notrufzentrale ihnen nicht mitteilen können.

Vor einem schmucken Einfamilienhaus am Rand von Grieskirchen hielt der VW Passat. Die Kollegen von der Tatortsicherung riegelten den Zugang zum Haus bereits ab, da nur Befugte Zutritt hatten. Notarzt und Sanitäter kümmerten sich um eine Frau, die auf einer Trage im Rettungswagen lag. Der Arzt zog gerade eine Spritze auf, und einer der Sanitäter teilte den Kriminalbeamten mit, dass man die Frau ins Klinikum Wels-Grieskirchen bringen würde. Daraufhin schlossen sich die Türen des Rettungswagens und er fuhr davon.

»Wurde sie verletzt?«, fragte Lotta einen Kollegen von der Streife, die als Erste am Tatort eingetroffen war. Denn wenn das zuträfe, wäre es ein klares Zeichen dafür, dass der Täter von seiner Vorgehensweise abwich. Dass er nicht mehr nur seine ausgewählten Opfer tötete, sondern auch jene angriff, die ihm dabei vielleicht im Weg standen. Außerdem hatte er bislang sichere Orte für die Morde ausgesucht wie eine nicht einsehbare Stelle am Ufer des Traunsees und eine Großbaustelle mitten in der Nacht. Jetzt hatte er bei einem privaten Haus zugeschlagen.

Was bedeutete das?

Dass er gehörig unter Druck stand, um seinen Plan abzuarbeiten, beantwortete Lotta sich selbst die Frage. Wenn Ramig der Täter war, wovon sie ausging, hatte ihr Auftauchen bei ihm zu Hause möglicherweise sein Verhalten verändert.

Andererseits hatte er seine Opfer ausspioniert, hatte die Umgebung erkundet, in der sie lebten, das wussten sie von Molovs Witwe und dem Foto, das sie von Ramig vor ihrem Haus gemacht hatte. Er hatte nichts dem Zufall überlassen, um seinen perfiden Mordplan zu entwickeln. Um die dazu passenden Sprichwörter zu finden. Demnach hatte er gewusst, was er in diesem Haus vorfinden würde.

»Sie ist die Ehefrau des Toten. Sie ist nicht verletzt, hat aber einen schweren Schock erlitten«, teilte der Uniformierte ihr mit. Ihm war anzumerken, dass ihm das Gesehene gehörig zusetzte. Lotta schätzte, dass er seinem Alter nach wahrscheinlich erst vor nicht allzu langer Zeit die Polizeischule absolviert hatte und dies heute sein erster Mordfall war.

»Wer ist der Tote?«, fragte Prischko.

»Dr. Tobias Schrein«, setzte der junge Mann die Inspektoren in Kenntnis.

»Und wo ist er?«

»Im Garten hinterm Haus in einem Glaspavillon.« Der Uniformierte wies in die entsprechende Richtung.

»Wer hat denn bitte einen Glaspavillon?«, fragte Prischko mehr rhetorisch.

»Reiche Leute, würde ich sagen. Das passt auch zu dem luxuriösen Haus und den beiden teuren Autos, die in der Garage stehen.« Der Polizist deutete auf das Nebengebäude, eine riesige Doppelgarage. Die war in etwa so groß wie Lottas gesamte Wohnung.

»Schauen wir uns die Leiche an«, drängte die Chefinspektorin und ging los.

Auf dem mit Trittsteinen ausgelegten Weg über die Wiese gelangten sie in den hinteren Bereich des Gartens, in dem die Sträucher und Stauden akkurat zurechtgestutzt waren und alles seine scheinbare Ordnung hatte. Die Grünanlage stand ganz im Gegensatz zu Ramigs Wildnis, in der sich die Natur selbst überlassen war. Der gläserne Pavillon strahlte etwas Erhabenes aus und bildete gemeinsam mit dem Swimmingpool samt Überdachung das Zentrum des Gartens.

Lotta sah die Gestalt in dem Pavillon, sie saß auf einem anthrazitfarbenen Loungemöbel aus geflochtenem Kunststoff mit hellgrauen Polsterbezügen. Aus der Ferne könnte man annehmen, dass die Person dort einfach verweilte und die Ruhe genoss, doch je näher Lotta kam, umso mehr stachen ihr die schlaffe Haltung und die blutige Kleidung ins Auge, die beide gegen eine solche Annahme sprachen.

Die Inspektoren streiften die vor dem Pavillon von der Tatortgruppe bereitgestellten Überzüge für die Schuhe über und betraten durch den Spalt einer zur Seite geschobenen mobilen Glaswand die moderne Gartenlaube.

Lotta hielt für einen Augenblick die Luft an.

Der metallene Geruch von Blut hing hier drinnen fest, war unter dem Glas gefangen wie ein Mückenschwarm. Unangenehm kroch er ihr in die Nase.

Das etwa 70-jährige Opfer saß auf der Rattan-Lounge-bank, den Oberkörper an die Rückenlehne gelehnt, die Augen aufgerissen, ebenso den Mund. Sein Schädel war zertrümmert. Jemand hatte mit viel Kraft darauf eingedro-schen, bestimmt mit dem Stein, den der Tote in Händen hielt, als wollte er ihn Lotta wie ein Geschenk überreichen. Der Brocken hatte einen Durchmesser von mindestens 20 Zentimetern, eine gewaltige Mordwaffe, wenn sie mit Wucht auf einen Kopf niedersauste. Das Blut hatte die wei-ßen Haare des Opfers an manchen Stellen rotbraun gefärbt. Eine unförmige Öffnung befand sich in der Mitte des Schä-dels, als hätte der Täter versucht, ihn mit dem Stein zu spal-ten. Blut war dem Toten übers Gesicht gelaufen, über die Schultern und weiter auf den Bauch, auch hatten sich die grauen Bezüge der Bank damit vollgesogen.

»Da war viel Wut im Spiel«, erkannte Lotta und ent-deckte zwischen dem Blut auf dem Stein weiße Farbe. Waren das Buchstaben? Sie beugte sich nach vorne, um das mit einem Lackstift Geschriebene zu lesen. »Wer im Glashaus sitzt, soll nicht mit Steinen werfen.«

»Den Stein muss der Täter mitgebracht haben. Wir haben die Umgebung abgesucht, solche Steine gibt es hier nicht«, informierte sie der Polizist, der als Erster am Tat-ort gewesen war. Er war ihnen zum Pavillon gefolgt, stand neben dem Eingang und wartete dort offenbar für den Fall, dass die Kriminalbeamten weitere Fragen an ihn hatten. Die Gartenlaube betrat er nicht.

»Vielleicht haben Sie recht. Die Schrift befindet sich zum Teil unter dem Blut, demnach hat das Sprichwort schon darauf gestanden, bevor der Täter seinem Opfer mit dem Stein den Schädel eingeschlagen hat«, pflichtete Lotta ihm bei, worüber sich der junge Kollege sichtlich freute.

»Auf den ersten Blick kann ich keine Abwehrspuren erkennen. Ich frage mich, warum er sich nicht gewehrt hat«, stellte Prischko diese Behauptung in den Raum. »Er sitzt da, als hätte er darauf gewartet, dass das passiert.«

»Die Obduktion wird ergeben, ob er wirklich keine Abwehrverletzungen hat«, meinte Lotta. Sie wollte dem Bericht der Gerichtsmedizinerin nicht vorgreifen, da viele Spuren wie Hautpartikel unter den Fingernägeln mit bloßem Auge oftmals nicht zu erkennen waren. »Ist Ilsa noch nicht da?« Lotta sah sich um. Immer mehr Kollegen rückten an, die meisten waren von der Tatortgruppe, um die Spuren zu sichern. Die Gerichtsmedizinerin machte sie unter ihnen jedoch nicht aus.

»Die ist auf dem Weg«, wusste der Uniformierte. »Das hat der Einsatzleiter von der Tatortsicherung vorhin gesagt.«

Lotta wandte sich wieder dem Opfer zu.

»An was der Mann gestorben ist, ist ohnehin klar«, meinte Prischko.

»Mich interessiert, ob er getötet wurde, bevor ich bei Ramig war oder erst danach«, präzisierte Lotta, worum es ihr ging.

»Was spielt das für eine Rolle?«, fragte der Gruppeninspektor.

»Ramigs Wagen stand in Wels am Bahnhof. Das deutet darauf hin, dass er sein Opfer umgebracht hat, bevor ich bei ihm gewesen bin, dann nach Hause gefahren ist, wo ich bei ihm angeläutet habe, danach ist er nach Wels geflüchtet und hat dort seinen Wagen stehen lassen.«

»Klingt logisch«, stimmte Prischko zu.

»Wenn Ramig ihn erst ermordet hätte, nachdem er vor mir geflohen ist, hätte er mit seinem Wagen zuerst nach

Grieskirchen fahren müssen, wo er den Mord verübt hat, und von dort wäre er weiter nach Wels gefahren, wo wir den Wagen gefunden haben. Er hätte unsere Straßensperren passieren müssen, die die Kollegen in der Zwischenzeit errichtet hatten. Das war aber nicht der Fall«, dachte Lotta laut nach.

»Vielleicht hat er irgendwelche Schleichwege abseits der Hauptverbindungen genommen«, zeigte der Gruppeninspektor auf, weshalb noch immer beide Varianten möglich waren. »Aber es spielt keine Rolle mehr, der Mann ist tot, ob Ramig ihn nun vor deinem Besuch ermordet hat oder erst nachher.«

»Es könnte eine Rolle für das spielen, was Ramig jetzt vorhat, Daniel«, erklärte Lotta. »Die Frage ist, ob er seine Liste von Opfern schon fertig abgearbeitet oder noch jemanden im Visier hat.«

»Wir haben sein Auto, damit ist er nicht mehr so mobil, und wir kennen seine Identität. Wir können sein Foto in sämtlichen Medien veröffentlichen. Dann wird ihn ab morgen jeder Bürger dieses Landes jagen«, schlug Prischko vor.

Lotta verließ den Glaspavillon und sog draußen die frische Luft ein. Anschließend wandte sie sich dem Uniformierten zu. »Haben Sie mit der Frau reden können? Wann genau hat sie ihren Ehemann denn gefunden?«, stellte sie gleich zwei Fragen.

»Sie hat nur herumgestottert, ich hab kaum etwas verstanden. Aber ich glaube, sie hat gefrühstückt und vom Küchentisch aus ihren Mann in dem Glasdings da sitzen sehen. Daraufhin ist sie raus und das war's. Mehr weiß ich nicht.«

»Danke«, sagte Lotta zu dem Mann, der sich abwandte und zurück zu den Kollegen ging, die den Tatort abriegelten. Lotta überlegte, welche Rolle das Opfer in Ramigs Leben gespielt haben mochte. Was war der Grund, dass es nun hatte sterben müssen? Kaimper war der Zeuge in seinem Prozess gewesen und Molov sein Anwalt. »Eines noch!«, rief sie dem entschwindenden Kollegen hinterher.

Der blieb stehen und wandte sich um. »Ja?«

»Wissen Sie, was der Tote früher beruflich gemacht hat?«

»Nein, leider nicht.«

»Danke!«

»Ich google mal, vielleicht finde ich etwas über ihn im Internet.« Prischko zog sein Handy aus der Tasche. »Dr. Tobias Schrein«, sprach er den Namen laut aus, den ihnen der Kollege zuvor genannt hatte, und tippte ihn gleichzeitig in das Suchfeld ein. Nach wenigen Augenblicken hatte er ein Ergebnis. »Das könnte er sein, nur halt ein wenig jünger. Was meinst du?« Er hielt Lotta sein Smartphone hin, damit sie das Foto betrachten konnte.

»Das ist er«, bestätigte sie.

»Richter«, sagte Prischko. »Dr. Tobias Schrein war Richter, bevor er vor sieben Jahren in den Ruhestand gegangen ist.«

»Und ich wette mit dir, dass er der Richter gewesen ist, der Ramig vor 20 Jahren für schuldig am Mord seiner Ehefrau befunden hat.«

»Ich schlage vor, wir fahren auf die Dienststelle und schauen uns die alte Akte von dem Mord und der Gerichtsverhandlung noch mal an.« Prischko machte sich zum Gehen bereit.

»Ich weiß etwas, das schneller geht«, hielt Lotta ihn zurück und holte ihr Handy heraus.

»Ja? Was denn?«

»Ich rufe meinen Vater an. Er war der leitende Ermittler in dem Mordfall von Ramigs Frau. Er erinnert sich vielleicht daran, wer damals der Richter gewesen ist.« Lotta drückte auf dem Display auf den Kontakteintrag ihres Vaters. Nach mehrmaligem Läuten sprang die Mailbox an. »Er geht nicht ran. Rudi ist heute bei ihm, die beiden spielen angeblich Karten.«

»Wieso angeblich?«, hakte der Gruppeninspektor ein.

»Das letzte Mal waren sie stattdessen am Traunsee wandern.« Lotta malte bei dem Wort »wandern« Gänsefüßchen in die Luft und verzog das Gesicht.

»Dein alter Herr sollte es eigentlich besser wissen«, befand Prischko.

»Wir fahren jetzt doch auf die Dienststelle und überprüfen, ob sich das mit dem Richter bestätigt. Vielleicht finden wir heraus, welche Personen außerdem gefährdet sein könnten, falls Ramig noch nicht am Ende seiner Todesliste angekommen ist. Dabei dürfte es sich um Leute handeln, die bei dem Prozess mitgewirkt haben. Zeuge, Rechtsanwalt und Richter sind bereits tot …« Lotta dachte auch an ihren Vater, der die Beweise rangeschafft hatte. Wenn er und Rudi beschlossen hätten, heute doch nicht Karten zu spielen, und das Haus verlassen hätten, um was auch immer zu tun, hätten die zu seinem Schutz eingeteilten Polizeibeamten sie sicher darüber informiert. Das war aber nicht der Fall.

»Fehlt noch der Ankläger, der Staatsanwalt. Ich würde sagen, er sollte sofort Polizeischutz bekommen.«

»Jetzt müssen wir nur noch wissen, wer das gewesen ist. Los! Fahren wir!«

# 25. KAPITEL

Lotta drückte auf das Gaspedal des VW Passat. Auf dem Weg ins Landeskriminalamt versuchte sie noch einmal, ihren Vater zu erreichen. Doch auch dieses Mal hob er nicht ab.

»Wahrscheinlich hat er sein Handy auf lautlos geschalten, oder er wird langsam schwerhörig«, maulte Lotta, nachdem sie ihm auf die Mailbox gesprochen hatte, dass er sich dringend bei ihr melden solle.

»Recht viel können die zwei ja nicht anstellen, und sicher ist dein Vater auch, immerhin steht eine Polizeistreife vor seinem Haus«, versuchte Prischko seine Chefin zu beruhigen und hielt sich am Griff über der Tür fest.

»Hast recht, trotzdem sollte er rangehen. Für was hat er denn ein Handy?«, regte sich Lotta auf und gab noch mehr Gas.

Prischko schwieg und starrte durch die Windschutzscheibe auf die Autobahn, wo sich die anderen Verkehrsteilnehmer viel zu langsam in die Kolonne auf dem rechten Fahrstreifen einreihten, um dem rasenden Einsatzwagen Platz zu machen.

Lotta ließ das Thema ebenfalls ruhen und fragte stattdessen: »Ist die Geliebte von Molov noch in unserer Obhut?«

»Anna Sauer, ja«, wusste der Gruppeninspektor, der sich nun auch noch am Beifahrersitz festklammerte.

»Wir können sie gehen lassen. Ich glaube nicht, dass sie in Gefahr ist, sie hatte ja nichts mit dem Gerichtsprozess damals zu tun«, befand Lotta.

»Zu jener Zeit war sie noch ein Kind, sie ist jetzt kaum erwachsen«, erwiderte Prischko und spielte damit auf Anna Sauers Alter sowie auf ihre Affäre mit einem so viel älteren Mann an. Das Unverständnis darüber konnte Lotta deutlich in seiner Stimme hören und warf ihm einen Blick zu.

»Schau bitte nach vorne!«, brüllte der Gruppeninspektor.

»Fahr ich zu schnell?« Lotta drosselte das Tempo ein wenig.

»Passt schon«, erwiderte Prischko. Sein Stolz würde es gewiss nicht zulassen, dass er zugab, über die verringerte Geschwindigkeit erleichtert zu sein, das wusste Lotta.

»Wir können die Kollegen abziehen, die vor Molovs Kanzlei und vor seinem Wohnhaus in Kirchdorf Wache schieben, auch wenn wir Molovs Schlüssel und Handy noch nicht gefunden haben«, kam sie wieder auf die Mordfälle zurück. »Wir brauchen jetzt dringend jeden verfügbaren Beamten.«

»Außer die Witwe hat die Schlösser eh schon austauschen lassen, dann sind die Kollegen ohnehin nicht mehr vor Ort«, wandte Prischko ein.

»Gut möglich. Aber wenn doch, dann sag ihnen bitte, dass wir sie zum Schutz von einem Staatsanwalt, dessen Namen wir noch nicht kennen, benötigen. Und frag, ob beim OÖ Tagblatt ein neuer Brief mit einem Sprichwort eingelangt ist. Solange das nicht der Fall ist, haben wir hoffentlich ein wenig Zeit, das alles zu organisieren. Außer Ramig unterlässt es von nun an, Botschaften in Form von Sprichwörtern zu schicken, weil er weiß, dass wir ihm immer näher kommen.«

»Ich erledige das!« Der Gruppeninspektor begann umgehend zu telefonieren.

Lotta machte sich trotz des Polizeischutzes Gedanken über ihren Vater. Sie hatte ihn eindringlich gebeten, sein Handy überallhin mitzunehmen, auch wenn Rudi und er bloß Karten spielten. Gerade jetzt bei diesem Fall war es wichtig, dass sie ihn jederzeit erreichen konnte, immerhin war nicht auszuschließen, dass er ebenso auf Ramigs Liste stand. Und hatte er sie nicht gebeten, dass sie ihn über neue Entwicklungen informieren sollte, damit er Rudi alles brühwarm erzählen konnte?

Ihr Vater war ja so stur!

Sie würde es später noch einmal bei ihm versuchen, denn jetzt musste sie sich auf die aktuellen Ereignisse konzentrieren. Musste funktionieren und einen Mörder fassen.

»Also, beim OÖ Tagblatt ist kein neues Schreiben mit einem Sprichwort eingelangt. Und ein paar uniformierte Kollegen halten sich bereit, um mit uns zu dem noch zu identifizierenden Staatsanwalt zu fahren«, unterbrach Prischko Lottas Gedanken.

»Danke, Daniel.«

Zehn Minuten später erreichten die Kriminalbeamten die Dienststelle und eilten in ihr Büro. Lotta holte sich erneut die alte Akte von Ramigs Fall auf den Bildschirm und machte einige Klicks, bis die eingescannten Gerichtsunterlagen auf ihrem Monitor erschienen. »Hier steht es: Staatsanwalt Dr. Karl Woratsch.«

Prischko hatte auf den Namen gewartet und tippte ihn an seinem Arbeitsplatz in eine Datenbank ein.

Lotta stellte sich hinter den Kollegen. Kurz darauf wurde eine Liste von Treffern angezeigt, in denen überall der Name des Staatsanwalts enthalten war.

»Da!« Lotta deutete auf eine Datei auf dem Bildschirm.

Sie war mit dem vollen Namen des Staatsanwalts abgespeichert. »Öffne sie!«

Prischko kam der Aufforderung nach und interpretierte den Inhalt des Dokuments. »Woratsch ist im Ruhestand. Er ist nur wenige Monate nach Ramigs Prozess in Pension gegangen. Demnach müsste er jetzt an die 80 Jahre alt sein, damals sind die Männer ja noch mit 60 aus dem aktiven Dienst ausgeschieden und ...«

Lottas Handy gab einen Signalton von sich. Eine SMS war eingelangt, was selten vorkam. Normalerweise schrieben ihr alle über Whatsapp. Sie entsperrte den Bildschirm und öffnete die Nachricht.

Lotta erstarrte.

Las noch einmal.

Dann wurde ihr schlecht.

»Was?«, fragte Prischko. »Du schaust aus, als hättest du einen Geist gesehen.«

Lotta war unfähig, etwas zu sagen, und hielt ihrem Kollegen das Smartphone hin.

»Wer mit dem Feuer spielt, verbrennt sich dabei«, las Prischko laut vom Display ab.

Beide wussten, was das bedeutete.

*

Die Kriminalbeamten sprangen in Lottas Dienstwagen und hofften, dass sie nicht wieder zu spät waren. Sie hatten zuvor die Adresse von Staatsanwalt Woratsch recherchiert, Großalarm ausgelöst und ebenso Kollegen von der Cobra angefordert. Falls es zu einer Geiselnahme käme, weil Ramig seine Tat noch nicht begangen hatte und versuchen sollte, auf diese Weise freizukommen. Lotta hatte sich dafür von Oberst Schmettenthaler Rückendeckung geholt. Alle Augen waren auf sie gerichtet, wie sie den Einsatz managen würde. Es würde sich auch nicht vermeiden lassen, dass bald die ersten Journalisten auf den Vorfall aufmerksam wurden. Die Sirenen der Einsatzkräfte schreckten halb Linz auf, als die Wagen durch die Stadt nach Leonding donnerten. Außerdem hatte Lotta die Nummer, von der die SMS verschickt worden war, orten lassen. Das Handy war jedoch wahrscheinlich ausgeschaltet oder Ramig hatte es beziehungsweise die SIM-Karte zerstört, da die Peilung ins Leere gelaufen war. Sicher war jedenfalls, dass die Nachricht von Ramigs Handy stammte, das hatten die Kollegen bereits herausgefunden.

Vor dem Haus des Staatsanwalts in der Ruflinger Straße sprangen die Kriminalbeamten aus dem Wagen. Lotta hielt nach Feuer oder Rauch Ausschau. Da war nichts. Auch parkte kein Auto in der Einfahrt oder davor auf der Straße, das Ramig gestohlen haben und mit dem er hergefahren sein könnte. Ein Taxi hätte er nicht nehmen können, da sie sämtlichen Taxiunternehmen in der Region sein Foto geschickt hatten. Aber diese Adresse war gut mit öffentlichen Verkehrsmitteln zu erreichen. Lotta prüfte ihre Glock und wies Prischko an, das Eintreffen der Kollegen zu überwachen. Dann versteckte sie ihre Dienstwaffe hinter ihrem Rücken und schritt den Weg zum Haus entlang. Dabei beobachtete sie die Fenster, ob sich die Vorhänge bewegten. Ob jemand rausschaute und sie das Gesicht erkannte. Ob Ramig vor ihnen eingetroffen war, wovon sie aufgrund der SMS ausging. Weil er, um sicherzugehen, den Mord schon begangen hatte. Damit sie ihm nicht in die Quere kamen. Weil sie ihm dicht im Nacken saßen.

Lotta drückte auf die Klingel.

Ihr Atem ging heftig. Ihre Muskeln spannten sich an. War Ramig im Haus und lauerte dort auf sie?

Autos kamen angefahren. Die Chefinspektorin wandte sich um. Die Kollegen von der Cobra trafen ein und wurden von Prischko instruiert. Noch hielten sie sich im Hintergrund, bis Lotta die Situation geklärt hätte.

Erneut drückte sie auf die Klingel. Dann noch einmal.

»Ich komm ja schon!«, hörte sie drinnen jemanden rufen. Sie holte ihre Hand hinter dem Rücken hervor und zielte mit der Glock auf die Tür.

Selbige schwang auf und ein alter Mann in einem Rollstuhl blinzelte sie überrascht an.

»Herr Woratsch? Staatsanwalt Woratsch?«, fragte Lotta. Gleichzeitig versuchte sie, die Umgebung zu erfassen, ob hinter dem Mann noch jemand war. Einer, der sich versteckte. Der auf die richtige Gelegenheit wartete.

»Der Staatsanwalt war einmal, jetzt nur noch Woratsch«, murrte der Alte. »Aber um meinen Namen zu prüfen, sind Sie nicht hier und bedrohen mich mit einer Waffe, oder?«

»Ist bei Ihnen alles in Ordnung?«, fragte die Chefinspektorin.

»Wieso um Himmels willen sollte es das nicht sein?«, erwiderte der Mann verständnislos. »Wer sind Sie überhaupt?«

»Chefinspektorin Lotta Meinich vom LKA Oberösterreich«, stellte sie sich vor. »Wir haben Grund zu der Annahme, dass Sie in Gefahr sind.« Lotta spähte weiterhin in den Flur, um zu erkennen, ob ihr Gegenüber vielleicht zu der Aussage gezwungen wurde, sah aber niemanden.

»Ich in Gefahr? Warum denn? Ich tue niemandem etwas, schauen Sie mich doch an«, brummte Woratsch.

»Ein Mann, den Sie vor 20 Jahren verurteilt haben, befindet sich auf einem Rachefeldzug. Er hat einen Zeugen, seinen eigenen Verteidiger und den Richter von damals ermordet. Wir gehen davon aus, dass er noch nicht am Ende angelangt ist und auch Sie töten will«, teilte Lotta dem Mann mit und steckte die Glock in das Holster.

»Es gibt so viele, die mir einst Böses geschworen haben. Wenn ich mich vor all denen gefürchtet hätte, hätte ich mich in einen Käfig einsperren müssen. Der Tod kommt eines Tages bei fast jedem unerwartet. In welcher Gestalt, sei dahingestellt.« Karl Woratsch schüttelte den Kopf. »Wer ist es denn? Schauen wir mal, ob ich mich an ihn erinnere.«

»Konrad Ramig«, nannte die Chefinspektorin den Namen.

»Ja, der sagt mir in der Tat etwas. Er hat seine Ehefrau ermordet und bis zum Schluss behauptet, er sei unschuldig. Wir konnten auf der Tatwaffe seine Fingerabdrücke sicherstellen und sein Gewand war mit dem Blut seiner Frau besudelt. Die beiden hatten vorher schon öfter Streit, das hat uns der Nachbar erzählt.«

»Hieß der Nachbar Alois Braunpichl?«

Der einstige Staatsanwalt nickte. »So hieß der Zeuge. Weder ich noch der Richter hatten Grund, an seiner Aussage zu zweifeln. Dieser Ramig ist schuldig, da bin ich mir sicher.«

»Herr Woratsch, ich bin nicht hier, um den alten Fall zu diskutieren. Ich bin hier, um Ihr Leben zu schützen. Wir nehmen an, dass Ramig auf dem Weg zu Ihnen ist mit der Absicht, Sie zu töten, verstehen Sie das?«

»Er kann mir nichts mehr anhaben. Ich bin alt, sitze im Rollstuhl, meine Frau ist vor zwei Jahren gestorben, seither wohne ich alleine in diesem riesigen Haus. Die Stille ist mein größter Feind. Die Einsamkeit, weil sich keines der Kinder bei mir blicken lässt. Jeder Tag ist wie der vorige. Soll Ramig nur kommen. Er tut mir vielleicht sogar einen Gefallen.«

»Herr Woratsch, es wäre mir lieber, wenn sich ein paar Kollegen im Haus und im Garten positionieren dürften. Geht das in Ordnung?« Lotta ignorierte das Selbstmitleid ihres Gegenübers. Von ihrem Vater wusste sie, dass solche Äußerungen oftmals nicht ernst gemeint waren und hin und wieder dafür eingesetzt wurden, um etwas bei seinem Gegenüber zu bewirken.

»Wenn einer von den Kollegen mit mir Schach spielt, gerne.« Der alte Mann wendete seinen Rollstuhl und rollte damit ins Haus, ließ die Tür aber offen. Das wertete Lotta als Aufforderung, es betreten zu dürfen. Sie winkte Prischko herbei und setzte ihn über die Situation in Kenntnis.

»Spielst du Schach?«, fragte sie ihn außerdem.

»Ein wenig.«

»Dann darfst du jetzt im Dienst mit Staatsanwalt Woratsch eine Partie spielen.« Lotta lächelte ihren Kollegen an. Sie war erleichtert, dass der alte Mann lebte. Dass sie Ramig bei diesem Wettrennen überholt hatten und vor ihm eingetroffen waren. Eine gewaltige Last fiel von ihren Schultern, auch wenn das hier noch nicht zu Ende war.

»Ich … ich … So gut kann ich es auch wieder nicht«, begehrte Prischko auf.

»Das macht nichts, Junge!«, rief Woratsch von drinnen, da er offenbar jedes Wort mitgehört hatte. Sein Gehör funktionierte trotz seines Alters anscheinend einwandfrei.

»Junge«, echote Prischko. »Nächsten Monat werde ich 55.«

Lotta klopfte ihm auf die Schulter. »Du schaffst das!«
Dann ging sie zurück zur Straße, um die Kollegen zu informieren, dass man im Haus und im Garten auf Ramig warten würde. Bis der Mörder kommen und erneut zuschlagen würde. Und ihm dabei das Handwerk gelegt würde.

»Und was machst du?«, rief Prischko ihr hinterher.

»Da hier alles geregelt ist, fahre ich schnell zu meinem Vater und schau nach, ob eh alles passt und warum er nicht an sein Handy rangeht. Vielleicht hat Johann Strauss es ja gefressen.«

»Was?« Prischkos Blick drückte Unverständnis aus.

»Johann Strauss ist Rudis Hund, ein Labrador«, klärte Lotta ihn auf.

»Wer bitte nennt seinen Hund Johann Strauss?« Prischko winkte ab und betrat kopfschüttelnd das Haus des ehemaligen Staatsanwalts.

# 26. KAPITEL

Auf der Fahrt nach Steyregg stellte Lotta fest, dass die Wirkung der Tabletten nachließ. Im Handschuhfach des Passats suchte sie nach einem Schmerzmittel, fand aber keines. Dann musste es halt ohne gehen, dachte sie und bog in die Straße ein, in der ihr Vater wohnte. Schon von Weitem bemerkte sie den Polizeiwagen, der vor seinem Haus Stellung bezogen hatte. Als sie näher kam, fiel ihr jedoch auf, dass der schwarze Škoda nicht in der Einfahrt parkte.

Warum hatten die Kollegen sie nicht informiert, als ihr Vater weggefahren war?

Na, die konnten sich etwas anhören! Hoffentlich wussten sie, wo sich ihr Vater herumtrieb.

Lotta stellte den Passat gleich hinter dem Polizeiwagen ab. Verärgert stieg sie aus, trat an die Fahrerseite des Einsatzwagens heran und schaute durchs Fenster. Der Kollege hatte die Augen geschlossen.

Schlief er etwa? Das war ja noch schöner!

Die Chefinspektorin klopfte gegen die Scheibe.

Der Mann reagierte nicht.

Lotta riss die Autotür auf. »Hey …« Erst jetzt fiel ihr auf, dass nur ein Polizist im Wagen saß und dieser aus einer Wunde am Kopf blutete. Sie fühlte seinen Puls.

Gott sei Dank, er lebte! Wo zum Teufel war sein Kollege? Oder war er alleine gewesen, weil alle anderen zum Haus des ehemaligen Staatsanwalts abkommandiert worden waren?

Sie scannte die Umgebung, holte gleichzeitig ihr Handy aus der Tasche, um einen Rettungswagen zu rufen und …

Doch halt! Etwas bewegte sich im Haus, sie bemerkte ein Leuchten durchs Küchenfenster. Es war also jemand da.

Aber wo war der Škoda?

»Lotta Meinich hier, ich brauche einen Rettungswagen und Verstärkung bei der Adresse meines Vaters Gustav Meinich in Steyregg, und zwar schnell!« Sie beendete das Telefonat und rannte die Einfahrt entlang zur Haustür, drückte auf die Klingel.

Im Haus blieb es ruhig.

Erneut läutete sie, immerhin hatte sie drinnen Licht gesehen. Also war jemand da. Ihr Vater oder Rudi. Wahrscheinlich beide.

Roch es nach Rauch?

Eine dunkle Vorahnung beschlich sie. Die Nachricht auf ihrem Handy: »Wer mit dem Feuer spielt, verbrennt sich dabei.« War damit etwa gar nicht der Staatsanwalt gemeint?

»Papa!« Lotta hämmerte gegen die Tür. Der Schlüssel! Hatte sie ihn dabei? Nein! Er hing wie immer am Haken in ihrer Wohnung. Verdammt! »Papa!«, brüllte sie.

Als sich weiterhin nichts im Haus regte, lief sie zum Küchenfenster und spähte hinein. Die Vorahnung wurde zur Gewissheit.

Feuer!

Im hinter der Küche liegenden Raum brannte es. Im Wohnzimmer. Lotta sah es durch die offen stehende Küchentür. Und sie sah den Rauch, der begann, sich in alle Zimmer auszubreiten. Der alles Lebendige erstickte …

Sie musste dort hinein! Musste sich beeilen. Musste wissen, ob sich ihr Vater drinnen aufhielt. Und Rudi.

Sie eilte zurück, biss die Zähne zusammen und warf sich

mit der Schulter gegen die Tür. Wie es in Filmen gezeigt wurde. Hart prallte sie gegen das Holz. Wie ein Stromschlag fuhr ihr der Schmerz durch die Knochen. Raubte ihr den Atem.

Panik kroch wie eine giftige Schlange in ihr hoch. Was, wenn sie es nicht schaffte, die Tür aufzubrechen, und ihr Vater deshalb verbrannte?

Sie durfte nicht aufgeben, musste weitermachen, bis das Schloss nachgeben und aufspringen würde.

Doch das Schloss gab nicht nach. Wie ein stummer Wächter bewahrte die Tür das Haus vor unbefugtem Zutritt, ungeachtet dessen, was in dem Gebäude gerade Fürchterliches geschah.

Lotta lief noch einmal zum Küchenfenster. Schaute hinein in den Schlund ihrer Angst, wo das Feuer wuchs, genau wie ihre Panik.

Sie musste handeln. Im Vorgarten lagen Steine. Den nächstbesten packte sie und warf ihn gegen das Fenster. Klirrend zersprang das Glas in tausend Scherben. Zu Boden fielen sie. Ins Haus hinein. Ein paar blieben scharfkantig im Rahmen stecken.

Lotta nahm einen weiteren Stein und schlug damit das im Rahmen verbliebene Glas heraus. Dann sprang sie hoch, ignorierte die Schmerzen in ihrem Körper und stemmte sich auf die Fensterbank. Der Rauch wurde dichter. Er kroch ihr durch Nase und Mund in die Lunge und brachte ihre Augen zum Tränen.

Lotta machte weiter. Sie musste ihren Vater retten. Sie hatte keine Zeit, die Feuerwehr zu rufen und darauf zu warten, dass sie einträfe. Bis dahin wäre ihr Vater tot. Lotta wusste es. Jede Sekunde zählte.

Wo blieb die Verstärkung?

Sie stieß die Blumentöpfe vom inneren Fensterbrett und schwang ihre Beine in die Küche. Von dort lief sie ins Wohnzimmer.

Auf einem Stuhl saß ein Mann, die Arme im Rücken hinter der Lehne gefesselt. Seine Kleidung brannte.

Lottas Herzschlag setzte für einen Moment aus.

Der Scheißkerl hatte ihren Vater angezündet!

Ihr Vater bewegte sich nicht.

Sie riss die Decke vom Sofa und schlug damit auf ihn ein. Immer wieder. Sie musste das Feuer ersticken. Musste sein Leben retten. Durfte nicht versagen. Noch hatte sie eine Chance.

Oder war es schon zu spät?

Der Rauch biss sich in ihrer Lunge fest. Sie hustete. Jeder Atemzug versetzte ihr tausend Nadelstiche.

Ein Krachen war zu hören. Irgendwo in einem der anderen Zimmer? War eine Tür ins Schloss gefallen? War noch jemand im Haus? Rudi? Oder gar Ramig?

Sie konnte nicht nachschauen gehen. Musste weiter das Feuer bekämpfen. Damit ihr Vater eine Chance hatte. Seine schlohweißen Haare waren verschwunden. Das Feuer hatte sie verschlungen. Seine Haut war rot wie glühende Kohlen. Sie erkannte ihren Vater nicht. Die Flammen hatten sein Gesicht aufgefressen.

Tränen brannten in Lottas Augen. Der Rauch tat sein Übriges. Sie hatte es geschafft, hatte die Flammen gelöscht. Nur noch Reste von der Kleidung hafteten an dem leblosen Körper.

Lotta riss die Fenster auf. Öffnete die Tür, damit der Rauch abzog. Sie brauchte frische Luft. Ihr Vater brauchte sie. Dann sah sie, dass sich draußen eine Gestalt entfernte. Die Straße lief sie entlang, als ginge sie spazieren.

Ramig!

»Ahhh!«, schrie Lotta verzweifelt. Voller Hass war sie auf diesen Mann. Aber sie konnte ihm jetzt nicht folgen, musste bei ihrem Vater bleiben.

Vor ihm sank sie auf die Knie. Weinte. Schaute in sein verkohltes Gesicht. Oder in das, was einmal sein Gesicht gewesen war. Auf dem Boden kniete sie, als täte sie Buße. Gerne hätte sie seine Wange gestreichelt, damit er wusste, dass sie bei ihm war. Dass sie alles im Griff hatte. Dass Hilfe kam. Doch sie wagte es nicht. Hatte Angst, dass sie alles noch schlimmer machte. Sie suchte seinen Puls. Fand ihn nicht. Schmerzerfüllt stieß sie einen Schrei aus.

Draußen waren Motorengeräusche zu hören. Dann war es wieder still. Wo blieben die Einsatzkräfte so lange?

Prischko, sie musste ihn anrufen. Sie fand keine Kraft dazu.

Hundegebell drang in ihr Bewusstsein.

War das Johann Strauss? War er in einem der anderen Zimmer eingesperrt? Und wo war Rudi? Lag etwa noch eine Leiche irgendwo im Haus?

Lotta wollte aufstehen, schaffte es nicht. Wollte nachsehen, aber eigentlich interessierte es sie nicht. Sie hatte alles falsch gemacht und würde ihren Dienst quittieren, die Kollegen würden sich darüber freuen. Sie konnte nicht weitermachen, wenn ihr Vater tot war. Auf ganzer Linie hatte sie versagt. Als Ermittlerin und als Tochter.

Das Hundegebell wurde lauter. Wie durch Watte drang es an Lottas Ohren. Sie war verzweifelt, wollte das Bellen nicht länger hören. Es sollte sie nicht in ihrer Trauer stören. Musste aufhören …

»Scheiße, was ist denn hier los?«, donnerte eine Stimme im Flur.

Die Rettungsleute waren endlich da, dachte Lotta. Aber sie kamen zu spät. Erst jetzt bemerkte sie einen Benzinkanister neben dem Stuhl. Ramig musste ihren Vater damit übergossen haben.

»Was ist passiert?« Die Stimme war nun ganz nah, in Lottas Rücken.

Wie in Zeitlupe wandte sich Lotta um und blickte hoch. Tränen behinderten ihre Sicht. Sie blinzelte. Dann noch einmal. Wischte die Tränen aus ihren Augen.

Lotta traute ihrer Wahrnehmung nicht. »Papa?« Ihre Sinne gaukelten ihr vor, dass ihr Vater in der Tür stand. Neben ihm Johann Strauss, der aufgeregt mit dem Schwanz wedelte.

Welch grausamer Scherz!

»Lotta?« Gustav Meinich hatte zwei Pizzakartons in der Hand. Sein Blick wanderte zwischen seiner Tochter und der Gestalt auf dem Stuhl hin und her.

Lotta fing an, hysterisch zu weinen.

»Ich bin es, Kind.« Gustav eilte zu seiner Tochter, die immer noch auf dem Boden kniete. Die Pizzakartons ließ er fallen und umarmte Lotta. Drückte sie an sich. Ihm musste klar geworden sein, welche Angst sie gerade ausgestanden hatte. Weil sie gedacht hatte, dass er es sei, der an den Stuhl gefesselt war. Der tot war.

Johann Strauss bellte. Stand vor dem Mann auf dem Stuhl. Legte sich ihm zu Füßen. Winselte.

Gustav hielt seine Tochter fest. Lotta ihren Vater. So fest hatte sie sich noch nie an ihn geklammert, nicht einmal, als sie acht Jahre alt gewesen und ihre Mutter gestorben war. Damals war die Welt untergegangen. Jetzt ging die Sonne auf. Obwohl ein Mensch gestorben war. Doch ihr Vater lebte.

In der Ferne waren Sirenen zu hören.

# 27. KAPITEL

»Warum tut jemand so etwas?«, fragte Gustav seine Tochter. Die Rettungsleute waren eingetroffen, doch auch der Notarzt hatte natürlich nichts mehr für Rudolf Gablonser tun können. Johann Strauss lag nach wie vor winselnd zu seinen Füßen. Der Labrador wich nicht von der Seite seines toten Herrchens.

Die Frage, warum manche Menschen zum Mörder wurden und andere nicht, konnte Lotta nicht beantworten, so viele Einflüsse während eines Lebens spielten dabei eine Rolle. »Ich weiß es nicht«, sagte sie und fühlte sich schrecklich, weil sie erleichtert war, dass der Freund ihres Vaters dort auf dem Stuhl saß und nicht ihr Vater. »Es tut mir so leid, Papa.«

Gustav wandte sich ab und schlurfte mit hängenden Schultern und gesenktem Haupt in die Küche, die Pizzakartons ließ er liegen, wo er sie fallen gelassen hatte. Lotta wischte sich mit dem Shirt ihr tränennasses Gesicht ab und folgte ihm. Sie hatte Prischko bereits angerufen, er würde alle herschicken. Die ganze Einsatzgruppe würde sich auf den Weg zum Haus ihres Vaters machen, angefangen von den Kollegen der Tatortsicherung bis hin zur Gerichtsmedizinerin. Ebenso würde die Feuerwehr anrücken, um die Wohnung auf Glutnester zu überprüfen, auch wenn es sich bei dem Brand nur um ein kleines Feuer gehandelt hatte, da Ramig die Kleidung des Opfers mit Benzin getränkt und angezündet hatte und die Flammen noch nicht um sich gegriffen hatten. Ein kleines Feuer mit großer Wirkung.

Lotta setzte sich zu ihrem Vater an den Küchentisch und griff nach seiner Hand. Der Schock stand ihm ins Gesicht geschrieben, bestimmt ebenso ihr. Ihr Vater und Rudi glichen einander von der Statur und der Größe her, sodass sie tatsächlich geglaubt hatte, dass ihr Vater auf dem Stuhl saß. Deshalb wollte sie ihn jetzt spüren, wollte fühlen, dass er lebte. Dass sie sich geirrt hatte. Und sie musste verstehen, was passiert war. »Wo bist du gewesen? Wieso warst du nicht da?«, fragte sie ihn.

Gustav schaute seine Tochter mit traurigen Augen an. »Ich hab für Rudi und mich Pizza geholt. Wir haben Karten gespielt und dann Hunger bekommen. Der Rudi mag kein Gemüse, etwas anderes hatte ich aber nicht im Haus. Das mit der Pizza war Rudis Idee, er wollte etwas Deftiges. Deshalb hab ich sie geholt.« Gustavs Stimme war brüchig. Er weinte nicht, doch Lotta spürte, dass es ihn innerlich zerriss. Sie drückte seine Hand ein wenig fester. »Johann Strauss wollte unbedingt mit mir mitkommen, dem war schon die ganze Zeit über langweilig, als wir Karten gespielt haben. Deshalb hab ich ihn im Auto auf die Rückbank gelassen … Was wird denn nun aus ihm?« Gustavs Kinn bebte.

»Wir finden einen Platz für ihn«, antwortete Lotta. Ihren Vater so leiden zu sehen, schmerzte sie. Er war immer der Starke gewesen, auf den sie sich hatte verlassen können. Der sie mit seiner Sturheit zur Weißglut getrieben hatte. An dessen Schulter sie sich ausweinen konnte. Der nachts an ihrem Bett saß und auf sie aufpasste.

Ab heute war alles anders.

»In ein Tierheim darf er nicht«, beharrte Gustav. »Das bin ich dem Rudi schuldig. Und dem Johann Strauss natürlich auch.«

Das Sirenengeheul wurde lauter, die Einsatzfahrzeuge von Polizei, Rettung und Feuerwehr rückten an. Lotta und ihr Vater saßen am Tisch und warteten auf ihre Ankunft. Es gab so viel zu sagen, aber ihnen fehlten die Worte. Aus ihrer stummen Übereinkunft schöpften sie Kraft, das alles gemeinsam zu überstehen. Irgendwie würden sie es hinkriegen. Es musste einfach so sein.

Daniel Prischko stürmte zur Tür herein und sah seine Chefin mit ihrem Vater am Küchentisch sitzen. Hinter ihm betraten mehrere Kollegen von der Tatortsicherung das gegenüberliegende Wohnzimmer und begannen mit ihrer Arbeit. Als Erstes brachten sie den jaulenden Johann Strauss aus dem Haus.

»Was ist passiert? Wie geht es euch? Und wo ist Ramig?«, sprudelten die Fragen aus Prischko heraus. Bestimmt hatte er sich bei der Herfahrt Sorgen gemacht, da Lotta ihm am Telefon nur in groben Zügen die Situation geschildert hatte. Jetzt beantwortete sie ihm all seine Fragen.

»Ramig ist also statt zum Staatsanwalt, wo wir auf ihn gewartet haben, hierhergefahren und hat Rudolf Gablonser, der heute bei Ihnen zum Kartenspielen gewesen ist, an den Stuhl gefesselt und getötet«, fasste Prischko das Gehörte zusammen und wartete auf eine Reaktion von Gustav Meinich, der zusammengesunken am Küchentisch saß und nickte. »Und du bist dir sicher, dass es wirklich Ramig gewesen ist?«, fragte der Gruppeninspektor daraufhin seine Chefin.

»Ich bin mir sicher«, bestätigte Lotta. »Ich hab ihn zwar nur von hinten gesehen, aber er war es. So wie er sich bewegt hat – das war eindeutig! Wahrscheinlich ist er am Bein verletzt und hinkt deshalb. Das ist mir schon aufgefallen, als er in seinem Garten vor mir davongelaufen ist. Und er hatte einen Grund, hier aufzutauchen. Papa war vor 20 Jahren der leitende Ermittler in seinem Fall. Wahrscheinlich hat Ramig ihn mit Rudi verwechselt. Nur deswegen lebt mein Vater noch.« Lotta griff nach der Hand ihres Vaters und drückte sie.

Prischko beobachtete die beiden, fragte aber weiter. »Wie ist er hergekommen? Wir haben sein Auto, und ein Taxi kann er nicht genommen haben.«

»Bestimmt mit dem Zug. Steyregg liegt direkt an der Summerauer Strecke, und vom Bahnhof hierher ist das locker zu Fuß zu schaffen, selbst mit einer Verletzung am Bein. Das weiß ich aus eigener Erfahrung.« Gustav klopfte auf sein Knie.

»Wie lange will Ramig noch so weitermachen und einen nach dem anderen umbringen?«, stieß Prischko frustriert aus.

»Bis wir ihn aufhalten«, sagte Lotta. »Er ist 20 Jahre lang hinter Gitter gesessen und hatte Zeit, die Morde zu planen. Er weiß, wer damals in den Fall involviert war. In seinen Augen haben diese Menschen sein Leben zerstört. Das letzte halbe Jahr hat er dafür genutzt, herauszufinden, wo und wie sie heute leben. Deshalb hat er erst vor zwei Wochen damit begonnen, sie zu ermorden.«

Im Flur war das Klappern von Stöckelschuhen zu hören. Wenige Augenblicke später steckte Ilsa Vorkramer den Kopf zur Tür herein. »Es tut mir so leid, so unendlich leid. Dass ausgerechnet hier …« Die Gerichtsmedizinerin verstummte und schüttelte bedauernd den Kopf.

»Danke, Ilsa«, erwiderte Lotta und setzte sie über die

Identität des Toten in Kenntnis, auch wenn die Gerichtsmedizinerin darüber wahrscheinlich schon im Bilde war.

»Ich bin dann mal nebenan.« Nach diesen Worten verschwand sie ins Wohnzimmer.

Dann stand plötzlich Oberst Jusuf Schmettenthaler in der Tür.

»Chef?« Lotta blickte ihren Vorgesetzten überrascht an. Dass sich der Dienststellenleiter an einen Tatort bemühte, war äußerst selten. Aber wieso wusste er überhaupt …?

»Ich hab ihn angerufen«, kam Prischko ihrer Frage zuvor.

»Du hast …? Wieso?« Lotta verstand nicht. Fiel ihr Prischko etwa in den Rücken? Zweifelte er daran, dass sie Ramig zu fassen kriegten, wenn sie das Kommando führte? Weil ihr Vater betroffen war und sie deshalb nicht mehr klar denken konnte? Es wäre ihre Aufgaben gewesen, den Dienststellenleiter zu informieren, und nicht die von Prischko.

»Bringen Sie mich bitte auf den aktuellen Stand«, verlangte der Oberst.

Lotta erzählte, was sich zugetragen hatte. Wie sie von Staatsanwalt Woratschs Haus in Leonding zu ihrem Vater gefahren war, weil sie sich Sorgen um ihn gemacht hatte, da er nicht an sein Handy gegangen war.

»Das hab ich in der Küche liegen lassen, als ich Pizza holen gefahren bin«, erklärte Gustav.

»Darüber reden wir noch, Papa«, sagte Lotta zu ihm.

»Darüber brauchen wir nicht zu reden«, erwiderte er leise.

»Ramig ist also wieder auf der Flucht«, brachte Schmettenthaler es auf den Punkt.

Lotta bestätigte es ihm.

»Hat Staatsanwalt Woratsch noch Polizeischutz?«, fragte der Dienststellenleiter.

»Ja. Er gilt nach wie vor als mögliches Ziel von Ramig«, sagte Prischko.

»Gut, dann bleibt der Polizeischutz.« Schmettenthaler wandte sich Lotta zu. »Und Sie, Frau Meinich, nehmen sich eine Auszeit. Sie müssen das erst einmal verarbeiten …«

»Das ist nicht nötig«, begehrte Lotta auf. Wollte ihr der Oberst den Fall nun doch noch entziehen?

»Das war keine Einladung zu einer Diskussion, Frau Meinich. Das war ein Befehl!«, wurde der Dienststellenleiter präziser.

»Aber ich …«

»Können Sie das Gespräch bitte draußen weiterführen?« Ein Kollege von der Tatortsicherung stand in der Tür. »Wir müssen hier drinnen alles nach Spuren absuchen, nicht nur das Wohnzimmer. Der Täter kann schließlich überall gewesen sein.«

»Klar.« Lotta schluckte das, was ihr auf der Zunge brannte, unausgesprochen hinunter und stand vom Tisch auf. Der Weg nach draußen würde ihr Zeit verschaffen, sich Argumente zurechtzulegen, weshalb sie diese Sache unbedingt zu Ende bringen musste und Schmettenthaler sie unter keinen Umständen von dem Fall abziehen durfte. »Papa, kommst du?«

Auch Schmettenthaler und Prischko machten sich zum Gehen bereit. Doch Gustav blieb sitzen. Für einen Moment sah es so aus, als wenn er nicht vorhätte, etwas daran zu ändern.

Lotta hielt inne. »Papa?«

»Ich … ich kann nicht«, stotterte Gustav und klammerte sich am Rand des Küchentisches fest.

»Wie meinst du das, du kannst nicht?«, wiederholte Lotta. Ihr fiel auf, dass ihr Vater ganz blass im Gesicht war.

»Ich … ich … Mir geht es nicht gut.« Gustav fasste sich an die Brust.

Lotta war sofort bei ihm.

»Schnell! Wir brauchen den Notarzt!«, rief Schmettenthaler zur Tür hinaus.

Gustav atmete hektisch.

Lotta hielt ihn im Arm und stützte ihn.

Schritte waren zu hören. Die Sanitäter und der Notarzt trampelten den Flur entlang Richtung Küche.

»Machen Sie Platz!«, wies der Notarzt die Anwesenden an. Nur Lotta blieb bei ihrem Vater. Gemeinsam legten sie Gustav auf den Boden. Lotta kauerte sich neben ihn. Dieses Mal war es tatsächlich ihr Vater, neben dem sie kniete. Sie sah die Angst in seinen Augen, dass nun auch er sterben könnte. Dass er seinem Freund Rudi folgen würde.

Die gleiche Angst verspürte Lotta. Alles wiederholte sich. Panik kroch ihr lähmend in den Körper. In ihr Herz. Drohte, es zum Stillstand zu bringen.

Wie das ihres Vaters?

»Hat er einen Herzinfarkt?«, stellte sie die Frage, vor deren Antwort sie sich fürchtete.

»Davon gehe ich nicht aus. Es ist der Stress, der ähnliche Symptome wie ein Myokardinfarkt auslösen kann. Wir bringen ihn trotzdem zur Sicherheit ins Krankenhaus«, teilte der Notarzt ihr mit.

»Nicht schon wieder in ein Krankenhaus«, jammerte Gustav am Boden liegend. »Wer kümmert sich dann um Johann Strauss?« Ohne auf eine Antwort zu warten, wollte er sich aufrichten. Wahrscheinlich, um zu beweisen, dass der Moment der Schwäche vorüber war.

»Sie bleiben schön liegen«, ordnete der Arzt an und sagte zu den Sanitätern, dass sie mit der Trage hereinkommen sollten.

Dem Tatortsicherer war anzumerken, dass er darüber nicht sonderlich erfreut war. Gewiss befürchtete er, dass der Rest der Spuren auch noch vernichtet wurde. Dieses Mal nicht vom Feuer, sondern von Menschen. Aber das Wohl von Leib und Leben hatte ganz klar Vorrang.

»In welches Krankenhaus bringt ihr ihn?«, fragte Lotta.

»In den Med Campus III.«, antwortete der Notarzt.

Minuten später wurde Gustav auf einer Trage in den Rettungswagen geschoben. Lotta sah dem Fahrzeug hinterher, bis es um die nächste Ecke bog. Dann ging sie am winselnden Johann Strauss vorbei, der im Garten an einem Zaunpflock angebunden war, und auf ihren Vorgesetzten zu. Sie hatte sich ein paar Worte zurechtgelegt, warum sie an dem Fall dranbleiben musste, und hoffte, dass Schmettenthaler dafür Verständnis aufbrachte. Immerhin war er ebenfalls Polizist und wusste, was es bedeutete, einen Verbrecher zur Strecke zu bringen.

»Chef, ich krieg das hin«, begann sie ihr Plädoyer für sich selbst. »Ich lass mich nicht von dem Überfall auf meinen Vater beeinflussen, das wissen Sie. Sie kennen mich, ich werde ...«

»Sie schauen schrecklich aus, Frau Meinich. Wann haben Sie das letzte Mal richtig geschlafen? Ich rede nicht von zwei, drei Stunden am Stück, sondern von einer Nacht«, wollte der Dienststellenleiter von ihr wissen.

»Äh ...« Das lag einige Tage zurück, wusste Lotta.

»Sehen Sie! Das Ganze hat nichts mit Ihrem Vater zu tun oder mit dem, was hier passiert ist. Und jetzt fahren Sie zu ihm ins Krankenhaus, morgen reden wir in Ruhe

über alles. Ich will Sie heute nicht mehr auf der Dienststelle oder an einem Tatort sehen. Prischko vertritt Sie
einstweilen.«

»Aber ...«

»Kein Aber. Und wenn ich noch deutlicher werden
muss ...«

»Schon gut«, winkte Lotta ab und ging zu ihrem Wagen.
Prischko lief ihr hinterher. »Hey, Lotta, ich ...«

»Lass mich«, fauchte sie ihn an.

»Ich wollte doch nur ...«

Lotta knallte die Autotür hinter sich zu, startete den
Motor und gab Gas.

# 28. KAPITEL

Die Ärzte behielten Gustav Meinich über Nacht im Krankenhaus. Als Lotta sein Zimmer verließ, bewachten zwei uniformierte Kollegen die Tür. Offenbar ging Schmettenthaler kein Risiko ein, dafür war Lotta ihm dankbar. Sie selbst hatte schon überlegt, ob sie die Nacht im Spital verbringen und auf ihren Vater aufpassen sollte, doch das musste sie nun nicht und freute sich auf ihr Bett. Ihr Chef hatte recht: Sie brauchte dringend Schlaf. Und eine heiße Dusche.

Prischko hatte ihr eine Whatsapp geschickt, dass der Kollege, den Ramig vorm Haus ihres Vaters bewusstlos geschlagen hatte, aufgewacht sei und eine Gehirnerschütterung habe, sonst fehle dem Mann dem Himmel sei Dank nichts. Außerdem kümmere er sich selbst einstweilen um Johann Strauss. Er habe dem Labrador ein Steak gebraten, das dieser allerdings nicht angerührt habe. Johann Strauss trauerte um sein Herrchen, das wusste Lotta. Prischko hatte sich ebenso nach ihrem Wohlbefinden erkundigt, sie hatte ihm aber bisher nicht zurückgeschrieben.

Als sie das Krankenhaus verließ, stellte sie fest, dass die Zeit rasend schnell vergangen und die Nacht über das Land hereingebrochen war. Kurz fragte sie sich, wohin Ramig geflüchtet sein mochte, denn bei sich zu Hause konnte er sich nicht mehr verstecken. Jedoch bot so eine große Stadt wie Linz genügend dunkle Winkel für Verbrecher, hinter jeder Ecke könnte Ramig lauern. Mach dich nicht verrückt, schalt Lotta sich selbst und schob den Gedanken beiseite. Für ein paar Stunden wollte sie nicht an den Fall denken, sondern sich erholen. Seelisch wie auch körperlich.

Mit ihrem Passat fuhr sie von der Krankenhausstraße in die Lederergasse und stellte ihn in der Tiefgarage ab. Normalerweise stieg sie die Treppen in den dritten Stock hinauf, doch heute nahm sie ihrem geschundenen Körper zuliebe den Lift und sperrte danach die Tür zu ihrer Wohnung auf.

Im Flur zog Lotta die Jeansjacke aus, sie war voller Ruß wie auch der Rest ihrer Kleidung. Der Geruch nach Rauch hing daran fest, genau wie an ihren Haaren. Die Dienstwaffe legte sie auf den Küchentisch, in dem Moment klingelte ihr Handy. Es war Arthur, ihr Ex. Bestimmt hatte er den Namen des Homosexuellen herausgefunden, den Molov nicht hatte vertreten wollen. Doch der spielte keine Rolle mehr, der Mann hatte nichts mit dem Tod des Anwalts zu tun. Aber wenn sich Arthur schon die Mühe gemacht hatte, ihr zu helfen, wollte sie wenigstens mit ihm reden. »Grias dich, Arthur.«

»Grias dich, Lotta. Ich hab den Namen«, verkündete Arthur selbstgefällig, als hätte er damit den Fall gelöst.

»Wer ist es?«, fragte die Chefinspektorin.

»Gunter Kovic. Er ist Koch in einem Restaurant und …«

»Er ist nicht unser Täter«, unterbrach Lotta ihren Ex.

»Woher willst du das wissen, ohne dass du ihn überprüft hast? Hast du seit Neuestem hellseherische Fähigkeiten, die du mir verschweigst?« Arthur lachte über seinen eigenen Scherz.

»Wir kennen inzwischen die Identität des Täters«, informierte Lotta ihn. »Aber danke, dass du nachgefragt hast.«

»Geht es dir gut?« Offenbar hörte Arthur an ihrer Stimme, wie erschöpft sie war.

»Ich bin todmüde und war gerade auf dem Weg ins Bett, als du angerufen hast.«

»Ah, verstehe, dann will ich dich nicht davon abhalten. Gehen wir wieder einmal essen?«

»Ich melde mich bei dir.«

»Warte nicht zu lange!«

»Gute Nacht, Arthur.« Lotta beendete das Gespräch, legte das Handy auf den Küchentisch und ging ins Bad. Dort warf sie einen Blick in den Spiegel. »Mein Gott«, entfuhr es ihr ob ihres Anblicks. Ihre Haut war grau vom Rauch, ihre Haare zerrauft, ihre Augen blickten ihr müde entgegen. Die Blutergüsse von Ramigs Angriff hatten sich dunkel verfärbt und das Pflaster auf der Platzwunde an ihrer Stirn gehörte dringend gewechselt, damit sich die Wunde nicht entzündete. Kein Wunder, dass Schmettenthaler ihr eine Auszeit verordnet hatte. Sie schluckte eine Schmerztablette, drehte in der Dusche das Wasser auf und ließ ihre Kleidung zu Boden fallen. Der warme Strahl spülte den Tag von ihrem Körper, bis sie sich ein wenig besser fühlte. Wahrscheinlich lag das aber auch an der einsetzenden schmerzlindernden Wirkung der Tablette.

Erst jetzt bemerkte sie, wie hungrig sie war. Außerdem hatte sie tagsüber kaum etwas getrunken. In der Küche bereitete sie sich ein Käsebrot zu, aß dazu Cocktailtomaten und trank Wasser.

Das Handy läutete.

Lotta warf einen Blick auf das Display, es war Prischko. Mit ihm wollte sie heute keinesfalls mehr reden. Sie war sauer auf ihn, weil er Schmettenthaler angerufen hatte, ohne es mit ihr abzusprechen. Nach mehrmaligem Läuten verstummte das Smartphone.

Doch nun kehrten Lottas Gedanken zurück zu dem Fall. Wie konnte es ihnen gelingen, Ramig festzunehmen, bevor ein weiterer Mensch sein Leben lassen musste? Sie würden nicht alle an dem damaligen Prozess Beteiligten beschützen können. Und wo hatte sich Ramig verkrochen?

Denk nach, befahl sich Lotta, während sie das Brot kaute und aus dem Küchenfenster nach draußen starrte, wo die Dunkelheit die Landeshauptstadt in einen sicheren Schlaf wiegte.

Wo würdest du dich verstecken, wenn du nicht mehr nach Hause könntest? In einem verlassenen Gebäude, von denen es in Linz zahlreiche gab. Lotta war sich sicher, dass Ramig wieder in die Landeshauptstadt zurückgekehrt war. Selbst zu Fuß brauchte man nur die Steyregger Brücke zu queren und schon befand man sich auf dem Gelände der Voestalpine. Wer nicht entdeckt werden wollte, blieb verborgen. Das war das Gesetz der Straße. Man half einander.

Wo war Ramig jetzt?

Wie könnte sie ihn aus seinem Versteck locken? Damit nicht mehr er die Spielregeln und den Zeitplan vorgab, wo und wann er wieder zuschlug. Und sie ihm immer einen Schritt hinterherhinkte.

Welchem Köder würde er nicht widerstehen können?

War sie selbst interessant für ihn? Die Frau, die ihn jagte? Die Tochter des Polizisten, der ihn vor 20 Jahren festgenommen und den er zu ermorden versucht hatte?

Ja, das war sie!

Also wollte sie sich ihm als Lockmittel anbieten. Sie

würde ein Treffen mit ihm vorschlagen. Würde vorgeben, dass sie ihm glaubte, dass er seine Frau damals nicht ermordet hatte. Dass sie eine Lösung finden würden …

Könnte das funktionieren?

Sie würde ihm eine Nachricht auf das Handy schicken, von dem er ihr das letzte Sprichwort gesandt hatte. Die Kollegen hatten es zwar nicht orten können, doch Lotta hoffte, dass Ramig es tatsächlich nur ausgeschaltet und nicht weggeworfen oder die SIM-Karte zerstört hatte. Dass er es irgendwann wieder einschalten und die Nachricht lesen würde, die sie ihm schicken würde. Und dass er Lotta daraufhin kontaktierte.

Das war ihr Plan.

Schmettenthaler durfte davon allerdings nichts erfahren, er würde ihr seine Zustimmung verweigern. Zu Recht, wie Lotta fand, denn die Aktion war gefährlich. Aber wenn sie Ramig nicht zur Strecke brachte, würde ihr Vater in Angst leben. Die Frage war nicht, ob, sondern wann Ramig hinter der nächsten Ecke auf ihn lauerte. Und ein zweites Mal würde er nicht so viel Glück haben.

Also musste sie es tun!

Sie brauchte jedoch eine Rückversicherung. Sie musste Prischko in den Plan einweihen. Allerdings nicht mehr heute. Sie stellte den leeren Teller und das Glas auf die Anrichte in der Küche und ging ins Schlafzimmer.

*

Pling! Lottas Handy gab einen Ton von sich. Es lag neben ihrem Bett auf dem Nachtkästchen.

Pling!

Lotta wollte weiterschlafen. Wollte sich jetzt nicht um etwas kümmern müssen. Wollte nichts erfahren. Nur schlafen.

Pling!

Pling!

Pling!

Lotta drehte sich um und griff nach dem Gerät. Entsperrte den Bildschirm und sah, dass sie seit ihrem Zubettgehen acht Nachrichten von derselben Nummer erhalten hatte. Alarmiert öffnete sie die SMS und las »Wie der Vater, so die Tochter«.

Ihr Herzschlag setzte für einen Moment aus.

Acht Mal der gleiche Text! Als wollte der Absender damit die Bedrohung verstärken. Weil Worte allein nicht ausreichten.

Die Nachrichten verfehlten ihre Wirkung nicht.

Lotta wusste, was sie bedeuteten. Ramig war ihr zuvorgekommen. Nicht sie bot sich ihm als Köder an, er nahm sie bereits ins Visier.

Ob er in ihrer Wohnung war?

Sie lauschte. Hörte nichts.

Wie hätte er hereinkommen können? Klar, ihr Vater hatte einen Schlüssel für ihre Wohnung, wie sie einen für sein Haus hatte. Er hing bei ihm an einem Schlüsselbrett im Flur. Wie auf einem Präsentierteller! Sogar mit einem Anhänger mit ihrem Namen darauf, falls ihr Vater vergesslich wurde und den Schlüssel nicht mehr zuordnen konnte. Ramig hatte ihn gewiss gesehen. Verdammt!

Die Glock lag auf dem Küchentisch. Bis dorthin musste sie es schaffen. Leise stieg sie aus dem Bett, öffnete nur in Unterwäsche die Schlafzimmertür und horchte.

In ihrer Wohnung war es ruhig. Sie schlich den Flur entlang zur Küche … Die Pistole war weg!

Das Licht ging an.

Lotta fuhr herum.

Konrad Ramig zielte mit ihrer eigenen Dienstwaffe auf sie. Lächelte sie an. »Wenn Sie schreien, erschieße ich Sie.«

»Wieso tun Sie das?« Lotta versteckte die Hand mit dem Smartphone in ihrem Rücken.

»Warum nicht?«, antwortete Ramig mit dieser Gegenfrage.

»Sie wären ein freier Mann gewesen, wenn Sie die Vergangenheit ruhen gelassen hätten«, sagte Lotta und suchte nach einem Ausweg. Doch gegen die Pistole hätte sie selbst mit dem größten Küchenmesser keine Chance.

»Ich bin im Gefängnis einen langsamen Tod gestorben. Mit jedem Jahr, das ich unschuldig hinter Gittern verbracht habe, ist ein Teil von mir verschwunden. Hat sich aufgelöst, bis nichts mehr von mir übrig war außer der Körper, der jetzt mein Werkzeug ist«, erklärte Ramig beinahe philosophisch.

»Wenn nicht Sie Ihre Frau umgebracht haben, wer dann?«, fragte Lotta in der Hoffnung, mit dem Handy in ihrem Rücken eine Nachricht senden zu können. Irgendeine. Egal, welche. Sie durfte sich nicht verraten. Tippte auf das Display ganz links unten und hoffte, dadurch die App zu öffnen, deren Icon sich dort befand, tippte, so gut es ging, ohne Ramigs Aufmerksamkeit zu erregen.

»Braunpichl, unser damaliger Nachbar. Sie kennen ihn als Alois Kaimper, den feinen Herrn Baumeister. Der Feigling hat seinen Namen geändert in der Hoffnung, dass ich ihn nicht finde, wenn ich aus dem Knast rauskomme. Ich muss zugeben, es hat eine Weile gedauert, bis ich dahintergekommen bin, wo er sich verkrochen hat. Hey! Ich will Ihre Hände sehen!«

Lotta schob das Smartphone in ihrem Rücken auf den Küchentisch und kam Ramigs Aufforderung nach. Wie zwei gehisste weiße Fahnen, die Frieden signalisierten, hob sie die Hände. »Wieso sollte er Ihre Frau umgebracht haben?«

»Ist das nicht Aufgabe der Polizei, das rauszufinden?«

»Wir können ihn nicht mehr befragen, Sie haben ihn ermordet«, erwiderte Lotta.

»Vor 20 Jahren wäre es gegangen«, antwortete Ramig knapp.

»Haben Sie ihn getötet, weil er angeblich Ihre Frau ermordet hat?«

»Weil er vor Gericht gelogen hat«, erwiderte Ramig ruhig. »Er hat behauptet, dass er gesehen hat, wie ich über Florentina gekniet bin und das Messer in der Hand hatte. Wie ich sie erstochen habe. Dabei wollte ich sie wiederbeleben und nicht umbringen.«

Ramigs kalte Stimme jagte Lotta ein Schaudern über den Rücken. Dieser Mann schien jegliche Emotionen verloren zu haben. Doch sie musste ihn aus der Fassung bringen, damit er einen Fehler beging. Und sie eine Chance bekam.

»Was ist mit Molov, Ihrem Anwalt?«

»Der hatte mehr Interesse daran, Politiker zu werden als an meinem Fall. Er war ein schlechter Verteidiger und eine Schande für seinen Berufsstand.«

»Und Richter Schrein?«

»Der war mein Henker …«

»Sie wurden doch nicht zum Tode verurteilt.«

»Natürlich wurde ich das! Sie können sich nicht vorstellen, wie das so ist in einem Gefängnis. Wie die anderen mit einem umgehen, wenn man angeblich seine Frau kaltblütig ermordet hat. Die haben mich gedemütigt, mir das Essen weggenommen und absichtlich das Knie zertrümmert. Jeden Tag erinnert mich mein Hinken an den Knast, jeden Tag! In so einem Gefängnis bist du nichts, wenn du keine kriminelle Energie in dir trägst. Der Konrad Ramig von damals ist tot, ich bin in den letzten 20 Jahren zu einem anderen geworden. Und wenn diese Sache vorüber ist, werde ich ganz weg sein.«

»Was haben Sie vor?«

»Das spielt keine Rolle.«

»Für mich schon.«

»Nicht mehr lange.«

»Wollen Sie mich auch umbringen? Wie der Vater, so die Tochter?«

»Gut erkannt.«

»Wieso? Ich war damals gar nicht dabei.«

»Sie wollen mich aufhalten, das kann ich nicht zulassen.«

»Wie viele müssen noch sterben?«

»So viele wie nötig.«

»Und wie wollen Sie mich umbringen? Erschießen? Mit meiner eigenen Waffe?«

»Ich hab einen besseren Plan.«

»Welchen?«

»Sie werden sich die Pulsadern aufschneiden und langsam verbluten. Man wird denken, dass Sie das aus Kummer wegen dem Tod Ihres Vaters getan haben. Für die Auswahl des letzten Sprichwortes möchte ich mich übrigens bei Ihnen entschuldigen, da es nicht ganz passend für Sie ist, weil Sie ja eine Frau und kein Mann sind und demzufolge nicht der Sohn, auf den Ihr Vater zweifelsohne stolz gewesen wäre. Ich musste das Sprichwort ein wenig abwandeln.

Aber ein passenderes ist mir auf die Schnelle nicht eingefallen, ich musste ja improvisieren. Die anderen Sprichwörter habe ich mir schon vor Jahren rausgesucht und eine entsprechende Tötungsvariante dazu ausgedacht. Manchmal ist man halt nicht Herr seines eigenen Vorgehens, nicht wahr?« Ramig lächelte. »Jedenfalls werde ich die Nachrichten auf Ihrem Handy löschen, bevor ich hier rausspaziere. Dadurch dürfte der Zusammenhang zwischen Ihrem Tod und jenem der anderen nicht sofort erkennbar sein und Ihre Kollegen werden lange Zeit im Dunkeln tappen, wie sie auch nicht auf Anhieb erkannt haben, dass Kaimpers Tod kein Unfall gewesen ist.«

»Haben Sie deshalb bei Molov das Sprichwort auf einen Zettel geschrieben und in seiner Tasche zurückgelassen und nicht auf die Felswand gesprüht?«

»Das musste ich. Sonst hättet ihr die Zusammenhänge doch nie kapiert.« Ramig lachte überheblich.

»Weshalb die Botschaften in der Zeitung?«

»Ich wollte, dass sich alle so hilflos fühlen wie ich mich im Gefängnis. Dass Sie und Ihresgleichen zwar einen Hinweis erhalten, dass jemand sterben wird, es aber nicht schaffen, dessen Tod zu verhindern. Ich fand, das war ich Ihnen allen schuldig.« Ramig neigte den Kopf zur Seite und ließ seinen Blick über Lotta gleiten.

Lediglich mit Unterwäsche bekleidet fühlte sie sich nackt. »Darf ich mir etwas anziehen? Mir ist kalt.«

»Das ist nicht mehr nötig. Sie nehmen jetzt die Rasierklinge, die ich für Sie auf den Tisch gelegt habe.«

Lotta drehte sich halb zur Seite und schaute auf den Küchentisch. Tatsächlich, die kleine metallene Klinge hatte sie zuvor gar nicht gesehen, als sie dort nach ihrer Dienstwaffe gesucht hatte. »Was, wenn ich mich weigere?«

»Glauben Sie mir, das werden Sie nicht. Noch sind alle gestorben, bei denen ich das wollte.«

»Mein Vater lebt!«, platzte Lotta heraus.

Im Gesicht ihres Gegenübers tauchte Unsicherheit auf. Doch nur für einen kurzen Moment, dann kehrte die Selbstgefälligkeit zurück. »Das glaube ich Ihnen nicht.«

»Sie haben den Falschen angezündet.« Lottas Augen funkelten Ramig wütend an.

»Wen?«

Lotta schwieg.

»Wen?«, schrie Ramig.

Jetzt hatte sie ihn! Er verlor die Fassung. Zu schreien war sein erster Fehler. Wenn er sie in derselben Lautstärke bedrohte, hörten es hoffentlich die Nachbarn und alarmierten die Polizei.

»Sie haben einen Fehler gemacht, Ramig! Ein Unschuldiger ist gestorben. Seinetwegen klebt nun Blut an Ihren Händen genauso wie an denen von Kaimper, Molov und Schrein Ihretwegen«, provozierte sie ihn weiter.

Ramigs Kiefer zermalmten den aufsteigenden Zorn. Er musste erkennen, dass sein Plan fehlerhaft war, dass die jahrelange Planung nicht funktioniert hatte.

Lotta bekam Angst, dass er nun doch schießen könnte. »Hören Sie, es ist gut, dass mein Vater lebt, sonst …«

»Seien Sie ruhig!«, herrschte Ramig sie an. »Ihr Vater ist tot! Ich hab gesehen, wie der andere mit dem Köter das Haus verlassen hat. Ihr Vater ist geblieben und hat mir aufgemacht. Er hat vorgegeben, mich nicht zu kennen, und hat mir gedroht, dass er die Bullen ruft, wenn ich nicht abhaue, da hab ich zugeschlagen. Ich wusste, dass ich schneller sein musste als er, immerhin war er Polizist und im Nahkampf ausgebildet.« Ramig überlegte und schüttelte dann den Kopf. »Ich war mir wirklich sicher, dass er es gewesen ist. Er hatte jedenfalls Ähnlichkeit mit dem Mann, der mir damals im Verhörraum gegenübergesessen ist. Menschen verändern sich in 20 Jahren. Und das Blut, das aus seiner gebrochenen Nase geflossen ist, hat es für mich noch schwieriger gemacht, ihn zu erkennen. Offenbar war es ein Fehler, dass ich ihn nicht wie die anderen im Vorfeld beobachtet habe, aber ich dachte, das bräuchte ich nicht, weil er ohnehin alleine lebt.« Ramig machte eine Pause. Offensichtlich konnte er nicht glauben, dass er den Chefinspektor im Ruhestand mit einem anderen Mann verwechselt haben sollte, die Zweifel sah Lotta in seinem Gesicht. »Als ich ihn bewusstlos geschlagen hatte, hab ich ihn auf einen Stuhl gesetzt. Er ist tot, verstehen Sie? Wer immer er gewesen ist, er ist in Rauch aufgegangen. Falls es tatsächlich nicht Ihr Vater gewesen ist, hole ich ihn mir später. Und jetzt nehmen Sie diese Rasierklinge, sonst erschieße ich Sie. Sie wissen, dass ich nicht bluffe.«

Das wusste Lotta durchaus. Die Morde, die er begangen hatte, waren Zeugnis davon, wie ernst er seine Drohungen meinte. Wenn sie sich die Pulsadern aufschnitt, hatte sie vielleicht eine Chance. Wenn er aus dieser kurzen Distanz mit ihrer Dienstwaffe auf sie schoss, war es sofort vorbei.

Lotta griff nach der Rasierklinge.

»Hey! Wieso liegt Ihr Handy auf dem Tisch?« Ramig trat einen Schritt heran.

»Weil ich es dort hingelegt habe«, sagte Lotta. Sie hatte keine Ahnung, ob sie mit ihrer Herumtipperei Erfolg gehabt hatte und eine Nachricht hatte senden können. Das Display war mittlerweile schwarz.

»Dafür sollte ich Sie erschießen!« Ramig zielte auf Lottas Kopf.

»Die Rasierklinge!«, rief sie und hielt sie hoch. »Sie wollen doch, dass ich mir die Pulsadern aufschneide. Das ist Ihr Plan!«

»Dann machen Sie schnell.«

Lotta beugte sich nach vorne.

»Was tun Sie da?«

»Ich setze mich, im Stehen kann ich das nicht.« Lotta bemerkte, dass Ramig die Geduld verlor. Er hielt ihr die Pistole an den Kopf. Langsam sank sie zu Boden. Atmete tief durch.

Was, wenn erst in Stunden jemand nach ihr schauen kam? Die Kollegen von der Dienststelle wussten, dass Schmettenthaler sie nach Hause geschickt hatte. Und ihr Vater lag im Krankenhaus. Mit Arthur hatte sie vor wenigen Stunden telefoniert und ihm gesagt, dass sie hundemüde sei und dringend Schlaf benötige. Er würde sie nicht noch einmal anrufen. Und wenn doch, würde er sich keine Sorgen um sie machen, wenn sie nicht ranging. Und Prischko hatte sie auf seine Nachricht nicht geantwortet, er würde wohl nicht noch einen Versuch unternehmen, sich mit ihr zu versöhnen …

Tränen stiegen ihr in die Augen.

»Los, mach jetzt!« Ramig erhöhte den Druck an ihrer Schläfe.

»Wenn ich schon sterben muss, können Sie mir auch sagen, wie Sie Molov ans Traunseeufer gelockt haben. Ich kann es ja niemandem mehr erzählen.«

Ramig schnaubte.

»Bitte«, bettelte Lotta. Sie wollte noch nicht sterben. Nur ein paar Minuten wollte sie noch leben …

»Ich hab allen einen Brief geschrieben, in dem ich ihnen mitgeteilt habe, dass die Wahrheit nun endlich ans Tageslicht kommen wird. Dass ich ihr Leben zerstören werde, das sie sich in den 20 Jahren, die ich im Gefängnis verbracht habe, aufgebaut haben, weil ich so ein Leben nie haben durfte. Braunpichl oder Kaimper, wie Sie ihn nennen, hat vor Gericht gelogen. Ich hab ihm in dem Brief mitgeteilt, dass ich dafür nun endlich Beweise hätte. Die wollte er natürlich sehen. Er hat mich ausgelacht, als ich ihm mit leeren Händen gegenübergestanden bin, und hat mir gestanden, dass er Florentina umgebracht hat, weil sie die Affäre mit ihm beenden wollte, dieses Drecksschwein! Zu seinem Pech konnte er besser lügen als fliegen … Und Molov hab ich gedroht, dass ich seine Karriere ruiniere, wenn er nicht an den Traunsee kommt, weil er damals versagt hat. Er konnte es nicht erwarten, mich mundtot zu machen. Mit Klagen wollte er mich zuschütten, bis er die Motorsäge gesehen hat. Dann hat er geschwiegen … Und den Richter hab ich zu Hause besucht, er war der Einzige, der sich bei mir entschuldigt hat. Aber er hat immer wieder auf die Beweislage verwiesen und darauf, dass er deshalb so entscheiden musste. Sein Geschwafel war mir zuwider!« Ramig spuckte auf Lottas Fußboden. »Am Ende haben sie aber erkannt, was ihr Schicksal sein wird, und haben um ihr Leben gewinselt. Den Rest kennen Sie.«

»Wo ist die Motorsäge jetzt?«

»Im Traunsee, wo sonst? Was der See einmal verschlingt, gibt er nicht wieder her.«

»Haben Sie meinem Vater auch einen Brief geschrieben?«, fragte Lotta. Sie zitterte am ganzen Körper. Ihr war kalt und sie wusste, dass Ramig sie töten würde, wenn seine Geschichte zu Ende erzählt war. Deshalb musste sie sich neue Fragen einfallen lassen. Immer wieder.

»Das war nicht nötig, er wohnt ja alleine in dem Haus in Steyregg. Ich hab Sie verfolgt, Sie haben mich direkt zu ihm geführt«, sagte Ramig wohl wissend, was diese Information bei Lotta auslösen musste.

»Waren Sie das am Tor beim Landeskriminalamt?«, fragte die Chefinspektorin.

»Ich hab Sie beobachtet. Ich wollte wissen, was Sie so treiben.« Ramig presste den Lauf der Glock an Lottas Schläfe.

»Ich …«

»Das Reden ist vorbei«, zischte er nahe ihrem Ohr. »Jetzt machen Sie schon!«

Lotta streckte den linken Arm aus und legte ihn auf ihren nackten Oberschenkel.

»Der Länge nach, nicht quer!«, wies Ramig sie an.

Lotta setzte die Rasierklinge an ihren Unterarm.

Ramig hieb von oben auf ihre Hand und trieb die Klinge in das Fleisch.

Lotta schrie.

Blut quoll aus ihrem Arm.

Ramig führte ihre Hand mit der Rasierklinge in Richtung Armbeuge.

Im Flur krachte es. Hundegebell folgte.

Ramig ließ von Lotta ab, richtete sich auf.

Ein Schuss zerfetzte die Luft.

Lotta stockte der Atem. Sie wagte nicht, sich zu rühren.

Ramig starrte sie an. Aus seinem Mund floss Blut. Gurgelnde Laute drangen aus seiner Kehle. Seine Lungen füllten sich mit seinem Lebenssaft. Wie ein Sack Kartoffeln sank er neben Lotta zu Boden. Mit offenen Augen blieb er liegen. Regte sich nicht mehr. Nun war Konrad Ramig weg, genau wie er es gewollt hatte.

Lotta zitterte. In der Hand hielt sie noch immer die blutige Rasierklinge. Sie konnte sich nicht bewegen.

Johann Strauss kam in die Küche gelaufen und stupste sie mit der Schnauze an.

»Ich brauche einen Notarzt und einen Rettungswagen bei Chefinspektorin Lotta Meinichs Wohnung in der Lederergasse. Schnell!«, hörte sie Prischkos Stimme.

Sie wandte den Kopf in seine Richtung. Gerade steckte er das Handy ein und eilte zu ihr, seine Dienstwaffe vorgestreckt. Zielte auf Ramig. Der tot war. Mit der freien Hand prüfte er dessen Pulsschlag am Hals. Dann schüttelte er den Kopf und schob seine Glock in das Holster.

»Heb den verletzten Arm hoch«, befahl er ihr.

Lotta reagierte nicht.

Prischko nahm ihre Hand und hielt sie nach oben. »Lotta, wo ist dein Verbandskasten? Wir brauchen ein steriles Tuch. Verdammte Scheiße!« Prischko presste die Finger ein wenig oberhalb der Wunde auf Lottas Arm. Die Blutung stoppte.

»Wieso seid ihr da?«, fragte sie ihren Kollegen. »Du und Johann Strauss.«

Als der Labrador seinen Namen hörte, legte er seinen Kopf auf ihren Oberschenkel.

»Weil du mir eine kryptische Antwort auf meine Whatsapp geschickt hast. Lauter unzusammenhängende Buchstaben.«

Lotta erinnerte sich, wie sie hinter ihrem Rücken auf ihrem Handy herumgetippt hatte. Sie versuchte, etwas zu sagen, doch sie war so müde und ihr war kalt. Sie wollte nur noch die Augen schließen, nur noch schlafen.

»Hörst du mich? Lotta! Bleib bei mir!«

# 29. KAPITEL

Lotta schlug die Augen auf. Auf einem Stuhl neben ihrem Bett saß ihr Vater, lediglich mit einem Krankenhauskittel bekleidet, und schnarchte leise. Normalerweise empfand sie derartige Geräusche als störend, doch nun wirkten sie beruhigend auf sie. Ihr Vater lebte, genau wie sie selbst. Seine Atemgeräusche waren der Beweis dafür. Statt ihnen beiden war Konrad Ramig gestorben. Der Sprichwortmörder war tot.

In ein paar Tagen würde sie wieder im Dienst sein können, dachte Lotta und betrachtete ihren dick einbandagierten Arm. Bis dahin wollte sie die Zeit mit ihrem Vater verbringen. Er hatte seinen besten Freund verloren, sie musste für ihn da sein, ihm über die erste schwere Zeit hinweghelfen und ihn dabei unterstützen, zu anderen Menschen Kontakt zu knüpfen. Damit er nicht vereinsamte. Sonst würde er sich bestimmt noch mehr für ihre Fälle interessieren, und diese Vorstellung behagte ihr ganz und gar nicht.

»Na, Liebes, gut geschlafen?«, riss Gustavs Stimme sie aus den Gedanken.

»Ich hatte einen bösen Traum, in dem Ramig mich umbringen wollte«, erwiderte Lotta.

»Das war kein Traum. Das war die Realität, wie sie schlimmer nicht sein kann.« Gustav wischte den Speichel aus seinem Mundwinkel und streckte sich ein wenig.

Lotta wusste nicht, wie lange er neben ihr in dem Sessel ausgeharrt und darauf gewartet hatte, dass sie zu sich kam.

»Prischko hat mir alles erzählt«, redete Gustav weiter.

»Wann?«, fragte Lotta. Sie hatte nichts von der Fahrt ins Krankenhaus mitbekommen, geschweige denn davon, was danach passiert war.

»Als sie dich auf dem Operationstisch zusammengeflickt haben«, erzählte Gustav ungeschönt. »Dein Kollege ist mit dem Krankenwagen mitgefahren und hat mich sofort verständigt. Er hat gesagt, er war gerade mit Johann Strauss spazieren, da hättest du ihm so eine kryptische Nachricht auf sein Handy geschickt. Daraufhin ist er zu dir. Die Haustür im Erdgeschoss stand offen. Im Treppenhaus hat er deine Schreie gehört und dann deine Wohnungstür eingetreten. Und meinen Schlüssel zu deiner Wohnung hat er später in Ramigs Hosentasche gefunden, ist das zu fassen? Der hat ihn sich einfach genommen, als er den Rudi umgebracht hat.« Gustav schüttelte den Kopf.

»Wo ist Johann Strauss jetzt?«, fiel Lotta der Labrador ein, als Gustav seinen toten Freund erwähnte.

»Weiterhin bei Prischko. Er will ihn behalten, bis ich aus dem Krankenhaus entlassen werde. Dann kommt der Hund zu mir, ich hab genügend Platz. Er ist eigentlich ein netter Kerl.«

»Ja, ich mag ihn auch«, sagte Lotta und dachte daran, wie sehr sich der Labrador jedes Mal freute, wenn er sie sah.

»Wirklich? Dann ist ja alles in bester Ordnung. Ich lad ihn mal zum Essen ein …«

»Du lädst einen Hund zum Essen ein?«, wiederholte Lotta erstaunt.

»Wer redet denn von Johann Strauss? Ich meine doch deinen Kollegen!«

»Oh!« Lotta verdrehte die Augen.

»Ich glaub, er mag dich …«

»Papa!«

»Lass einem alten Mann seine Träume. Ich finde es nicht gut, dass du alleine lebst, das hab ich dir schon mehrmals gesagt. Ich weiß nicht, was ich tun soll, damit du auf mich hörst«, echauffierte sich Gustav.

»Ich bin kein kleines Kind mehr und treffe meine eigenen Entscheidungen.«

»Die nicht immer gut für dich sind, das weißt du.«

»Außerdem hat Prischko dich verdächtigt, schon vergessen?«, erinnerte Lotta ihren Vater.

»Papperlapapp! Er hat nur seine Arbeit gemacht.«

Lotta schwieg.

»Du hast den Fall gelöst, Kind«, sagte Gustav nach einer Weile. Er lächelte seine Tochter an, in seinen Augen lag Stolz.

»Ich kann mich nicht darüber freuen. So viel ist geschehen, und Rudi ist gestorben …«

»Sein Mörder hat seine gerechte Strafe bekommen«, erwiderte Gustav zu Lottas Überraschung. »Dadurch werde ich nachts besser schlafen können, als wenn er im Gefängnis wäre.«

»Er wurde erst zu dem Monster, weil er unschuldig hinter Gittern gesessen ist«, ergänzte Lotta und berichtete ihrem Vater davon, was Ramig ihr erzählt hatte. Wer seine Frau tatsächlich ermordet hatte.

»Ich hab ihn nicht verurteilt, sondern nur ermittelt«, sagte Gustav. »Die Beweise sprachen gegen ihn.«

Lotta seufzte. »Ich weiß, Papa.«

»Es laufen mehr Mörder da draußen frei herum, als Unschuldige eingesperrt sind. Glaub mir, wir tun unser Bestes. Und du kannst nicht die ganze Welt retten, Kind.« Gustav beugte sich zu seiner Tochter vor. »Lass es gut sein und erhol dich, du hast Schlimmes durchgemacht.«

Die Tür ging auf und eine Krankenschwester kam herein. »Ah, da sind Sie ja, Herr Meinich. Ich hab Sie schon überall gesucht. Bitte schön, Ihre Entlassungspapiere.« Die Frau streckte Gustav einen Umschlag entgegen, den er freudestrahlend an sich nahm.

»Dann ziehe ich mich jetzt mal um …«

»Und was ist mit mir? Wie lange muss ich hierbleiben?«, fragte Lotta in der Hoffnung, dass sie gemeinsam mit ihrem Vater das Spital verlassen könnte. Sie richtete sich auf und stützte sich mit dem unverletzten Arm im Bett ab.

»Du bleibst schön liegen«, antwortete Gustav anstelle der Krankenschwester. »Und wenn du zu fliehen versuchst, kettet sie dich ans Bett.« Gustav deutete auf die Krankenschwester, die laut auflachte.

»Ich liebe den Humor Ihres Vaters«, sagte sie an Lotta gewandt. »Aber er hat recht, Sie bleiben erst mal bei uns und ruhen sich aus. Um die Verbrecher da draußen müssen sich vorerst andere kümmern.«

»Wenn du brav bist, hole ich dich vielleicht morgen ab«, sagte Gustav und grinste. Das war die Retourkutsche, weil sie ihn eine Nacht im Salzkammergut Klinikum Gmunden gelassen hatte, das war Lotta klar. Sie gab sich geschlagen und sank zurück ins Bett.

# 30. KAPITEL

**Zwei Wochen später**

Oberst Jusuf Schmettenthaler hatte sämtliche Kollegen des Landeskriminalamtes für 9 Uhr in den Besprechungsraum gebeten. Zuvor wurde heftig spekuliert, was der Grund für die überraschende Zusammenkunft sein könnte. Von Schmettenthalers Aufstieg zum Polizeichef redeten die einen, von einer ernsthaften Erkrankung des Dienststellenleiters und darüber, dass er sich deswegen zurückziehen könnte, die anderen. Und Daniel Prischko erhoffte sich wegen seines heldenhaften Einsatzes, weil er seiner Chefin das Leben gerettet hatte, eine Beförderung, das sah Lotta ihm an, als sie gemeinsam unterwegs zum Besprechungszimmer waren.

»Wie geht es deinem Vater?«, erkundigte sich der Gruppeninspektor.

»Er will es sich nicht anmerken lassen, aber er leidet sehr unter Rudis Tod. Johann Strauss hilft ihm zwar ein bisschen darüber hinweg, gleichzeitig erinnert er ihn ständig an das, was passiert ist«, erzählte Lotta ihm.

»Ich kann immer noch nicht glauben, dass der Hund Johann Strauss heißt«, sagte Prischko lachend.

»Rudi hat in dem Geheule seines Hundes wohl eine schöne Melodie gehört.« Auch Lotta schmunzelte.

»Dein Vater sollte einem Pensionisten- oder Seniorenverein beitreten«, knüpfte der Gruppeninspektor wieder an das vorige Gesprächsthema an.

»Das hab ich ihm auch schon vorgeschlagen«, erwiderte Lotta.

»Und?« Prischko war neugierig.

»Er hat mich beinahe aus dem Haus gejagt. Er sei noch nicht so alt, hat er gesagt, und mit Johann Strauss an seiner Seite würde er sogar von Tag zu Tag jünger werden, weil er ständig mit ihm Gassi gehen muss und ihn das fit hält.«

Prischko nickte verständnisvoll und meinte: »Irgendwie kann ich ihn verstehen. Niemand wird gerne alt. Wir alle wollen doch auf ewig jung bleiben.«

»Altwerden ist nichts für Feiglinge, hat mal jemand gesagt«, merkte Lotta an.

»Dein Vater ist alles andere als ein Feigling«, erwiderte der Gruppeninspektor. »Und es tut mir leid, dass ich ihn verdächtigt habe.«

Lotta freute sich über Prischkos Entschuldigung. Dass ihr Vater ihren Kollegen als nett empfand, verriet sie ihm aber trotzdem nicht.

»Und wie geht es dir?«, fragte er weiter.

Lotta spürte seinen Blick auf sich ruhen, als sie nebeneinander den Flur entlangschritten. Der Verband an ihrem Arm war zwar ab, aber die verheilende Wunde leuchtete in einem hellen Rot wie ein Signalfeuer. Manchmal schreckte Lotta nachts schweißgebadet aus ihren Träumen hoch und glaubte, in einer Blutlache zu liegen. Das war ein Grund, warum sie nun regelmäßig zu einer Psychologin ging, doch das musste sie ihrem Kollegen nicht auf die Nase binden.

»Gut«, sagte sie und lächelte ihn an. An seinem Gesichtsausdruck erkannte sie, dass er ihr nicht glaubte.

Inzwischen waren sie beim Besprechungszimmer angelangt. Stimmengewirr drang heraus, mehrere Kollegen waren schon da. Sie begrüßten einander, warfen sich freundliche Blicke zu. Trotzdem wurde Lotta das Gefühl nicht los, das alles könnte nur Show sein.

Unter den Kollegen entdeckte Lotta Schmettenthalers Sekretärin. Carla trug auf einem Tablett Sektgläser herein und stellte sie auf einem extra dafür hergerichteten Tisch neben mehreren Sektflaschen ab. Anschließend begann sie, die Flaschen der Reihe nach zu öffnen und die prickelnde Flüssigkeit in die Gläser zu gießen, wobei ihr so mancher Kollege behilflich war. Zweifelsohne gab es heute etwas zu feiern. Aber was?

»Hat jemand Geburtstag?«, fragte Prischko.

»Keine Ahnung«, erwiderte Lotta.

»Dass Schmettenthaler Sekt springen lässt, ist eigentlich nicht seine Art.« Alle wussten, dass der Leiter des LKAs ein strenges Auge·auf die Finanzen der Dienststelle hatte. Was also war der Grund für diese kleine Feier? Hatte man ihn tatsächlich nach Wien beordert und zum Polizeichef ernannt?

»Guten Morgen!« Mit diesen Worten betrat Oberst Schmettenthaler schwungvoll das Besprechungszimmer. Carla und die Kollegen hatten inzwischen alle Gläser mit Sekt gefüllt. Lotta fing den freundlichen Blick der Sekretärin auf und lächelte sie an.

»Guten Morgen«, kam es vielfach zurück.

»Sie fragen sich sicher, was es heute zu feiern gibt«, Schmettenthaler machte eine Pause und grinste, »und ob Sie mich endlich loswerden.«

Die Kollegen lachten.

»Ich muss Ihnen leider mitteilen, dass ich Ihnen weiterhin erhalten bleibe.«

Gespielte Enttäuschung schwappte in Form von Raunen durch den Raum.

»Aber ich habe Ihnen eine Nachricht vom Polizeichef zu überbringen. Er hat sich bei uns für den vorbildlichen Einsatz im Fall des Sprichwortmörders, wie Ramig in den Medien genannt wird, persönlich bei mir bedankt und ausdrücklich darum gebeten, diesen Dank an Sie weiterzuleiten. Und zwar in flüssiger Form.« Schmettenthaler deutete auf die Sektflaschen.

Die Kollegen applaudierten.

»Aber nicht nur er ist stolz auf uns, auch die Presse ist voll des Lobes über unsere Arbeit, was nicht selbstverständlich ist. Normalerweise finden die jedes Haar in der Suppe …«

»Bitte keine Sprichwörter mehr!«, rief einer aus der Runde.

Alle lachten.

»Ganz besonders bedanken möchte ich mich bei Chefinspektorin Lotta Meinich und Gruppeninspektor Daniel Prischko …«

»Bravo!«, schrie jemand.

Lotta glaubte, dass es Carla gewesen war.

Wieder setzte Applaus ein.

»Kommt zu mir!« Schmettenthaler winkte die Genannten herbei.

Lotta war es unangenehm, derart im Rampenlicht zu stehen. Doch sie wusste auch, dass das für ihre Stellung in der Gruppe wichtig war. Lächelnd löste sie sich aus der Menge und stellte sich neben den Dienststellenleiter, dicht gefolgt von Prischko.

Schmettenthaler reichte ihnen je ein Glas und nahm sich selbst auch eines. Dann griffen die Kollegen der Reihe nach zu, bis jeder Sekt in den Händen hielt.

»Frau Meinich, Herr Prischko …«, setzte Schmettenthaler seine Rede fort. »Ich gratuliere Ihnen zu diesem

Erfolg! Sie haben den Fall rasch aufgeklärt und dabei nicht einmal vor meinem Parkplatz Halt gemacht, den ich bis heute nicht benutzen kann, da dort eine Betonmauer steht. Die erste und einzige Betonmauer, die als Beweismittel in unsere Archive eingehen wird.« Erneut erntete der Oberst Gelächter. »Außerdem hatten wir noch nie in der Geschichte des Landeskriminalamtes einen Müllwagen in unserem Hof stehen, dessen Inhalt wir auch noch sortiert haben ...«

»Wir könnten eine Zweigstelle für Mülltrennung aufmachen und uns etwas dazuverdienen, wenn gerade nichts los ist«, rief einer ausgelassen.

Schmettenthaler erhob sein Glas und prostete in die Runde. »Auf euch, Frauen und Männer, und auf die gute Zusammenarbeit im Team!«

»Prost!« Die Gläser klirrten. Die Polizisten nippten an dem Sekt oder nahmen einen großen Schluck.

»Lotta!«, rief Carla in die feiernde Runde.

»Ja?« Die Chefinspektorin wandte sich der Sekretärin zu.

»Ein Christoph Kratzer ist für dich da, kennst du ihn?«

Lotta erinnerte sich an den jungen Praktikanten beim OÖ Tagblatt. Sie hatte ihm versprochen, dass sie ein Selfie mit ihm machen würde, welches er in den sozialen Netzwerken posten durfte, wenn der Fall aufgeklärt war. »Ja klar. Ich geh gleich zu ihm.« Lotta stellte ihr Glas auf den Tisch und verließ den Besprechungsraum.

ENDE

# DANKE

Ich bedanke mich ganz herzlich bei Ihnen, dass Sie den ersten Teil meiner neuen Krimireihe mit Lotta Meinich und ihrem Vater Gustav gelesen haben. All jene, die sich jetzt Sorgen machen, dass Chefinspektor Oskar Stern nun doch in Pension gehen könnte, darf ich beruhigen: Er wird weiterhin in meinen Mühlviertler Krimis ermitteln. Der achte Band mit Stern erscheint im Sommer 2025 im Gmeiner-Verlag. Mit der neuen Krimiserie, deren erster Band Ihnen vorliegt, weite ich mein mörderisches Schaffen auf ganz Oberösterreich aus, da das Bundesland so viele spannende Regionen zu bieten hat. Und wer weiß, vielleicht treffen sich Lotta Meinich und Oskar Stern ja einmal bei einem Fall und ermitteln gemeinsam.

Danke auch an die vielen großartigen Buchhändlerinnen und Buchhändler, Bibliothekarinnen und Bibliothekare, Veranstalterinnen und Veranstalter, dass ihr meinem Buch eine Chance auf dem Buchmarkt gebt und es unter die Leute bringt.

Bei Manfred Götz von den OÖ Nachrichten bedanke ich mich für die Gewährung der Einblicke in das Anzeigengeschäft einer großen Tageszeitung. Mein OÖ Tagblatt und seine Mitarbeiter sind selbstverständlich wie alle Figuren in meinem Krimi erfunden, und sollten mir bei der Darstellung der Abwicklung von Anzeigen Fehler unterlaufen sein, gehen diese allein auf mein Konto.

Stets an dieser Stelle danke ich dem Gmeiner-Verlag, der meinen Geschichten die Möglichkeit gibt, zu Ihnen nach Hause zu gelangen. Meiner hervorragenden Lektorin Katja Ernst danke ich für die gemeinsame Arbeit an diesem Buch, die wie immer großen Spaß gemacht hat und bei der ich einiges dazulernen durfte. Danke an das Team vom Marketing, allen voran Alexander Schulz und Maike Worczewsky-Schwarz für das tolle Cover, das wirklich gut zum Inhalt des Krimis passt und in den Buchhandlungen unter der Vielzahl an Neuerscheinungen heraussticht. Danke an alle, die an der Entstehung des Buches mitgewirkt haben und an alle jene, die sich nach dem Erscheinen um die Vermarktung kümmern, insbesondere Laura Oberndorff, Petra Asprion und Jochen Große Entrup.

Danke an die Verlagsagentur Neuhold in Graz, die schon vor dem Erscheinungstermin von »Drei Leichen zum Frühstück« die Buchhändler auf den Krimi aufmerksam macht und dadurch dafür sorgt, dass das Buch zum Erscheinungstermin von Ihnen, liebe Leserinnen und Leser, überhaupt gekauft und gemocht werden kann.

Auch bedanke ich mich ganz herzlich bei meinen Testleserinnen (hier muss nicht gegendert werden, es sind ausschließlich Frauen) dafür, dass sie mir stets ehrlich mitteilen, was ihnen gefällt und was besser nicht geschrieben werden sollte. Danke für eure Mühen!

Meine Familie ist das Allerwichtigste für mich! Sie ist Inspirations- und Energiequelle zugleich, sie motiviert mich, feiert mit mir meine Erfolge und nimmt mich in den Arm, falls es mal nicht so gut läuft. Dafür danke und liebe ich euch!

Wenn Sie mir mitteilen wollen, ob Ihnen »Drei Leichen zum Frühstück« gefallen hat, schreiben Sie mir bitte unter mail@eva-reichl.at. Ich freue mich auf Ihre Nachricht!

Herzlichst, Ihre Eva Reichl

*Weitere Titel finden Sie auf den
folgenden Seiten und im Internet:*

**WWW.GMEINER-VERLAG.DE**

# Alle Bücher von Eva Reichl:

**Chefinspektor Oskar Stern ermittelt:**

**1. Fall: Mühlviertler Blut**
ISBN 978-3-8392-2238-6

**2. Fall: Mühlviertler Rache**
ISBN 978-3-8392-2515-8

**3. Fall: Mühlviertler Grab**
ISBN 978-3-8392-2741-1

**4. Fall: Mühlviertler Kreuz**
ISBN 978-3-8392-0063-6

**5. Fall: Mühlviertler Gift**
ISBN 978-3-8392-0288-3

**6. Fall: Mühlviertler Todesspur**
ISBN 978-3-8392-0497-9

**7. Fall: Mühlviertler Leichenschmaus**
ISBN 978-3-8392-0717-8

**8. Fall: Mühlviertler Todesstoß**
ISBN 978-3-8392-0895-3

**Chefinspektorin Lotta Meinich ermittelt:**

**1. Fall: Drei Leichen zum Frühstück**
ISBN 978-3-8392-0775-8

**Thriller mit Diana Heller:**

**Todesdorf**
ISBN 978-3-8392-0203-6

**Rachedorf**
ISBN 978-3-8392-0403-0

**Lügendorf**
ISBN 978-3-8392-0628-7

GMEINER SPANNUNG

WWW.GMEINER-VERLAG.DE
*Wir machen's spannend*

Nicole Stranzl
**Galgenwald**
Kriminalroman
336 Seiten, 12,5 x 20,5 cm,
Broschur
ISBN 978-3-8392-0781-9

Journalistin Elisa will herausfinden, wer ihre Mutter
Gabi getötet und im Thannhausener Galgenwald
aufgehängt hat. Die Liste der Verdächtigen ist lang:
Kurz vor ihrem Tod hatte Gabi Streit mit ihrem Chef
und Ex-Lebensgefährten, dem Bordellbesitzer des
»STARSHIP«. Influencer und Buchautor Flo weist
eine Verbindung zum Galgenwald auf und selbst
die LKA-Ermittler geraten in Elisas Visier, denn
beide bergen ein Geheimnis. Als eine weitere Tote
gefunden wird, läuft Elisa die Zeit davon. Schafft sie
es, den Mörder zu finden, ehe das nächste Opfer am
Galgen baumelt?

GMEINER SPANNUNG

WWW.GMEINER-VERLAG.DE
*Wir machen's spannend*

Dagmar Hager
**Salzkammerglut**
Kriminalroman
256 Seiten, 12,5 x 20,5 cm,
Broschur
ISBN 978-3-8392-0816-8

Während Bad Ischl fröhlich den Kaisergeburtstag
feiert, bricht auf der Rettenbachalm ein Flammenin-
ferno aus. Kurz darauf wird in den Überresten einer
verkohlten Hütte eine männliche Leiche gefunden:
Unternehmer Regus Dorninger. Ein Mann mit vielen
Feinden. Doch wer hasste ihn so sehr, dass er zum
Mörder wurde?

LKA-Ermittler Ben Achleitner steht vor seiner
härtesten Prüfung. Denn nicht nur listige Gegner
stellen sich ihm in den Weg – auch sein eigenes Herz
kommt ihm in die Quere.

GMEINER SPANNUNG

WWW.GMEINER-VERLAG.DE
*Wir machen's spannend*

Barbara Smrzka
**Schlamassel mit Seeblick**
Kriminalroman
368 Seiten, 13,5 x 21 cm,
Premiumklappenbroschur
ISBN 978-3-8392-0783-3

Gärtnerin Toni Schubert macht Familienurlaub im
schönen Lunz am See: Wandern, Schwimmen und
Karten spielen – so sehen ihre Pläne für zwei arbeits-
freie Sommerwochen aus. Aber dann hört sie von
rätselhaften Vorgängen an der Biologischen Station
am See, ein Todesfall in der Nachbarschaft sorgt für
Unruhe, gefolgt von merkwürdigen Unfällen. Zu
allem Überfluss taucht auch noch Franka, die nervige
Journalistin, in Lunz auf …

Sommer, See und Sonnenschein? Schön wär's! Er-
holsame Tage hat sich Toni anders vorgestellt.

GMEINER SPANNUNG

WWW.GMEINER-VERLAG.DE
*Wir machen's spannend*